昭和の子

三原浩良

Mihara Hiroyoshi

弦書房

装丁＝毛利一枝

目次

終章　帰郷、それから

＊・本文中の敬称はすべて省略した。
・引用文の旧仮名遣いや旧漢字は、原則として現在の仮名遣いと用字に直したが、一部にそのままとしたものもある。
・文中に〈年表〉とあるのは、いずれも「近代日本総合年表」第四版（岩波書店）による。

はじめに

昭和十二年（一九三七）生まれのわたしは、今年が平成二十八年と言われてもピンとこない。二〇一六年、いやいっそ昭和九十一年と言われたほうが腑に落ちる。

西暦も和暦も昭和に読みかえるのが癖になっている。昭和と西暦は読みかえやすいこともあるが、昭和を生き、元号がかわっても、「昭和」を生きているのかもしれない。

団塊世代の友人が「昭和の子と言えば『昭和の子供』という歌を憶えている」と、「昭和、昭和」とくり返して始まる歌をすらすらと歌ってみせた。「兄も姉もみんなでよく歌っていた」というから、この歌は戦後もよく歌われていたのだろうが、わたしにはまったく憶えがない。ほどなくこの歌にふれている雑誌の記事が目にとまった。

昭和時代がはじまってすぐに流行した歌に「昭和の子供」という、リズムがジャズ調の歌がある。これが昭和ということになるとすぐ思い出せる。

昭和　昭和　昭和の子供よ　僕たちは

姿もきりり　心もきりり
山　山　山なら　富士の山
行こうよ　行こう　足並みそろえ
タララ　タララ　タララララ
（作詞久保田宵二、作曲佐々木すぐる）

昭和五年生まれで、音感ゼロのわたしがいまでも、一番だけならなんとか歌える。何でも日本放送協会が、改元するとすぐに新作の子供の歌をいくつかつくって、どんどん電波にのせることを考えた。そのときに歌われたひとつで、その明るさが新時代にぴったりでヒットした、というのである。（中略）
もっとものちにコロムビアから発売されて大そう売れたというから、わたしが覚えさせられたのはラジオではなくて、レコードのほうであったかもしれない（半藤一利『B面昭和史』第一話、平凡社「こころ」）。

調べてみると、この歌は昭和二年一月からNHKラジオ「子供の時間」に流されはじめ、いつごろ終わったのかはわからない。Uチューブで聞いてみたが、やはり歌詞、メロディともに記憶にない。もっともそれは「ジャズ調」ではなかった。
先の団塊世代の友人が国会図書館で調べてくれた。最初のレコード化は昭和六年、次が十二年コロムビア、さらに二年後には児童行進曲にアレンジされ、演奏は陸軍戸山学校軍楽隊だという。どうやらわたしが聴いたのはこのマーチ風の曲、半藤が覚えたという「ジャズ調」のほうは、十二年のコロムビアのレコードのようだ。

「昭和の子供」は記憶にないが、その三年後につくられた「昭和維新の歌」なら、いまでもわたしも歌える。

汨羅《べきら》の淵に波騒ぎ
巫山《ふざん》の雲は乱れ飛ぶ
混濁の世に我れ立てば
義憤に燃えて血潮湧く

のち五・一五事件や二・二六事件に連座する青年将校、三木卓が作詞、作曲した憂国の歌。青年兵士たちに愛唱されたが、二・二六事件後は禁じられ、歌詞をかえて歌い継がれたという。

昭和五年生まれも団塊世代も歌える「昭和の子供」が記憶になく、のちの暗い時代を予感させるような「昭和維新の歌」なら歌える、わが記憶の不可思議に当惑する。

それにしても「昭和維新の歌」の悲壮感にひきかえ、「昭和の子供」の明るさはなんだろう。「その明るさが新時代にぴったりでヒットした」と半藤は言うが、昭和五、六年といえば、昭和恐慌、労働争議頻発、就職難、満州事変、浜口雄幸首相狙撃など、時代は重い閉塞感におおわれはじめていたのではなかったか。

　なのに、いや、だから「昭和の子供」は明るかったのか。明るさといえば、そのころの流行歌、「東京行進曲」「丘を越えて」などもよく口ずさんでいた。時代の閉塞感などうかがえぬ明るい歌だった。なかでも「昔恋しい銀座の柳　仇な年増を誰が知ろう　ジャズで踊ってリキュールで更けて」と始まる「東京行進曲」はひときわ明るい。「銀座」も知らず、「仇な年増」も「リキュール」の意味もわからぬ子どもたちまで、戦後よく歌っていた。

　いつの時代の顔だちも、ひといろではないということなのか、それとも昭和のはじめと、敗戦直後の世情にはどこか響きあうところがあったのだろうか。

序章　生まれる前の昭和

日露戦争と尻取り歌

「あの日、松江も大雪だった」と母がもらしたことがある。

「あの日」とは昭和十一年（一九三六）二月二十六日、両親の婚礼は二・二六事件の当日だったらしい。翌年、わたしの誕生といれかわるように母方の祖父が、さらにその翌年には父方の祖父が、いずれも山陰松江で亡くなっている。

母方の祖父は茨城の山あいの農家の出身だったが、日露戦争に従軍して負傷し、島根県浜田市の歩兵浜田連隊に後送され、それが縁で祖母の家の入り婿になったという。

明治三十七年（一九〇四）二月、日露戦争の火ぶたがきられ、歩兵浜田第二十一連隊に出動命令が下ったのは五月、広島・宇品港から遼東半島に向かう。戦史によれば、やがて遼東会戦、奉天会戦などで凄惨な死闘を展開する。

「死屍累々として横たわり、戦友相抱いて伏し、上下相擁して斃れる」悪戦苦闘が続き、浜田連隊千二百六人が死傷した（『浜田聯隊史』）。祖父はいつ、どこで負傷し、後送されたのだろう。いまとなっては知るすべもないが、祖父が戦死していれば、母もなく、いまのわたしもない。

戦後世代のなかには、「軍歌だけは絶対に歌わぬ」という人もいるが、わたしは今でもふと軍歌を口にしている自分に気づく。

ここは御国を何百里　離れて遠き満州の
赤い夕陽に照らされて　友は野末の石の下

この軍歌「戦友」は、歌詞から満州事変の歌だとばかり思いこんでいたが、最近になって日露開戦翌年の歌だと知った。

日清・日露の戦役は霧のなかにおぼろに浮かぶだけだったが、祖父の日露戦従軍を知り、写真でしか知らぬその姿を歌に重ねて、いくらか身近に思えるようになった。

日露戦争といえば、子供のころ、意味もわからぬままよく口にしていた尻取り歌が思いだされる。戦後もしばらく子どもたちは歌っていた。

ロシヤ　野蛮国　クロポトキン　きんたま　マカーロフ　ふんどし締めた　たかじゃっぽ（シャッポ）　ぼんやり　陸軍の　乃木さんが　凱旋す　スズメ　メジロ　ロシヤ……

はじめにかえって何度でも繰り返す。クロポトキンはロシア陸軍の総司令官、マカーロフは海軍の提督。乃木さんは、むろん乃木希典陸軍大将。近所の古老に記憶をもとに書いてもらった文句はさらに卑俗で剣呑だった。

日本の　乃木さんが　凱旋し　鎮め　メジロ　ロシヤ　野蛮国　クロパトキン　金玉　負けて逃げたがチャンチャン坊　棒で殴るが犬殺し　皺んぼうの柿の種　猫が寝てグウグウグ　軍人さんは鉄砲だよ　嫁とりゃ傘の内　ちんぼの毛はまっ黒毛　けつの穴は十文字　爺が頭は三角だ　大根の尻を切ってしょ　松竹梅がへこたって……

わたしよりひとまわり年長の原寿雄は自分史（『ジャーナリズムに生きて』）のなかに、日清戦争後の尻取り歌も記録している。これはわたしには憶えがない。

李鴻章のはげ頭　負けて逃げるはチャンチャンボー　紡績婆のマンコの毛　ケツの穴が三角だ
　達磨さんの起き上がり　李鴻章の……

李鴻章は日清戦争に敗れ、和平交渉のため下関にやってきた清国の全権大使。先の日露戦後の尻取り歌より卑猥で歌意もよくわからない。「負けて逃げるはチャンチャンボー」のくだりが日露戦後の歌に混じりこんでいる。子どもたちが歌っているうちにカクテルされたのだろうが、いずれもロシアや中国への侮蔑語と猥語の氾濫である。

実は子どもの尻取り歌にさきがけて、日清戦争前後に大人の世界で大流行した歌があったことを堀雅昭の『戦争歌が映す近代』によって知る。

日清談判決裂して　品川乗り出す吾妻艦　つづいて金剛浪速艦　国旗堂々ひるがえし　西郷死すのも彼がため　大久保殺すも彼がため　遺恨重なるチャンチャン坊主　日本男子の村田銃　剣の切っさき味わえと　わが兵各地に進撃す　難なく支那兵切り倒し　万里の長城乗っ取って　一里半行きゃ北京城よ（以下略）

同書から孫引きすれば、当時「街には剣舞を興行とする一団が小屋掛けをしてホラ貝を吹きならし、勇ましい詩吟に合わせて白刃をひらめかせて剣舞を演じたが、その剣舞の歌として『日清談判』はうたわれ、それが大流行のきっかけになった」（加太こうじ『軍歌と日本人』）という。

どうやら「チャンチャン坊」はこの歌からあちこちに派生していったようなのだ。

そういえば、「チャンコロ」「露スケ」「チョウセン」という露骨な人種差別語が流行っていたことを思いだす。原によれば、小学校にはいった満州事変のころから流行りだしたという。戦後もしばらく子どもたちは口にしていた。

女の子の毬つき歌にもこんなのがあった。かすかに憶えている。

一月談判破裂して　日露の戦争が始まった　さっさと逃げるロシアの兵　死んでも尽くす日本の兵　五万の兵を撃ち破り　六人残して皆殺し　七月八日の戦いは　ハルビンまでも攻めいって　クロポトキンの首をとり　東郷大将万々歳

東郷大将とは日本海海戦の提督、東郷平八郎。日清・日露の戦勝にわく大人たちの熱狂は、子どもたちにも強いインパクトを与えたのだろう。こうしてロシア、中国、朝鮮への優越意識や差別感情が刷り込まれ、大正、昭和へと引き継がれていったことを知る。

満州事変と叔父の戦死

中学生のころ、古箪笥の底に変色した「恩賜」の煙草をみつけ、こっそり吸ってみた。いがらっぽかった。そばに会ったこともない叔父の戦死を報じる新聞の切り抜きがあった。最近になって県立図書館のマイクロフィルムを繰って、ずっと気になっていたその記事を見つけた。

昭和七年（一九三二）八月二十六日、五カ月前に旧清朝皇帝の溥儀をかついで建国したばかりの満州で、国境警備にあたっていた松江連隊（歩兵第六十三連隊）最初の戦死者が出た。

「わが中村部隊の　七勇士戦死傷す　富錦沿岸で敵匪と衝突し　奮戦した小濱枝隊にて」という四段抜きの四本見出しで、二十八日の「松陽新報」はつぎのように報じている。

廿六日午後十時中村〇隊長より松江留守部隊に到着した電報によれば、同部隊勇士七名の栄誉の戦死傷者を出した。因みに同電文左の如し。

小濱枝隊は八月廿四日富錦沿岸附近に於て優勢なる敵と遭遇し激戦約七時間の後、敵は屍体約四十を遺棄して退去せり、此戦闘に於て第〇〇〇隊軍曹添田宗市、一等兵田淵信雄戦死す。添田軍曹は曹長に、田淵信雄は上等兵に進級せしむ。（〇の部分は軍機のため伏せたと思われる）

一等兵田淵信雄とあるのが叔父である。記事には出征時の写真も添えられ、留守宅を訪ねた記者に祖父、兼次郎が語っている。

名誉の戦死を遂げたのは信雄としてさぞかし本望だろうと存じまして今更に哀しいとは思いません。最後の便りが二十三日に到着し、それには「大洪水があったけれども自分は非常に元気である。猶兵匪の跋扈も大分穏やかになったから、安心して老の身を大切にして呉れ」という旨を書いていましたが、それと一日遅れて戦友の方から又たよりをいただきました。

それには「自分のいる富錦付近に兵匪が約二千ばかり集結したので近くこれに対し総攻撃を行う筈だ」とありましたが、多分この総攻撃に参加して名誉の戦死を遂げただろうと想像しています。昨夜来、関東軍司令官を初め軍部の方々その他から御丁重な弔電弔辞をいただき、ただただ尽すべきを尽したに過ぎない信雄のためにと思うと感激せずにはいられません。

祖父は「兵匪約二千への総攻撃に参加して戦死を遂げただろう」と語っているが、『歩兵第六十三聯隊史』（以下『聯隊史』）によれば、いささか事情が違うようだ。

「さきに日本軍に帰順していた信志山（軍閥）は約五〇〇の勢力をもってふたたび叛旗をひるがえした」ため、これを懲らしめようと歩兵一小隊と野戦重砲中隊を派遣したところ、「我が方の寡兵をあなどって我が陣内に突入し」て激闘となった。

翌二十五日早朝「主力をあげて救援に向かったが、その到着前兵匪は北方に逃走していた」という。どうやら多勢の敵に夜襲をかけられ、一敗地にまみれたというのが真相のようである。

今では「兵匪」も「敵匪」も死語だが、当時は「匪賊」とともによく使われていた。漢和字典は「匪」は「体制にそむく悪者」、なかには「（中国で）集団で略奪する悪者」としているものもある。

「匪」で思いだされるのは、この年暮れにできた満州事変の進軍をうたう「討匪行」。藤原義江の作曲と美声で大ヒット、わたしの記憶にもそのメロディは刻まれている。

どこまで続く　ぬかるみぞ
三日二夜を　食もなく
雨降りしぶく　鉄かぶと

敵にはあれど　なきがらに
花をたむけて　ねんごろに

当時、満州では国民政府の正規軍ばかりでなく、私兵をもつ軍閥ゲリラやのちには毛沢東の八路軍の抗日ゲリラが入り乱れて日本軍と戦っていた。日本軍はひっくるめて彼らを「匪賊」と呼んでいたが、このゲリラに以後ながく悩まされることになる。叔父もこの軍閥ゲリラの銃弾に倒れたようだ。

信雄の姉、富子叔母も「涙をうかべながら次のように語った」とある。

信雄は母にも別れ、養家の父にも幼くして死別した不幸な弟でしたが、渡満する時には非常な元気で始終ニコニコしていました。その顔は今でも忘れられません。み国の為め名誉の戦死ですもの決して哀しいと思いませんが、どんな働き様をしたのやら何だかそれが一時も早く知りたい様な訳で一杯で御座います。

信雄叔父（父の次弟）の戦死は、わたしが生まれる五年前のことである。誕生まもなく養家に入籍して姓が田淵とかわっていた。

祖父の遺品を整理していて、信雄叔父が兼次郎にあてた葉書を見つけた。

「小生も今年は二十一才と相成り候。つきましては当地にて徴兵検査を受ける心算に御座候にて松江市役所へその手続を御願申候。扨新年早々御無心を云ってなんとも申訳も無之候が金子二十円程御送付相成度候。また兄上にマントも同時に御送下度候。小生は今仕事之無毎日遊んで居ますが、今少しすればなにか致す心算に御座候。体は至って壮健にて暮し居り候間御安心度下候。右伏して御願申上候」

発信地は函館、昭和五年一月二日の消印がある。戸籍によれば、信雄叔父は明治四十三年（一九一〇）三月生まれだから、やがて満二十歳、徴兵年齢である。

叔父のややたどたどしい筆跡の無心の手紙を、八十五年後に目にしたわたしは、二年後の夏の彼の戦死をすでに知っている。思わずこみあげるものがあった。

叔父はなぜ遠く函館にいたのか。「放浪の旅にでていた」と聞いた憶えがある。北国で仕事も金もなく、寒をしのぐ防寒具とてなく、二十の青年は正月早々「兄のマントを送ってくれ」と懇願している。彼の短い青春に思いをはせると、歳月をこえてやるせなく切ない。

叔父の戦死を「本望だろう」と気丈に語ってみせた祖父ではあったが、ひそかに次男の戦死に涙することしばしばだったとのちに富子叔母から聞いた。

先の「討匪行」よりも流行った歌に「馬賊の歌」がある。

俺も行くから　君も行け
狭い日本にゃ　住み飽いた
海の彼方にゃ　支那がある

支那にゃ　四億の民が待つ

大正十一年（一九二二）にできた作曲者不詳の歌。「討匪行」より十年近く前の歌だが、昭和初期、閉塞感ただよう青年たちに「大陸雄飛の夢」をさそう歌としてよくうたわれた。

信雄叔父の戦死で田淵姓を継いだ弟の慶雄叔父（父の末弟）は、満蒙開拓青少年義勇軍訓練所を創設した加藤完治を尊敬し、満州にあこがれていた。しかし、想いはたせず朝鮮にわたり、青年学校の教師となって、兵士には日本語が欠かせないと徴兵年齢前の朝鮮の青年たちに日本語を教えた。戦後は贖罪意識からだろうか、中国から松江にやってくる留学生たちの世話をつづけていた。

市民葬の盛大に驚く

「松陽新報」はその後も戦死公報の送達、松江駅頭での遺骨出迎え、連隊葬と叔父の戦死の続報をこまかくフォローしている。驚くのは一カ月後の市民葬の模様である。

「市はじめての　市民葬を営む　最初の犠牲者田淵上等兵の為め　きのふいとも荘厳に」という四本見出しのもと、次のような長いリードで始まる。

満蒙の広野に跳梁する匪賊討伐のため渡満し、満州国の治安恢復に献身している松江部隊に付属していた松江市津田町出身、田淵信雄上等兵は松花江畔富錦に於て紅槍會匪と交戦中、松江市最初の犠牲者として名誉の戦死を遂げたが、市に於てはこの壮烈極まる田淵上等兵の遺骨が輝しき栄誉のうちに哀しき沈黙の凱旋をするや二十三日午前十時、その霊を弔ふべく市始めての市民葬を雑賀小学校校庭の大天幕張りでいと荘厳に執行した。この日弔意を表する市内は黒布を巻いた国旗を樹てわれらが勇士に対して心からなる哀しみを表現していた――。

「紅槍會匪」とは何だろう。『聯隊史』によれば、松江連隊は松花江畔の北境警備を担当し、複数の軍閥兵や匪賊相手に苦戦する場面も多かった。なかに「紅槍を持った一群（紅槍会匪）」「大刀をかざした一群（大刀会匪）」「仏像や仏具を捧げ持つ兵匪（道槍会匪）」などの記述が散見され、日本軍が奪い取った紅旗（軍旗）をつけた数十本の長い槍の写真も載っている。

叔父の母校、雑賀小での市民葬には松江市長、裁判所長、連隊区司令官以下将校がずらりと並び、各団体長たちお歴々はじめおよそ三千名の市民が参集し、その盛大に驚く。満州事変はそれほど国民を熱狂させていたことを知る。

弔詞を奉読する市長の写真に並んで、祭壇に玉串をささげる、やや背のまがった祖父の姿がみえる。祖父はわたしの誕生翌年、市民葬の六年後に亡くなっている。図書館の片隅でマイクロフィルムを繰りながら、八十年前にタイムスリップし、しばし呆然としていた。

昭和七年（一九三二）七月に満州事変で出兵した松江連隊の主力部隊は同九年五月に凱旋し、駅頭から兵営までの沿道は歓迎の市民であふれたことを、やはり新聞掲載の写真で知る。

自宅に近い小高い丘に松江連隊の陸軍墓地があった。戦後、米軍に撤去を命じられ、いまでは公園になった広場の奥に慰霊塔がぽつんとたっている。明治四十一年（一九〇八）の松江連隊の駐屯以来、十年間は埋葬する遺骨はなかったが、大正になってのシベリア出兵ではじめて戦死者が出た。

満州事変の松江連隊の戦死者は、軍属をあわせて百四十一名、戦病死四十名、戦傷者二百四十五名をかぞえ、以降戦死者は増えつづけ、『聯隊史』によれば、昭和十四年には墓碑は四百十一柱を超え、翌年から墓碑の建立は見送られ、大戦末期に約一千体にふえた遺骨は納骨堂に合葬された。

第一章　銃後の子どもたち

運動会のような軍旗祭

わたしの生まれ育った松江市古志原は、今でこそ人口一万三千余の住宅密集地だが、明治末から昭和二十年ごろまでは戸数百二十前後、人口五百余の人家もまばらな農村だった。藩政時代に開拓がはじまったが、年貢を米納できず雑穀や野菜を換金して銀納する貧しさだった。

ところが、ここに明治四十一年（一九〇八）に県市あげて陸軍歩兵第六十三連隊が誘致されてから、村の様相は一変する。開拓した畑の過半を兵営や練兵場、陸軍病院などの用地に買収され、百余の農家の三分の一は移転を余儀なくされ、相変わらず貧しかったが、道路はひろがり、商店がたちならび、人や物の出入りが激しくなっていった。

自宅前の大きな灌漑池の向こうに歩兵連隊の練兵場がひろがり、子どもの足で十分ほどのところに兵営があった。営門には衛兵が立ち、十月十日（陸軍記念日）の軍旗祭の日だけはだれでも入ることができ、「近郷近在の人々は、あたかも童が天神祭を待ちこがれるように当日を待ち望んだ」という（『聯隊史』）。

その模様は記憶にある。兵隊や女学生の仮装行列があり、まるで大人の運動会のようだった。営内には大きな飾り物が並び、演芸大会や相撲大会まであり、文字どおりお祭りだった。

こんなのんびりした兵営光景がみられたのは、おそらく戦局が厳しくなるまえの昭和十六、七年ごろまでのこと、四、五歳のころの記憶ではなかろうか。兵営からは風にのって、早朝の威勢のよい起床ラッパ、もの悲しげな夜の消灯ラッパが毎日聞こえてきた。

連隊の軍医さんが二階の六畳間に下宿していた。家では和服で過ごしていたが、朝になると軍装にサーベルを吊って出かけていった。

二階から軍医の湯呑み茶碗と急須を下げるよう母に頼まれたわたしは、茶碗もろとも階段から転げ落ち、割れた茶碗の破片が首を切りさき、大量の出血をした。母は応急処置をほどこすと、わたしをおぶって三キロ余の道を街の外科医まで走った。そんなことがあったせいか、軍医はわたしをかわいがり、よく遊んでくれた。戦争が終わると郷里の四国に引きあげていったが、首にのこる傷跡をさわると、今でもあの軍医さんを思いだす。

練兵場で兵隊たちが演習する様子を見た記憶はない。すでに前線に出はらっていたのだろうか。『聯隊史』によれば、歩兵六十三連隊の主力が満州に派遣されたあと、昭和十五年に補充隊員に臨時応召兵を加えて編成された第百四十二連隊はフィリピンに派遣され、十八年にマニラで解隊、他部隊に吸収されている。三十七年間古志原に駐屯した歩兵部隊は姿を消し、やがて宮崎県新田原から第九航空教育隊が移駐して敗戦を迎える。

戦争末期の練兵場にはぽつんと練習機らしい飛行機が一機駐機していた。その飛行機が飛ぶのを見たことはない。大人たちは「あれは張りぼてではないか」と怪しんでいた。この練習機も戦後進駐してきた米軍によって燃やされた。

最近になって、兵営跡地に建てられた高校の改築時に地下から錆びついた大きなプロペラが掘りだされたが、機体は見当たらなかった。

グラマンに三度襲われた

昭和十九年（一九四四）、津田国民学校に入学した。三年前の日米開戦の年から尋常小学校は国民学校に名前がかわっていた。学年二クラスの田舎の小さな学校だったから、都会のような学童疎開や、一面焦土と化すような戦災の体験はない。

それでも「津田小学校沿革誌」の年譜をみると、戦時色が色濃くなってから食糧難が深刻になってくる様子がうかがえる。

昭和十八年六月　国道両側二・六キロに大豆を播き、食糧増産に寄与。

昭和十八年九月　学校防空強化のため学校前に防空壕を掘る。

昭和十八年十二月　学校給食用味噌製造、大豆一俵麹二斗いずれも自給自足す。ビタミンA摂取のためイナゴの採集をなす。

やがて校庭は一面芋畑になり、体育の授業は講堂だけになった。上級生たちは学校田に稲を植え、秋になると下級生も稲刈りを手伝った。学校が自給自足なら家庭も同様だったが、食糧難は戦後さらにひどくなっていく。

一年生の秋だった。防空頭巾をかぶった集団下校の十二、三人が校門を出てまもなく、甲高い空襲警報のサイレンを追いかけるように爆音が聞こえ、「伏せろ！」という上級生の声で道路わきの田んぼに倒れ込んだ。

親指で耳穴を押さえ、残った四本の指を両目にあてがい、田んぼにうつ伏せになった。耳は爆音でやられないため、目は閃光に潰されないため、と教えられていた。一機のグラマン戦闘機が轟音とともに超低空でやってきたが、あっという間に反転急上昇して、北の空に消えていった。稲刈りが終わったあとの切り株が腹にあたって痛かったから、昭和十九年の晩秋だったに違いない。はじめて遭遇したグラマンの急襲だった。

松江から東に三〇キロほどの米子には海軍航空隊の基地や軍需工場があったので、空母艦載機の空襲で東の夜空が赤くそまるのを目にすることはあったが、松江ではそれまで空襲はなかった。B29爆撃機ははるか上空を悠々と飛んでいくので現実感がなかったが、グラマンはこわかった。

二度目は翌二十年の夏。学校の北を流れる天神川で級友たちと水遊びをしていると、警報もなくいきなりグラマンが急降下してきた。「バリバリバリッ」という機銃の掃射音で、何も聞こえなくなった。グラマンはそのまま急旋回して姿を消した。操縦席のパイロットと一瞬眼が合ったと思えるほどの超低空だった。

旧道沿いに残る松並木の幹の皮が、銃弾にはじけ散るのが見えた。恐怖からさめると、悪童たちはいっせいに松並木に向かって走った。グラマンがばらまいていく薬莢は子どもたちにはまたとない〝戦利品〟である。だが松の木に食い込んでいるはずの銃弾も薬莢も見つからなかった。

三度目は敗戦直前の昼下がり、それは確かだ。七月半ばに生まれたばかりの妹が居間に寝かされていたのを憶えているから。このときも警報はなく、いきなり鋭い爆音が聞こえた。母はあわてて妹を抱きかかえて押入れに押し込んだ。わたしは表に跳びだそうとして、母の制止で縁側のあたりで踏みとどまった。「バリバリッ」という機銃の音が響いてすぐにやんだ。裏山の畑に出ていた白い割烹着のおばあさんが狙われたと聞いたが、幸い弾は外れておばあさんは無事だった。

爆音を聞いてなぜ外に跳び出そうとしたのだろう。家のわきに急造した防空壕に跳び込むつもりだったのだろうか。その後もこの防空壕に避難したことはない。

山本健吉の機銃掃射体験記

裏山のおばあさんを襲ったグラマンは単機だったが、実はこの日の空襲は編隊による組織的なもので、大きな被害が出ていたことが、戦後かなりたってから明らかになる。

当時の新聞によると、この空襲は二十年七月二十八日だった。

「二十八日敵艦載機の郷土来襲も、軍官民一体の敢闘と一般の人達の非常な落付き振りで大した被害もなく終止した」というリードに続き、たまたま機銃掃射に遭遇した記者の体験記が載っている

（二十年七月三十日、「島根新聞」）。

○○駅発上り○○列車は約一時間遅れて発車、発車間際に来襲警報があったが構わず辷り出した。○○に差しかかるあたり、山の峡で停車する。「暫く此処で退避しますから荷物は身につけて置いて下さい」と車掌がふれ廻る。車内はひとしきり騒然とする。すると敵機が見えるとの声、窓から見ると遠くに小型○機が行過ぎる。車掌がガラス窓をあけ鎧戸をたてるよう注意する。弁当を使いだす男も居た。

一人の男が、敵機が引返し来ることを注意した。目標を発見したのに違いない、この列車じゃないかとフト思った。誰言うとなく座席の下にかくれろという。思い思いに座席を外して下にもぐり込んだ。相当の人員なので辛うじて低位の姿勢を取っているに過ぎない。私は窓際の紳士と二人で座席を頭の上に支えている。爆音は近づく、息づまる瞬間、ダダダダ……と機銃の音、頭のそばでパッと火花が散る。本能的に身をかわしたが、その時眼鏡がふっ飛んだことと、掌に傷を受けたことを意識する。

見ると私と一緒に座席を支えていた紳士が顔面紅に染めて倒れている。車内に居てはあぶないと皆争って乗降口や窓から飛び降りた。私も続いて飛び降り、線路側の萱山の急傾斜へよじ上って叢にすっかり身をひそめた。（以下略）

記事中の○○は、検閲により伏せたのか。末尾に「石橋記者」と署名がある。石橋記者とは、のちの俳人で文芸評論家の山本健吉（本名・石橋貞吉）である。

山本は昭和二十年から一年余、「島根新聞」に在籍し、翌年「京都日日新聞」論説委員に転じている。戦禍を避けての疎開だったとすれば、皮肉にも紙一重のところで一命をとりとめたことになる。

実はこの空襲、記事のように「大した被害もなく」終わってはいなかった。玉湯町（現松江市）の海軍水上飛行隊基地で二十三名が、また山本が遭遇した玉造温泉駅の列車への機銃掃射で乗客十名が死亡、多数の負傷者も出ており、松江では最大の空襲被害だった。だがその事実は戦後もしばらく伏せられていた。報道統制下で新聞は事実を書けなかった。

歩兵連隊のあったわたしの村は、戦争末期でも比較的のどかなたたずまいだったが、近隣の町や村ではまったく違う光景がひろがっていた。

『新聞に見る山陰の世相百年』（以下『世相百年』）によれば、昭和二十年五月ごろから本土決戦にそなえて日本海沿岸部では陣地構築がすすめられ、平地の見おろせる山には狙撃陣地やタコツボ、弾薬や食糧貯蔵用の横穴が無数に掘られ、作業は敗戦の日まで続けられた。

松江から西二〇キロの斐伊川河川敷では、徴用された数千人が三月から二カ月ほどの突貫工事で飛行場（拡張工事？）を完成させている。もともとここにあった飛行場から、海軍の軽爆撃機「銀河」などが沖縄戦に向けて発進し、戦争末期には村々の国民学校に約二千人の海軍予科練習生などが本土決戦にそなえて駐屯していたという。

この飛行場から特攻機が飛びたったという噂もあり、近くの中学生は箱詰めされた特攻兵器「桜花」を目撃したと調査報告書に記している。「桜花」は爆撃機につるして敵艦上空まで運んで切りはなし、積んだ爆薬とともに自爆させる海軍が開発した特攻兵器だが、いまとなっては確かめようもない。

市街地でも大本営陸軍部の指示で、本土決戦の準備がすすめられていた。『世相百年』には、竹槍をもって勢ぞろいした婦人部隊の写真が載っているが、老年男子で結成された民兵組織には挺身切り込みが指示され、やはり武器は竹槍だった。

竹槍といえば、やはり同年の芥川賞作家、野呂邦暢は自身の〝竹槍体験〟を次のように書きとめている。

ソ連が日ソ不可侵条約を破棄して国境からなだれこんだ日、私は山へ竹を取りに行った。町内会からの通達で、各戸に一本ずつ竹槍を用意することが定められたのだった。先端を斜めに切断して火であぶれば出来あがりということになる。小学二年生であった私でも造ることの出来る手軽な兵器である。これが無用となったのは喜ばしいかぎりだが、七歳の少年でも敵兵の一人くらいは刺し殺してから死のうと思っていた。戦後うまれの日本人には信じられないことであろう

（『失われた兵士たち』）。

野呂は原爆投下直前に長崎市から諫早市に移っている。そうか、長崎の同じ年ごろの少年たちは〝竹槍少年〟だったんだ。田舎育ちのわたしにそんな記憶はない。それどころか竹槍を用意する大

人たちの姿を見かけたこともない。

しかし、市街地では婦人までまきこんだ竹槍挺身隊が結成され、強制疎開もはじまっていた。「七月九日から松江、出雲、浜田、安来などで強制疎開がはじまった。義勇隊員や学徒数百人を動員して民家の梁にロープを巻きつけて引き倒した。八月に入ると軍隊も出動して、終戦の日正午まで続いた」(『松江市誌』)。

「建物除去は八月一杯となっているが出来れば二十日までに終わるために大工、左官はもちろん学校、県下の各警防団、市町村義勇隊、町内会」を総動員して「半強制的に農村に疎開させ、それ以外の者は防空担当者として残留しなければならない」とされていた(「島根新聞」七月二十六日)。

とり壊された家屋は県内で約四千戸、このうち三千百八十七戸が松江市で、旧市街の家屋の四分の一が壊された。家をとり壊されて疎開した友人は「そうだったのか。なんで突然、自分の家がなくなったのかずっと不審に思っていた」と、最近になってはじめて事情を知ったという。

この強制疎開は中国総監府の命令によるものだったが、鳥取県や山口県は独自の判断で実施しなかった。「数十万の生産労力をこの暴挙のために集中し、生産を阻害したのみならず、重要な資材を失い、無謀なる引き抜き疎開だった」と、戦後になって県当局は県議会で追及された。このため戦後の松江市は深刻な住宅難に苦しむことになる。

第二章　子どもたちの八月十五日

灯火管制が解かれた日

どこまでも青空のひろがる暑い昼下がり、井戸端に駆けこんで汲みあげた水を釣瓶からがぶ飲みするわたしに、洗濯の手を休めた母が「戦争が終わったらしい」とつぶやいた。その意味もよくわからぬまま「ふーん」と生返事をして、ふたたび蟬の大合唱のなか、遊びに飛びだしていった。八月十五日にあったという玉音放送は聞いていない。

大阪から近所に疎開していた四年生の新庄祐三は「近所の人たちに手伝ってもらって防空壕を掘り終わった日に、縁側にラジオを持ち出して全員が取り囲んで聞いた。事情は飲みこめたような気がしたけど、特別な感情はわかなかった」と言う。

大人たちのそぶりにもその日、特段変わった様子はなかった。「戦争」も「敗戦」も大人の世界の出来事だった。普段どおりの真夏の一日だった。そんなおぼろな記憶しかない。

気になったので後年、同級生たちにも尋ねてみた。

「いや、俺もほとんど記憶がない」

「ラジオは聞かされたけど、なんだかよく聞こえなかった。大人たちがざわざわしていたので、なにか大変なことが起きたことはわかったけど」

この夜から家のなかが急に明るくなった。ガラス窓には目貼りをし、あかりが外に漏れぬよう電灯を風呂敷でくるんでいた灯火管制が解かれたのである。そのことはよく憶えている。

あの戦争が終わった日、八月十五日をどこで、どう迎えたか。そのとき何歳だったか。さまざまな「あの日」があり、それぞれの「戦後」がはじまる。空襲、疎開、食糧難、原爆、そして敗戦。同世代の子どもたちは、どのような戦時、戦後を体験してきたのだろう。

いま「あの戦争」と書いた。実は迷うのだ、どう呼べばよいのか。「大東亜戦争」「太平洋戦争」「日中戦争」「十五年戦争」「第二次世界大戦」「アジア太平洋戦争」「昭和の大戦」「昭和戦争」「今次大戦」など、さまざまな呼称が使われている。しかし、たとえば「大東亜戦争」は真珠湾攻撃直後の大本営の命名、これでは日米戦争が抜けてしまう。GHQによる呼称「太平洋戦争」ではアジアへの侵略が抜け落ちてしまう。

呼称ひとつとってもこれだから、いまだに「あの戦争」への評価が定まったとは言い難い。じつは「あの戦争」にも、その評価を避ける欺瞞性がひそんでいるという批判もあるが、迷いながらわたしは「あの戦争」と呼ぶことにしている。

「八月十五日」の記憶

わたしと同世代の子どもたちは、「あの日」をどう迎えたのだろう。

淡路島で「あの日」を迎えた同年生まれの作詞家、阿久悠は校庭で玉音放送を聞いたが「八月十五日のことを、よく覚えているようで、よくよく考えてみると実に曖昧で不確かで、大抵のことは後からの知識や空想によって埋め合わせたような気がする」と書いている（『ラヂオ』）。

それならわたしとあまり違いはなさそうだと思ったら、彼は「とにかく泣いた。悲しいから泣いたのか、その辺がどうもわからない。あまり悲しくもなかった気もするのである。なにしろ八歳である。敗戦の無念も、祖国の未来を憂うるということもなかった」とつづけて書く。脱水症状になるほど号泣したという彼の記憶も「曖昧で不確か」で混乱している。

『子どもたちの8月15日』は国民学校世代の三十三人、わたしとほぼ同世代の著名人たちの記憶を戦後六十年（二〇〇五）に取材と寄稿でまとめた岩波新書だが、そこで語られる「あの日」は実にさまざまである。主なものを生年順に要約して紹介してみる。

「玉音放送は中学一年生にはさっぱり理解できなかった。祖父におそるおそるたずねると、『負けたんじゃ』とはき捨てるようにいった」（山川静夫、昭和八年生、静岡で）

「校庭で玉音放送を聞かされたが、よく聞こえなかった。生まれたときから戦争の時代になっていたわけで、終戦とはどういうことか、何がどうかわるのか、ぜんぜんわからなかった。大人たちは変わったでしょうが、われわれ子どもたちにとっては同じです」（永六輔、昭和八年生、疎開先の小

諸市で）

「敗戦はものすごいショックでした。僕は、日本が負けるなどとは想像もしていませんでした。それまで少年航空兵になるつもりでいましたから。とにかく兵隊になって戦地に参加しようと。当時の子どもにとっては当たりまえの感覚です。毎日、軍歌を歌って、体を鍛えて、早く大人になってお国の役にたちたい、機会があればお国のために死のうと」（児玉清、九年生、群馬県の疎開先で）

「日本が負けたことを知り、口惜しくて泣いた。私は素朴な軍国少年で、大人になると軍人として戦場に赴き戦死するものと、漠然とながら自分の運命を思い描き、そのことにまだなんの疑問も不安ももっていなかった。玉音放送を聞いて口惜しかった私も、そんな気持ちはすぐに忘れてしまった」（安丸良夫、昭和九年生、富山の田舎で）

「十五日の朝、正午に重大放送があるので、学校に来ないで自宅でラジオ放送を聞くようにという連絡が入った。私は『重大放送』とは『十大放送』だと独り合点し、一つ、アメリカが戦争をやめようという。二つ、イギリスが力つきた。三つ、………などと想像していた。すっかり軍国少女になりきっていたのだろう」（原ひろ子、昭和九年生、ソウルで）

「玉音放送はガリガリバリバリ音をたてるばかりで何を言っているのかはよく聞きとれませんでした。皆、直立不動で聞いていましたが、雑音がひどい上に言葉が難しいので私には意味がまったくわかりませんでした。しばらくして父がぽつりと、『こりゃ、負けたんだ』とつぶやいて理解したのを覚えています」（宮内義彦、昭和十年生、疎開先の兵庫の田舎で）

「ものごころついたときから、大きくなったら軍人になり、死ぬのだ、と思いこんでいた。できれ

ば海軍で。海軍のほうがなぜか恰好がよかった」（阿刀田高、昭和十年生、疎開先の長岡市で）
「田舎の少年のなかでは理屈好きで、従って典型的な軍国少年だったはずの私は、それにしては敗戦のショックは大きくなかったような気がする」（筑紫哲也、昭和十年生、疎開先の日田市で）
「天皇の玉音放送は、内容は覚えていませんけれども、ぼそぼそのラジオで、だけども声は、なんかかわりと甲高い声だったような気がします。おやじとかおふくろにこれを聞けって言われて、子どもたちみんなでそれを聞かされたのを覚えています」（小澤征爾、昭和十年生、立川市で）
「家族は神妙な顔をして玉音放送を聞いていた。九歳の少年には、何のことか意味がわからなかった。次兄が『負けたんだ。日本は負けたんだ』と言った。父は嗚咽しているようだった。私には、口惜しいとか残念だとか、なぜか特別な感情は湧いてこなかった。そして、もう兵隊にならなくてもいいんだという安心感も加わってきた」（柳田邦男、昭和十一年生、鹿沼市で）
「玉音放送を聞いた父が『負けじゃった』と吐き捨てるように言うのを聞いて、いよいよ『鬼畜』が上陸してくるのだと思った」（東郷克美、昭和十一年生、鹿児島で）
「玉音放送の数日後、怖い顔をした母が『敵が上陸してきて、辱しめを受けるようなことがあったら、これで自害しなさい』と、父の形見の短刀を渡して自害の仕方を教えてくれた」（湯川れい子、昭和十一年生、疎開先の米沢）
「玉音放送を聞きながら大人たちは泣いている。正座したまま、肩をふるわせ、あるものは両手を地面につけて泣いている。この様子で察しがついた。戦争に負けたのだと。涙は出てこなかった」（山藤章二、昭和十二年生、疎開先の千葉で）

「敗戦の日の記憶はさだかではないが、開戦の日のことは覚えている。『戦闘状態ニ入レリ』という言葉が子供たちの流行語になったので記憶に残った。『帝国、米英に宣戦を布告す』という新聞の大きな活字は、よく覚えている」（石毛直道、昭和十二年生、銚子市で）

「八月十五日の放送は、ガリガリという雑音の合間を縫って、何かお能とか謡にも近いような、鼻音にかかったようにしゃべる声が聴こえてきたが、子供にはまるで意味がわからなかった」（赤瀬川原平、昭和十二年生、大分市で）

「その日、私達は十二時に学校の校庭に集まった。校長が何か話していた。何をいっていたのか覚えていない。拡声器から『タエーガタキヲタエ、シノービガタキヲシノビ』という声が聞こえた。あんまり変なことばと調子だったので、自然に笑いが腹から湧き上がるのである。周りを見ると皆下を向いてやっぱり笑うのをがまんしている男の子たちの顔があった。そのあとのことは覚えていない」（佐野洋子、昭和十三年生、大連で）

「昼近く、近所の人達が集まってきた。ラジオは庭に面した客間にあった。その戸をあけ、音量をいっぱいにあげた。雑音のなかに声がほそぼそとつづき、みんな芝生の上に座ってしずかにきいていた。その話はすぐに終わってしまい、人々は立ちあがり、ひそひそ話をかわして、帰っていった」（高橋悠治、昭和十三年生、鎌倉市で）

「八月十五日、大人たちが母屋の広間に集まってラジオを聞いていた。皆、沈鬱な表情をしていた。しかし、泣いたり悲しんだりするひとはいなかった。大人たちはかしこまっていたが、妙に儀式的な雰囲気だった。義理で出席する葬式みたいだった。翌日からも、何かが変わったということもな

かった」（中村敦夫、昭和十五年生、疎開先の郡山近郊で）

ひとくちに同世代の体験といっても、とうていひとくくりにできないことがわかる。しかし、こうして生年順に並べかえてみると、昭和十年生まれをふくむ昭和ヒトケタ世代には「軍国少年（少女）」を自覚していた者が多いが、フタケタ世代になるとその自覚が希薄なようにみえる。

同世代でも違った軍国教育

後年、四十代なかばにさしかかった同世代の三人で語り合った記録がある。久野啓介（昭和十一年生）、半田隆（昭和十二年生）とわたし（同）の三人、いずれも国民学校世代、戦時中の「少国民」である。以下にその一部を要約して再録してみる（季刊誌「暗河」三三号、昭和五十七年）。

半田　ぼくは外地、いまの中国東北地区の鞍山にいたので特別かもしれないが、軍国主義一色だった。軍人勅諭を毎朝暗誦させせられた。りっぱな護国神社ができていて、毎朝学校に行くとき、その前で必ず歩調をとらされる。学校には配属将校がいて、いろいろやらされたが、殴り倒されて二、三メートル吹っ飛んだことを覚えている。そんなところで育ったから、自分は絶対軍人になるんだと思っていましたね。

三原　ぼくは山陰の農村地帯で幼年期を過ごしましたから、そうひどくはなかった。いわゆる軍国教育というのも鮮明には記憶にないし、どうもぼんやりした記憶しかないですね。

久野　ぼくは宇土（熊本県宇土市）ですが、開戦のときの自分を覚えてます。何かにつかまってガタガタとふるえていた。まわりが興奮していたからでしょうね。学校は軍隊に接収されて戦争中からお寺などで分散教育を受けた。郊外に軍需工場があったせいで何度も空襲を受け、八月十日の大空襲で町並みはほとんど燃えてしまった。この八月十日を境に戦前の世界とその後の世界はまったくちがった。

三原　なぜかアメリカの戦闘機の機銃掃射にもあまり恐怖感はなかったなあ。上級生に引率された登下校も、むしろ日常の遊びの延長みたいな感じで。

半田　鞍山の小学校は鉄筋コンクリートのスチーム暖房のついた立派な建物だったが、敗戦であけ渡さざるをえなくなる。適当な場所を借りた変則的な授業で、女の先生が「今までの戦争は間違いだった。だから軍人になるなどと考えてはいけない。新しい考え方で国をつくっていくために、これから勉強するんだ」と言ったことを覚えています。家にあった天皇の写真、ご真影を庭で焼いたことが思い出されます。

三原　教科書を塗りつぶしたり、奉安殿が壊されたりという記憶はあるけど、教師もいま半田さんが言ったようなことをおそらく言ったにちがいないが、覚えていない。八月十五日がくっきりした境界という記憶はありません。連続していた感じですね。

久野　戦後はとにかく戦前否定でしょう。戦争中の日本は悪い国でしたと教えこまれて、それを信じて育ったわけですから。

半田　あの戦争が終わったことで、価値観が裏返しになった、と感じた。今までうけてきたことの全否定ですよね。それまでは一応戦勝国だったものが、敗戦国になった。先生に今まで日本のやり方は間違いだったと言われたとき、子供心に愕然としたような気がする。

久野　ぼくにはそれはない。教科書の墨塗りは覚えているけど、何年かうえの人たちのようにショックで、不信感にさいなまれたような記憶はない。ああ、そうかと、すっと塗りつぶしてしまった。

半田　裏返しになったという思いがあるから、戦後の民主主義、あれを受け入れてしまった。これこそ僕らの生きる目安だと思った。

久野　戦前のことは否定したというより、タブーになったという感じ。あとは見事に民主主義の子です。

半田　教師ががらりと変わってしまった。年とった先生を信用したくなかった。

三原　そんなことはなかったなあ。

久野　近くのお寺の坊さんがものすごい軍国主義者だった。町の近くにアメリカの飛行機が落ちて捕虜になった米兵が派出所につれてこられたら、それをぶん殴ったりして。その人が戦後クルリとひっくりかえった。意外なことに英語が達者で、進駐軍といっしょにチャラチャラやっている。周囲の人たちはみな苦々しく思っていた。あいつは何だ、と感じたのは覚えています。

いま読みなおしてみると、久野、半田の「敗戦」「戦後」の受けとめかたとわたしのそれには、かなりの相違がある。同世代でもこんなに違っていたのか、とあらためて驚く。とりわけ外地で徹底した軍国教育を受けた半田のような記憶はわたしにはない。

〝ミソッカス〟たちの二面性

戦中派と戦後世代にはさまれた「国民学校世代」、つまりわたしの世代はどこかそうした曖昧さをかかえたまま戦後をむかえたような気がする。

坪内祐三の『昭和の子供だ君たちも』は、世代論をとおして「戦争」と「戦後」の「昭和思想史を試みた」評論だが、なかで昭和十二年生まれの世代に一章を割いている。次のふたつの指摘はいずれも同書からの孫引きである。

漫画家の東海林さだおはインタビューに応えて、こう述べている（「本の話」二〇〇四年十月号）。

僕たちの世代って、時代の両側を見てきた感があるよね。昭和十二年生まれの前後の人たちって、軍国少年も、その後の民主主義少年も、平等に見えるんです。昭和十九年に国民学校に入って、国民学校の二年の時には終戦になった。そして教科書に墨塗ってたんです。野坂昭如さんの世代は、戦後教育と民主主義でだまされた、みたいなことを言ってますが、ああいうのは僕らにはありません。

わたしの実感も東海林の自世代デッサンにほぼ近い。続けて坪内はやはり昭和十二年生まれの庄司薫のエッセイ集『狼なんかこわくない』から次の一節を引いて、この世代を特徴づけようとする。

簡単に説明することは非常に難しいのだが、たとえばまずこのぼくが終戦の時に小学校二年生だった、ということあたりから問題を考えてみよう。つまり当時の小学校(国民学校といった)は、軍事教練風の体育を初めとして、さまざまな「戦時体制」の特色を持っていたわけだが、二年生まではどうやらミソッカス扱いで、男の子も女の子も仲良く机を並べて勉強していたりしたのだ。したがってぼくの場合には、その「ミソッカス」の二年生の夏休みに戦争が終り、いわば「戦時体制」に実質的には組みこまれないまま、六・三制の民主主義教育へと移行したということになる。またぼくは、その六・三制とよばれるいわゆる新制民主主義義務教育の第五回生に当るわけだけれど、この新制第五回生というあたりが、どうやらぼくの感じでは、その戦後新教育の理想に最も燃えていた時期だったのではないか、という気がしてならない。つまり、ぼくより前のたとえば第一回・第二回といった「先輩」たちの場合には、旧制から新制に移行する際の混乱(たとえば教科書の不備など)がかなり大きかったわけだが、ぼくたちのあたりでは、新教育の理想がようやく具体的に進行し始めていた。(中略)

そこには、戦争を悪だとし、その戦争による自分の「被害者体験」を強調することで自己正当化をはかろうとするオトナへの或る不信感、時には意地悪でよそよそしい「ミソッカス」の目差しが生まれることになる。何故なら、ぼくたちは、戦争体験において「ミソッカス」であるばかりでなく、戦争否定と戦争下における「被害強調」による自己正当化からも「ミソッカス」にされたわけなのだから。

庄司の「ミソッカス」とは、あらためて敷衍するまでもなく、東海林の言う「両側」にはさまれた世代特有の意識を指し、わたしの「おぼろで」「曖昧」な記憶とも重なる。

「少年H」の欺瞞

今では完全な死語になった「少国民」は、銃後の子どもたちを指す官制の呼称だったが、戦後は「軍国少年」のほうがよく使われるようになった。

山中恒（昭和六年生）は、『ボクラ少国民』（全五部）はじめ少国民シリーズで、子どもたちを「軍国少年」に追いこんでいった軍国主義教育を告発しつづけてきた。

真珠湾奇襲の朝、「帝国陸海軍ハ本八日未明、西太平洋ニオイテ米英陸海軍ト戦闘状態ニ入レリ」というラジオの臨時ニュースを聞いて、国民学校四年生の山中少年は、作文に次のように書いたという。

「とうとうやったぞ。さあこれから、大人も子どもも一体で総力戦だ。ラジオは〝敵は幾万ありとても…〟という軍歌で勇み立っている。敵の軍艦を轟沈、轟沈のニュースに、思わずみな拍手、喝采した」

そして四年後には、「全く突然に八月十五日の敗戦がやってきた。僕らは最後の一人まで戦うつもりであった。だからこそ、国民義勇兵に志願したのである。敵の弾丸を一発でも多く消耗させるなら、たとえ正規軍の弾除けに使われようと、それが天皇陛下の命令とあれば、喜んでそうしようと思った」と書く典型的な銃後の少国民、軍国少年であった（ウェブサイト「ボクラ少国民」）。

その山中よりひとつ年かさの妹尾河童のミリオンセラー『少年H』は、戦時下の神戸で暮らす家族や旧制中学の様子を描いた自伝的作品だが、一読わたしは「いくら何でもそりゃないだろう」と強い違和を覚えた。『少年H』は上下巻あわせ七百十ページの大作だが、文中のあちこちでひっかかった。地域の差や年齢差を考えても、わたしがこれまで知り得た戦時中の様子とあまりにもかけ離れていた。「小説」だからある程度の潤色はやむを得ないとしても、史実に勝手な加工はできないはずだという疑問をぬぐえなかった。

『少年H』刊行二年後の一九九九年、山中は『間違いだらけの少年H』のペンをとって厳しく誤りを指摘する。こちらも八百四十五ページの大冊だが、妹尾の記述を逐条的に膨大な資料と照合して検証している。

山中は「戦後まで誰も知らなかったはずの事実をまるで未来からでも来たかのように予言している」と、多くの事実誤認を指摘し、これは自伝ではなく「戦後的な価値観や思想に基づいて初めから結論ありきで描かれた作品だ」とし、年表の誤読による時制の混乱が原因だろうと推測する。

妹尾に意図的な史実改竄があったとは思わないが、山中の批判にたいしては沈黙をまもりつづけ、文庫化のさいに何個所も訂正や削除がされたと聞く。記憶というのは実にあやうく、頼りない。思い込みや後年の刷り込みが無意識のうちにまぎれこんでしまい、あらたな記憶をつくりあげてしまうこともありがちなのだ。

大江健三郎（昭和十年生）に『遅れてきた青年』という初期の長編作品がある。昭和二十年夏の四国を舞台にした自伝的色彩の濃いその第一部で、国民学校六年生の主人公（大江は五年生だった）は、村にやってきた予科練に「戦争は終わるぞ、きみは幼なすぎて、戦争にまにあわないよ、ぼうや！」と言われる。

同じ小説と言ってもこちらの主人公は「少年H」とちがい、あきらかに山中にちかい「軍国少年」である。「村の六年級でいちばん成績の良い、立派な少国民だった」が、「戦死した数百万の若い日本の兵隊とおなじように、ぼくも戦って死ぬのだ、決して遅すぎはしなかったのだ！」と、銃を手にして戦後社会に無謀な戦いを挑もうとして挫折する。

大江は昭和三十四年（一九五九）の朝日新聞の寄稿のなかで「なんのために死ぬか、なんのために生きぬくか？　国のために、お国のために、というしっかりしたこたえのあった時代があったのだ。……この、お国のために、という目的意識が、とにかく日本人に希望のごときものをあたえていたのだと思う」（「戦後世代のイメージ」）と書いている。

同世代と言っても、大江よりうえの世代の心情の底には「あの戦争」におくれをとってしまった「悔恨」や「後ろめたさ」が埋めこまれているようにみえ、それはかれらの戦後のありようにも深くかかわっていく。

しかし、大江の二歳下、同じ田舎育ちのわたしにはそうした「悔恨」や「後ろめたさ」はない。繰り返しになるが、同世代と言っても、とうていひとくくりにはできないのである。

大江のフィクションの主人公は銃を手に「敗戦」に挑もうとするが、松江では「遅れてきた青年」

たちがじっさいに武装蜂起する。

「遅れてきた青年」たちの決起

敗戦から十日後の八月二十五日、国民学校六年生の郡山政宏は、いつも遊び場にしていた自宅近くの松江郵便局の床下から、束になったダイナマイト四本を見つけて学校に届け出た（『世相百年』）。まさかこれが不発に終わった「帝国最後のクーデター」（猪瀬直樹）の忘れものとは、郡山少年知るよしもない。郡山はわたしの高校時代の二年先輩である。

事件は八月二十四日未明に起きた。無条件降伏を拒否し、徹底抗戦を主張する青年五十一人が、旧制松江中学の武器庫から歩兵銃や銃剣を奪って、県庁を全焼させ、さらに新聞社を襲って活字箱をひっくりかえし、NHK松江放送局を襲撃する。

〈年表〉は「松江市で降伏反対の皇国義勇軍四十八人（女性八人）、県庁・新聞社・放送局・発電所を襲う。県庁焼失、新聞発行不能」（全員五十一人、女性十四人とも）と記している。

朝日新聞は「島根県庁焼く」とわずか七行のベタ記事で報じ、活字ケースをひっくり返されて「新聞発行不能」になった「島根新聞」は、タブロイド版にきりかえ、こちらもベタ記事九行だけで「県庁全焼す」と報じ、事件の内容には触れていない。警察・検察によって報道は規制されていた。

県庁全焼のほかにいったいなにが起きたのか、市民はしばらくは知ることができなかった。事件の全容が報じられるのは、一カ月後、九月二十六日に関係者が起訴されて、報道解禁となってからである。

しかし、戦後長いあいだこの事件はなかばタブー視され、市民には口にするのを憚る空気があった。「島根県の戦後史はこの県庁焼打ち事件で幕を開けた」(『島根県の歴史』)というが、『松江市誌』などの記述はどこか腰が引け、書き流しているような印象を受ける。

今日、事件の詳細は、『激動二十年——島根県の戦後史』(昭和四十年)、『新聞に見る山陰の世相百年』(昭和五十八年)、猪瀬直樹『天皇の影法師』(同年)などによってくわしく知ることができる。

各書によって事件の経過をあらためてたどってみる。

二十四日未明、島根県庁が放火され、わずか二時間足らずで焼失した。消火に向かおうとした一人が惨殺され、皇国義勇軍の〝兵士〟たちは、計画どおりいく手にもわかれて各所を襲う。

知事公舎を襲った数人は、知事と検事正を殺害する計画だったが、知事不在のため断念。島根新聞社は銃剣で武装した五人に襲われ、輪転機の付属機械を破壊され、活字ケースを倒された。郊外の発電所と変電所では送電ケーブルが切断され、市南部は停電する。

通信網切断のため松江郵便局にはダイナマイトが仕掛けられたが、導火線が燃えただけで不発に終わる。銃砲・弾薬を奪うために銃砲店に向かった数人は目標の店を発見できず、未遂に終わる。

白鉢巻きにモンペ姿の女性たちは「布告　大日本は神国なり　絶対神にましますす陛下に降伏なし……」というガリ版刷りの檄文を撒きながら未明の市街を走った。

最後の襲撃目標であり集結場所になったのは、NHK松江放送局だった。ここを占拠してラジオで全国に徹底抗戦を訴える計画だったが、停電のため放送を拒否され、駆けつけた警官隊と武装兵に包囲、鎮圧された。リーダーは割腹自殺をはかったが、一命をとりとめた。

五十一人は十八歳から二十六歳の青年たちで、うち十五人が戦時騒擾罪や放火殺人など八つの罪名で起訴され、一審で有罪判決が確定したが、昭和二十六年（一九五一）の講和条約締結恩赦で釈放された。

四十年後、事件を取材し「恩赦のいたずら――最後のクーデター」（『天皇の影法師』所収）を書く猪瀬直樹は、市内の軍需工場の幹部が玉音放送を聞き違えて「なお乾坤一擲精進せよ」と従業員をあつめて訓示したエピソードから書き起こしている。

この勘違い訓示に期せずして「天皇陛下万歳！」の声が自然にわきおこった。「あれは終戦の詔勅だ」と新聞記者から詔勅の写しを渡された工場幹部は、あわてて全員をもう一度集めて「詔勅」を奉読しなおした。特攻機の部品をつくっていた工場の従業員のなかばは動員学徒だったが、「屈服できない、戦おう」とつめよる学生が五人いたという。

猪瀬は「単に録音の悪さや電波のせいだけではない心理的な要因が、松江ではより大きく作用していた。日本が戦争に敗けたという事実を追認することには抵抗があった」とし、その「心理的な要因」として、松江では戦災というほどの戦災がなかったことや、八月十五日午後になっても家屋撤去作業がつづいていたことから「松江地方にとって、敗戦がいかに唐突であったかを物語っている」と指摘している。

各書とも「唐突な敗戦」を受けとめにくい市民の心情を示すエピソードを、数多く紹介している。

八月十七、十八日には、海軍美保航空基地（米子市）から徹底抗戦派の兵士たちが軍用機を飛ばし、上空から決起を呼びかけるビラを島根、鳥取両県に撒いている。

決起の殺害目標になっていた山田武男知事ですら、「敵上陸せば、男女老若を問わず、尊き方をお迎えし、三瓶山まで戦い抜き、最後のお詫びをする決心」だったといわれ、「本土決戦・徹底抗戦を決意していたのは、松江事件参加者だけではなかった」のである（『島根県の歴史』）。

決起の情報をあらかじめ得ていた憲兵隊幹部や特高警察の幹部たちも武器貸与を約束したり、黙許を与えて彼らの言動にシンパシーをよせていたことも明らかになっている。

「この事件は単なる示威行為として県庁を焼き打ちしたものではない。事件の首謀者らは民間人であり、島根県松江市という一地方で決行されたとはいえ、全国的規模の騒乱を前提として計画された、大日本帝国最後のクーデターなのである。県庁焼打事件は全国一斉蜂起をめざしたが東京はじめ各地に伝播、波及することなく消え去った。事件がほとんど注目されることなく消え去ったのは松江という一地方で起きたことや、もはや唐突と思える時間的ズレによる」

こう書いた事件翌年生まれ猪瀬は、「戦中派に共感し」「大江健三郎の『遅れてきた青年』よりもっと遅れてきた青年だ」と自らを語っている。そんな想いが事件の追跡取材におもむかせたのであろうか。

「無条件降伏」を受けいれられなかった日本人は、松江にかぎらず少なくはなかった。敗戦から半月の間の自決者三百二十三人、不発に終わったが徹底抗戦を呼号して決起した青年将校や軍人も少なからずあった。

戦後の思潮からみれば、この事件はいかにも歴史への「反動」と映るかもしれないが、「遅れてきた青年」たちの決起と挫折は、戦後思潮があっさり忘れてしまった、「あの戦争」にこめられていた人々の心情の一端を想い起こさせる。

編笠に　須臾の冬日の　燃えにけり
冷さの　手錠にとざす　腕かな
凍雲や　かいなき言を　うしろ影

「師走某日、この日判決下りたる島根県庁焼打事件の被告達の家族、徒歩にて刑務所に帰る被告を目送のため裁判所横の電柱の陰にたたずめるに行きあいて三句」という長い詞書のある女流俳人、石橋秀野の句（『世相百年』）。

秀野は前章の「機銃掃射体験記」の筆者、山本健吉（石橋貞吉）の妻（当時）、山本に従って松江にあった。この年暮れの事件の一審判決の日に「行きあいて」と、たまたま出会ったように書いているが、決起に寄せた心情的な共感と、その挫折への哀惜から〝被告目送〟に及んだのではなかろうか。

第三章　「戦後」のはじまり

「奉安殿」が消えた

小学校の校門をはいると右手に「奉安殿」があった。小さいが白壁土蔵づくりの堅固な建物で、登下校時に前を通るときにはかならず最敬礼しなければならぬ聖域だった。左手には薪を背負って本を読みながら歩く二宮金次郎の石像があった。このふたつはどこの小学校にもかならずあったが、いつの間にか消えていた。

奉安殿は戦前の小中学校に設置が義務づけられ、下賜された「ご真影」（天皇の写真）が教育勅語などといっしょに安置されていた。紀元節には、講堂壇上奥の引き戸があけられ、奉安殿から移された「ご真影」を前に「雲にそびゆる高千穂の……」と奉祝歌を斉唱した。この時代の天皇は「神」だった。関東大震災のとき、ご真影を火災から守ろうとして何人もの校長が焼死、殉職したため管理が厳重になり、ますます神格化されていったという。

奉安殿は学校だけでなく、県庁にもあった。前章の「松江騒擾事件」のときに知事がまず心配したのは「知事室正面にある奉安殿のご真影だった。すでに地下避難所に移されていると聞き、その前に椅子をおいて指揮をとったという」（『島根県の歴史』）。

〈年表〉によれば、昭和二十年十二月、ＧＨＱ（連合軍総司令部）は「国家神道排除」を命じている。奉安殿の撤去はそれに従ったものであろうが、学校関係者は戸惑ったにちがいない。昨日までは「神」だった「ご真影」をどう「排除」すればよいのか、「勅語とご真影」は奉還すべしと指示され（奉還と言われてもどこに返せばよいのだろう）、島根県ではほとんどが焼却された。

後日の新聞記事によれば、「二十年十一月末、各学校や役所にあった勅語、ご真影の類はひそかに回収され、松江市外中原の県立盲唖学校の焼却炉で焼かれた」（『世相百年』）。「県内から集められたご真影はおよそ六百枚だった」（『激動二十年——島根県の戦後史』）。

この年、十一月に連合軍が松江市に進駐する。関係者は、ご真影や勅語類をすばやく、ひそかに「処分」し、こうして明治からつづいてきた奉安殿は全国から姿を消した。

「津田小学校沿革史」の年譜には、昭和二十一年「七月二十二日、奉安殿撤去作業開始」とある。占領軍進駐と同時に「ご真影と勅語」がまず焼却され、翌年に奉安殿が撤去されたようだ。

しかし、回収されたのは「ご真影」や「勅語」だけではなかった。〈年表〉によれば、ＧＨＱは二十年暮れに「修身・日本歴史・地理の授業停止と教科書回収」も指示している。この「指示」に従ったのであろう、翌年四月島根県は「直接間接ヲ問ハズ修身・国史・地理ニ関スル図書一切」の徹底的回収を命じる。

ＧＨＱの「指示」には「教科書」とあるのに、島根県内政部は松江市内の学校を巡回して「進駐軍の命令だ」と「図書一切」を没収した。しかも没収した「図書」を再生用に製紙会社に売りわたそうとしていた（『ある高校教師の戦後史』）。

旧制松江中学には、「群書類従」から「国史大系」「本居宣長全集」「大日本古文書」など創立以来の膨大な蔵書があったが、これらもごっそり「回収」されてしまった。のちの調査によれば、島根県内で八十七万余冊が「没収」されたという。

これは一大事だと、藤原治ら歴史教師たちが返還に奔走する。県ではラチがあかないので、上京して文部省や終戦連絡中央事務局、ＧＨＱにもかけあってやっと返還を実現させる。そのころ県は「回収図書」をひそかに製紙会社に送り、再生用に溶かされようとしていた。

発送寸前「司令部ト協議中ニ付、処分ノタメノ発送見合セラレタシ」との電報が県内政部に届き、なんとかストップがかかった。旧制松江中学への図書返還は実現したが、県内の一部の図書はすでに広島の再生工場に送られ、溶解された後だったという。

島根にかぎらず茨城、佐賀などでも同様の回収事件が発生していた。その一部を文部省は再生資源として日本故紙統制組合に有償で払い下げてしまったという。回収図書を業者に払い下げてカネを得ようとした不届き者がいたのである。

「終戦は敗戦」と教えたら

藤原治はわたしの母校、松江高校（現松江北高）の歴史の教師で、授業を受けたことはないが、親しくしてもらった恩師である。敗戦直前に東京から松江に帰り、二十年秋から旧制松江中学の教壇に立った。「終戦」と言い、誰も「敗戦」と言わぬまわりの空気にさからって、「そう言うことには当時危険も感じられた」が、あえて「日本の敗戦」を授業でとりあげた。

しかし、生徒の反応は「許しがたいというように目を光らせているもの、反抗的に質問するもの、沈鬱にだまりこくっているもの、なにをいってもへらへら際限なく笑っている生徒など」さまざまだった、と当時の教室風景をつづっている。

猪瀬直樹は松江の軍需工場での「終戦の詔勅」奉読に「屈服できない、戦おう」とつめよった動員学徒がいたことを前掲『天皇の影法師』に書きとめているが、旧制中学の学生たちのあいだにも「敗戦」を受け容れがたい、あるいは受けとめかねている者が「(敗戦と)言うことには危険も感じられる」ほどいたことがうかがえる。

藤原はさらに変わりゆく町の様子を苦々しげに書いている。

二十年の暮れには松江にも占領軍が進駐してきた。慰安婦が幌をかけたトラックで連隊あとの米軍兵舎に運ばれていった。ジープがかけまわり、町のまん中の車一台通りかねる殿さま時代以来の狭い道路、狭い橋が、たちまち大きくつくりかえさせられた。

その冬、「進駐軍の命令」で除雪させられた。松江というところはむかしから自分の家の前わずかしか除雪せず、ほかは全然かまいつけない家もあるところである。もと県庁の役人で、戦後新聞社へ出ていたある町内会長は、「進駐軍がお通りになるので、今朝はみんなで雪かきします」

と、わたしたちを集めて訓示した。

松江にかぎらず、学校にかぎらず、「にわか民主主義者」や占領軍の「お先棒」かつぎがあらわれたことは数々の記録が明らかにしている。

野呂邦暢もそんな戦後の学校の風景をかきとめている。

私たちは教科書に墨を塗った。教師たちは天皇の〝御真影〟をおさめた奉安殿をつるはしでこわした。かつてそれに対する敬礼を忘れた生徒を殴りとばした教師が最も熱心につるはしを振り回しているのを私は見た。進駐して来た米軍兵士に片言の英語で阿諛したのも彼であった。変り身のはやさは何もジャーナリズムに限っていたのではない。これが私の戦後である（『失われた兵士たち』）。

黒煙あげる武装解除

子ども心に「敗戦」を思い知らされたのは、進駐してきた米軍による日本軍の武装解除を目撃したときだったのではなかろうか。

自宅前の大きな池の向うにひろがる練兵場から黒煙があがっていた。裏山にのぼってうかがうと、中空まで伸びる黒煙の下を炎が走っていた。たしかここには飛ばない飛行機が一機駐機していたはずだが、その姿も黒煙におおわれて見えない。

近所の小学生数人で誘いあわせてこっそり練兵場に向かった。生い茂る夏草をかきわけ、かきわけ腹這いになって進んだ。風向きがかわると、叫び声とも笑い声ともつかぬさざめきが風に運ばれてくる。草っ原の中央の短い滑走路で、大人の身の丈の三倍ほどの高さに積みあげられた塊が燃えていた。まわりには真新しい有刺鉄線が張りめぐらされ、内側では銃を手にした迷彩服のアメリカ兵四、五人が火を遠巻きにし、二台のジープにも数人の米兵の姿が見えた。

火勢が衰えかけると兵隊たちはガソリンを缶ごと放り投げ、そのたびにボッとあたりの空気を震わせて炎が噴きあげる。黒煙が風に流されて急に暗くなる。やがて夕暮れになると兵隊たちはジープに乗って姿を消した。

しばらく様子を見てから有刺鉄線を押し開き、隙間から中にもぐりこんだ。油を燃やした強い異臭が鼻をつく。まだくすぶり続ける鉄塊はおびただしい数の小銃やサーベル、銃剣の山だった。銃床が焼け落ちてしまった小銃や焼けただれたサーベルはただの鉄屑になっていた。

ゴボウ剣と呼んでいた銃剣の鞘をはらい、まだ熱い剣を一本ずつ手にして引き揚げた。夕闇がせまる裏山にかけのぼり、秘密基地の隅に銃剣を埋め、木の葉を敷きつめてかえった。

米軍が東京に進駐したのは昭和二十年九月八日、その後、続々と各県に連合軍が進駐してくる。松江への米軍の進駐は十一月六日、三個中隊およそ六百名、自宅近くの旧陸軍の兵営に落ち着いた。ずいぶん遅い進駐だ。

しかし、わたしの見た「武装解除」は、まだ暑気が残る秋口だった気がする。調べてみると、「進駐に先立ってやってきた先遣隊が接収した民間の武器は、銃器七百六十六丁、刀剣二万二千二百十三振」だった（『世相百年』）。あの「武装解除」は、三次にわたる先遣隊によるもので、接収した武器の一部が練兵場で焼却されたのではなかろうか。

やがて兵営に進駐軍本隊がやってきた。ガイジンを見るのははじめてだった。兵営正門前には同級生の商店もあり、「近づくな」と言われても、怖いもの見たさの好奇心がまさり、数人連れだってはおそるおそる近づいた。

兵営をジープやトラックで出入りする米兵たちは、きのうまでの敵国に進駐した緊張など感じさせぬほどリラックスしている様子だった。はじめて見る「ジュウリンシャ」の迫力は圧倒的だった。日本陸軍のトラックの車輪は四つか六つだったが、かれらの軍用トラックの四つの後輪はすべて二重で合計十個の車輪がついていた。なるほど十輪車である。「見たか」「うん、見た見た」とジュウリンシャはしばらく子どもたちの流行語になり、轟音と埃を巻きあげて街を驀進していく姿をうっとりと眺めた。

進駐軍がくると「女はすべて犯される」「男は沖縄に連行されて働かされる」などのデマが流れていたそうだが、噂におびえて逃げだす人などいなかった。「鬼畜米英」など誰も信じていなかったのだろう。

藤原治は「慰安婦が幌をかけたトラックで連隊あとの米軍兵舎に運ばれていった」と書いているが、古老に聞けば、「兵営の裏にあった納屋みたいなところに女たちがいて、進駐軍の兵隊たちがよくやってきていた」という。

内務省は敗戦の三日後に全国の警察管区に占領軍専用の〝慰安施設〟をつくるよう無電で指示したという。女性の「調達」には警察署長があたり、地元の売春業者や関係者を動員すべし、と。だが数日後に政府は直接関与すべきではないと業者に請け負わせることになり、政府から業者に巨額の資金が流れ、のち首相となる大蔵官僚の池田勇人は「一億円で純潔が守れるなら安いものだ」と言ったと伝えられる（『敗北を抱きしめて』）。

島根県知事は「婦人は媚態を慎む。青少年は戦時下の気分を一掃し友好的な気分を持つべし」と訓示していた。あやしげな噂がないではなかったが、村で進駐軍に「媚態」をみせるような女性の姿を見かけたことはない。

「鬼畜米英」と教えこみ、一転「友好的になれ」という。子どもたちは忠実だった。誘い合わせては兵営の正門前をうろうろし、ガムやキャンデー欲しさに米兵についていくようになった。わたしも一度だけ米兵からガムをもらい、こんなに甘いものがあるのかとびっくりしたことがある。やがて「友好的な気分」が行き過ぎたのか、警察は「米兵に物品をみだりに請求しない。将兵のあとをついて歩かない」と警告を発した。

たしか黒人兵に撮ってもらった手札大の写真があったはずだが、いくら探しても見つからぬ。記憶に残るその写真のなかのわたしは、つぎはぎだらけの寸足らずのズボンをはき、足元は草履ばきだった。撮影後にプリントしてくれたのだから、その兵隊とは少なくとも二度は会っているはずだが、どうしてそんなことになったのか思いだせない。かなり「友好的」になっていたに違いない。

しかし、わたしより二歳年長の大江健三郎は「子供たちの群れに、チョコレートが投げられる。

（中略）もっともぼくはそれを拾わなかった。しかし、結局それは拾ったよりも悪かった。僕はそのチョコレートによってきわめて激しく誘惑され、しかも自尊心からそれを拾うことを拒んだのである。複雑なジレンマがぼくをとらえた」と書いている（『鯨の死滅する日』）。

大江のこの文章を引いて、戦後生まれの小熊英二は「ほとんどの米兵がジープを運転でき、タバコや菓子などを豊富にもっていた。子供たちは米兵が投げ与えるチョコレートに群がり、米軍住宅に出入りできることは一種の特権となった。しかしその憧憬は、強い屈辱感と一体となったものであった」と書き、こうした米軍への「憧憬」と「屈辱」というアンビバレントな感情が、のちの反米ナショナリズムにつながっていったと指摘している（『〈民主〉と〈愛国〉』）。

子どもたちの「ギブミー・チョコレート」は、敗戦を象徴する光景としてよく語られるが、いま思いかえしてみても、わたしにはガムやチョコレートを「投げ与えられた」記憶はない。たしか手渡ししてくれたと思う。だからというわけではないが、大江のように自尊心が傷つくことも、屈辱も感じたこともない。幼すぎたのか、鈍感だったのか。

独立記念祭のカレーライス

進駐してきたのは、なるほど「連合軍」だったとのちに思いあたる。最初は長身で脚の長い米兵、やがて鼻梁の通ったピンク色の顔のイギリス兵、そして黒褐色の哲学者を思わせる口数の少ないインド兵、彼らがいれかわりにやってきた。

島根県への連合軍の進駐は二十年十一月、まず米兵一千名、うち六百名が松江へ。翌二十一年四月には米兵にかわって英豪軍六百名、二カ月後にやってきた英印軍一千名が二十二年八月まで駐留した（『新修松江市誌』）。

彼らは農家の軒先や庭にいきなり入ってくる。門構えや塀のある家など一軒もない田舎のこと、戸締りなどする家はなかったから、いつでもどこからでも入れる。日暮れ時に歯の白さだけが目立つ黒人兵がいきなり勝手口から顔をのぞかせ、驚いて逃げだしたこともある。

彼らは物珍しさから訪ねてくるようで、タチの悪いわるさをする兵隊はあまりいなかった。時おり腕時計や光りものをかすめとったり、柿の実をもいで口に入れるくらいのことだった。

そんなある日の夕方、子どもたちが遊んでいるところに大柄な黒人兵があらわれ、モンペ姿のお姉さんを追いかけはじめた。お姉さんは悲鳴をあげて畑の中を一目散に逃げるが、黒人兵の足が早い。そのときだった。彼女の親爺さんが、鍬をふりかざし「ウォーッ」と言葉にならぬわめき声をあげて兵隊を追いかけ、兵隊は驚いて逃げていった。ごくまれにそんな「非友好」的なこともあったが、たいていは友好的に過ぎていった。

「あんたは四年生だったから知らんだろうがな、わしら六年生はインド兵にカレーライスをご馳走になったよ」

先輩が少し自慢そうに教えてくれた。インド軍から招待されたのは上級生だけだった。

「ほう、それで牛肉も入っていた？」

「いや、よう覚えとらんなあ」

なぜそんな質問に及んだか。古老から「インド兵はなあ、緬羊をいっぱい連れて道を歩くもんだから、糞が臭くて困ったよ」と聞いたばかりだったから。牛肉を口にしないインド兵は駐屯地で緬羊まで飼育していたらしい。

カレー招待日には兵営から花火がうちあげられ、上級生たちは大歓迎を受けたという。

「松江市民に親しまれた古志原の英印軍部隊はさる十五日の印度独立祭の学童招待を最後に本国へ引揚げることになり、隊長パカーシ中佐は二十八日夜松江駅出発を前に市民諸君へのお別れのステートメントを発表」し、今後の友好を期待して去った（「島根新聞」昭和二十二年八月二十九日）。

一九四七年八月十五日、インド独立。この日から英印軍（英領インド軍）は晴れて独立インド軍となり、その歓びが兵舎でのカレーライス招待となったのである。

小学校の前に永井邸という大きな門構えの屋敷があった。門はいつも閉じられ、周囲に高い塀をめぐらし、なかの様子はうかがえない。この屋敷は連合軍に接収され、軍政部の将校らしい一家が住んでいた。あるじは軍服のこともあれば背広姿のこともあった。

やがて彼の姿を学校でもよく見かけるようになった。校庭にもよくあらわれ、大量のテニスボールをくれたり、珍しい運動をカタコトの日本語で教えてくれるようになり、子どもたちもなじんでいった。何よりも硬式テニスボールのプレゼントが彼の人気を高めた。

子どもたちは手作りのボールやバット、グローブで三角ベース野球に熱中していた。三角ベースとは、二塁ベースを省略して一、三塁と本塁だけ。校庭も広場も狭かったので子どもたちが編みだした省塁野球である。

ボールは丸い石やラムネ玉を芯にして、周囲を綿やボロ切れでくるみ、凧糸で縫いあげたしろもの。バットは雑木をけずった凸凹のある棒。グローブはたいてい母親の手づくり。誰もホンモノを手にしたことがないので、四本指があったり、三本指があったり、でかい手袋みたいなものだ。このボール、「カーン」と硬球を打ったような鋭い音がするが、ゴロを打つとボールはすぐに糸を引いて、やがてほどけてしまう。

戦後の少年野球ブームについては、映画にもなった阿久悠の『瀬戸内少年野球団』が詳しい。阿久悠によれば、当時の少年雑誌の付録にはグローブの型紙がついていたという。知っていれば、母につくってもらえたのに。テニスボールのプレゼントはありがたかったが、難点は飛び過ぎること。すぐに校庭を飛び出して田んぼの中で行方不明になってしまう。

「津田小学校沿革誌」には「昭和二十年十一月三日　松江進駐軍のテーマイヤー代将より学校へボール寄贈あり。三時よりその伝達式挙行」とある。

二十年十一月三日にはまだ占領軍は松江に進駐していない。おそらく翌年の間違いだろう。そうか、あの陽気な将校はテーマイヤーと言ったのか。いや、待てよ。『新修松江市誌』は「(インド軍の)旅団長はチマーヤー准将、その宿舎は西津田町の永井邸であった」と書いている。

「テーマイヤー代将」と「チマーヤー准将」。カタカナ表記の名前も階級の訳語もちがうようだが、おそらく同一人物だろう。ボールの寄贈が二十一年十一月のことだったとすれば、彼はインド軍の将校だったに違いない。インド軍は二十一年六月から英豪軍と交代して駐留していたはずだ。

米英の兵士たちには、子どもの目から見てもどこか日本人を見下しているような感じを受けたが、インド兵にそんな印象はなかった。

墨塗り教科書の記憶

「そうか、あんたもやっぱり教科書を真っ黒に塗った同級生なんだ」

直木賞作家の佐木隆三とはじめて会ったとき、彼はそう言って握手を求めてきた。おたがい昭和十二年生まれとわかり、親密さをまして話が弾んだ。

「墨塗り教科書」とは、占領軍が教科書の軍国主義的な表現や戦意高揚の文章を削除するよう命じ、子どもたちにそうした個所を墨で塗りつぶさせて読めなくした教科書のことである。

わたしも教科書に墨を塗った憶えはかすかにあるが、さほど鮮明ではない。佐木隆三は朝鮮から広島郊外に引き揚げ、原爆のきのこ雲を遠望したという経験の持主だからか、記憶はわたしより鮮明なようだった。

ところがやはり同年の阿久悠は「学校の始まりは、教科書を墨で真っ黒にぬりつぶすことからだった。夢も希望も正義も全てが墨に埋もれてしまった」と書いている（『瀬戸内少年野球団』）。いくらか小説的誇張があるにしても「夢も希望も正義も全てが墨に埋もれてしま」うほどのショックはわたしにはない。永六輔は「教科書の黒塗りもむろんやりましたよ。それがショックだったという話がよくありますが、ぼくは単純におもしろかった」と語っている。わたしの記憶もそれに近い。

高校同窓の友人、田尻賢爾は「学校にあがったのは戦時中。世界地図に赤く色付けされた太平洋の島々、台湾、樺太、満州など、日本の広さを示すものだと教わった。国語読本は『ススメ　ススメ　ヘイタイ　ススメ』。国民学校一年時の記憶だ。教科書として配られたのは新聞を折りたたんだようなもの。先生の言われる行を墨で塗りつぶしたのは戦後のこと。二年か三年か、それとも四年生か。シベリア抑留から幸いにも生還した父がこれを見て『学校の本か、これが』といった」と書いている（「島根弘友の会会報」八九号）。

わたしも入学したときの教科書（国語読本）は「サイタ　サイタ　サクラガ　サイタ　ススメ　ススメ　ヘイタイ　ススメ」だったと思いこんでいた。うろ覚えが気になったので、調べてみると入学した昭和十九年の一年生の国語の教科書（ヨミカタ一）は、違っていた。

アカイ　アカイ　アサヒ　アサヒ
ハト　コイ　コイ
コイヌサン　ア　コマイヌサン　ウン
ヒノマルノ　ハタ　バンザイ　バンザイ
ヘイタイサン　ススメ　ススメ　チテチテ　タ
トタ　テテ　タ

この教科書が制定されたのは昭和十六年、日米開戦の年であり、尋常小学校が国民学校になった年である。わたしや田尻の記憶に残る「ススメ　ススメ　ヘイタイ　ススメ」が出てくるのはひと世代うえ、昭和八年制定の一年生の国語読本、いわゆる「サクラ本」である。

サイタ　サイタ　サクラガ　サイタ
コイ　コイ　シロコイ
ススメ　ススメ　ヘイタイ　ススメ

まさか古い教科書を与えられたわけではあるまいから、わたしや田尻の記憶違いだろうか。新しい教科書にも「ススメ　ススメ」は出てくるが、先代「サクラ本」の「ススメ　ススメ　ヘイタイススメ」とは微妙に違う。後者のほうが語呂がいいので、記憶の転換がおきたのか。

やはり同年の赤瀬川原平が「朝日ジャーナル」掲載の「櫻画報」の最終回で「アカイ　アカイアサヒ　アサヒ」とやって物議をかもしたのは「アサヒ本」の方である。

ある教科書研究者によると、六年たらずの国民学校時代の教科書事情は混乱していて、戦争末期には新しい教科書が届かなかったり、古いものを使いまわしすることもかなりあったというから、わたしが墨を塗ったのは「アサヒ本」なのか、「サクラ本」だったのか、自信がなくなってきた。

先に引いた『子どもたちの8月15日』にも、「墨塗り教科書」体験が出てくる。

「新学期が始まって学校に行くと、『何頁を切り取りなさい。何頁の何行目から何行目までを黒く塗りなさい』と言われました。塗りつぶすための墨も自分たちですって作業をしましたが、ただでさえ薄い教科書が読むところがなくなるほど薄くなってしまいました」（宮内義彦）。

「印象に残っているのは、墨で塗られた教科書のこと、そして教室に男の先生がやってきたことである。学校は戦争中、女の先生ばかりであったが、復員した男の先生が襟章を外した軍服姿で教壇に立つようになった」（河野洋平）。

映画監督の大林宣彦（昭和十三年生）は「教科書の多くの部分を先生に言われる儘に墨で塗り潰した。これだけ多くの、むしろ文章の中心となる言葉を消し去っても、文とは上手く繋るものだという体験は、何だか手品に騙されている様で、酷く面白かった」が、「どんなに上手く隠しても、墨で塗り潰した文字の紙背に『本音』は潜み、永遠に生き続けるものだとも、ぼくはその時もう知っていた」というから凄い。よほど強烈な印象だったのだろう。

「墨塗り教科書」は敗戦直後のわが国教育界の混乱とあわてぶり、用紙不足までをよく表現している。そこにいたる経緯を、〈年表〉でたどってみると、アメリカは日本の「軍国主義教育」におそれをなし、その解体、改革を用意周到かつ強力に進めてきたことがわかる。それは命令、指示、指令、あるいは文部省通達のかたちをとって、矢継ぎ早に学校におりてきた。

［昭和二十年］ＧＨＱ軍国主義教育・超国家主義教育を禁止。推進した教師の追放を指令。全教科書の完全英訳提出を命令、無許可教科書の製造を禁止。「修身・日本史・地理」の授業停止、教科書回収指示。

［同二十一年］米国教育使節団「教育の民主化」勧告。文部省、教育勅語棒読み廃止通達。政府、現代かなづかいを告示。

［同二十二年］教育基本法、学校教育法公布、六・三制始まる。現代かなづかい・当用漢字の国定教科書使用開始。小学校でローマ字教育開始。学校での宮城遥拝・天皇陛下万歳停止を文部省が通達。

〔同二十三年〕国会、教育勅語・軍人勅諭などの失効を決議。検定教科書使用開始。教育委員会法公布。文部省PTA結成を促す。

「教科書墨塗り」の指示は見当たらぬが、『島根県近代教育史』の年表、昭和二十年の項には、「学校の銃剣道・教練廃止通達」「武道を学校から排除通達」とあわせ「戦時教材の省略・削除通達」が出されている。この通達によって、教科書の墨塗りは実施されたのだろう。

新たに公布された教育基本法、学校教育法によって、国民学校がふたたび小学校になったのは四年生のときだった。それで教室が大きく変わった記憶はないが、五年生になったとき、以前ならありえなかった〝事件〟が起きた。

下校時、下駄箱の前で男の教師に呼びとめられ、いきなり顔にビンタをくらい、鼻血がふきだした。思い当たることは何もなかったが、そのころよく鼻血を出していたので、気にもとめず日暮れまで校庭でボールを追っかけていた。しかし、家に帰って驚いた。ビンタをくれた教師と校長がやってきて、「他の子と間違えてたたいてしまった」と母に何度も頭を下げて帰ったという。

数日して事情がわかった。女の子に悪ふざけをした子がいたが、その教師はわたしの仕業と勘違いしてぶってしまった。その様子を目撃した女教師がすかさず村の青年団に通報し、青年団の幹部数人が学校に抗議したため、校長とくだんの教師は、あわててわが家に謝罪にきたのだという。

それにしても女教師は、同僚教師の勘違いをなぜ青年団に通報したのだろう。青年団の幹部はなぜすぐに学校に抗議にあらわれたのか、長いあいだ不審に思っていた。

たまたま目にした吉見義明『焼跡からのデモクラシー――草の根の占領期体験』によっていくら

か疑問が解けた。吉見によれば、「平和的文化国家論」が敗戦後の流行語となり、「農村に多くつくられた、若者が参加する自主的な団体である青年団の中でとくに強い支持を受けることとなった」という。米軍が検閲のために提出させた膨大な出版物のなかに含まれていた長野、山口、石川などの青年団発行の資料を引いて、吉見はそう書いている。

わが村の青年団も地域の民主化の先頭に立ち、教師の体罰にすばやく反応して厳重抗議したのだろうか。しかし、わたしの戦後の青年団のイメージは、秋祭りの舞台で「国定忠治」の村芝居に熱中する姿である。近隣のあちこちで青年団が芝居に熱をあげていた。

もともと村落共同体のなかに自然発生した若衆宿の伝統を国策によって組織化したものが青年団だと理解していたので、民主化の先頭に立つイメージとはうまくかみあわない。吉見の指摘にはいまだに半信半疑である。

食糧難と母の奮闘

「おやじは野球が好きだったので、戦争が終わるとすぐ、小学校のわれわれの仲間に、野球をしよう、といって始めました。最初のうちはグローブがなくて、おふくろたちがカンバス、布でグローブを作ってくれたのを覚えています」

指揮者の小澤征爾（昭和十年生）は、さらに食糧難について「食べ物はうんとなくて、本当になくて戦争中はもちろんなくて、戦争が終わってもすぐにはなくて、おふくろは多摩川べりに、人間が食べられる草をとりに行って、ぞうすいの中に入れて食べたりしました」と語っている（『子どもたちの8月15日』)。

東京だろうと、田舎だろうと、野球少年の記憶の裏には食糧難が貼りついている。みんな腹をすかして手づくりのボールを追っかけていた。

敗戦直後からわが家の主食はサツマイモだった。戦時中から百坪ばかりの家庭菜園はイモとトウモロコシ畑になっていたが、乏しい配給とこの程度の食糧ではとても七人家族の腹を満たすことはできない。

進駐軍に接収されていた旧練兵場が解放されることになり、みんな争って荒れ地を開墾してイモを植え、裏作に小麦を植えた。しかし、借りられるのはあくまで農家優先、わが家のような非農家には割り当てがない。母は村の責任者を拝み倒して、なんとかわずかの土地を借りて、一日の大半を開墾とイモ作りに精出した。

町家育ちの母は、なれぬ鍬や鎌を手にして農家の人たちに教わりながら、なりふりかまわずサツマイモと小麦づくりに没頭した。思い浮かぶそのころの母の姿は、姉さんかぶりにもんぺ、地下足袋である。

今では死語だが、「朝星夜星」という言葉があった。未明に起きだし宵の明星が明るさを増す日暮れまで野良で働く農家の過酷な作業をそう呼んだ。母の毎日はその言葉どおりだった。学校から帰ると、畑仕事を手伝わされるのが嫌で、ときには逃げだして野球に興じていた。

秋には収穫した泥つきのサツマイモを芋づるもろとも、農家から借りたリヤカーや大八車に積んで運ぶ。芋づるも大事な食材である。母が引き、わたしや妹が後から押して家路につくころには日がとっぷり暮れ、星が明滅しはじめる。子ども心にもせつなかった。

農林一号、二号というイモの品種名を憶えている。増収目的に改良された、でかいが水っぽいイモだった。芋粥は甘くておいしいが、米粒がわずかに浮かぶ芋雑炊は杓子ですくって茶碗によそっても箸にかかるのは芋ばかりである。

小麦やトウモロコシは収穫したあと、石臼で挽いて粉にする。それもわたしや妹の仕事だった。ごくまれに手に入る玄米を一升瓶につめて、棒で突いて自家精米することもあった。教師の父は遠隔地に単身赴任しており、畑仕事はほとんどできなかったので、わたしをかしらに食べざかりの四人の妹をかかえ、母は食糧確保に誇張でなく死にものぐるいの毎日だった。母の頑張りがなければ飢えていたかもしれない。それだけで家族の口を糊するのは不足とみて、さらに少し離れた山の中腹まで借りて石ころ山の開墾まではじめた。

当時の食糧事情を思いだすと、連想ゲームのように次々とあれこれが浮かんでくる。食糧事情はなかなか好転しなかった。食糧だけでなく、薪も炭も自給自足だった。薪割りするような太い木は手に入らぬので、近くの山にはいって枯枝をひろい集めてくるのが、下校時のわたしや妹の日課になっていた。

冬の暖房は火鉢と炬燵だが、木炭がなかなか手に入らない。見よう見まねで炭焼きを始めた。役目を終えた防空壕に、農家からもらってきた籾殻を積みあげ、そこに山から伐りだしてきた生木を埋め込む。御用ずみの古いトタンの樋が煙突になった。枯木ひろいも生木の伐り出しもみな近くの山からだが、山主から苦情はこなかった。子どものやることだからと大目にみてくれていたのだろう。

炭焼きは苦にならず、面白かった。日暮れに点火し、夜中に一度起きて煙の具合をたしかめる。朝方、焼け焦げた籾殻を取り除き、まだ燻っている熱い炭に水をかけて乾燥させれば完成である。簡単なようで、これがなかなかうまくいかない。燃焼時間や温度調節がむずかしく、焼け過ぎれば消し炭になり、燃焼不足だと生焼けの炭になる。生焼けを炬燵にくべると、もうもうと煙があがり、涙が出る。

炭焼きは実利もさることながら、失敗を繰り返しながら次第にうまく焼ける過程が面白く、楽しい仕事だった。こうしてわたしが焼いた少々煙たい木炭で、わが家は山陰の長い冬を何度過ごしたろうか。

「あれは私の帯だった」

しかし、米だけはどうにもならなかった。物々交換でもわずかしか手に入らなかった。三十戸ばかりの村のほとんどは農家で、非農家はわたしの家と疎開や引揚げの数軒だけだった。畑作中心の村だったが、小さな田んぼがあちこちに散在し、農家の人たちは米に不自由しているようには見えなかった。白米の弁当を持参できる農家の子どもたちがうらやましかった。

大人になってわかったことだが、目の前に大きな溜池があるのに、その水利権は下流の農村の独占で、村内では使えなかった。点在するわずかな田んぼもすべて下流の農家の小作田で、農地改革までは供出後に残る自家消費米はそう多くはなかったらしい。

鎮守の夏祭りの宵だった。母と二人で暗がりの道を急いでいたとき、近所の農家の娘さんとすれ違った。いや、もう娘さんではない。つい先ごろ村外の農家に嫁いだお嫁さんだった。祭りの夜の里帰りだったのかもしれない。母と短い挨拶を交わして、行き違った。しばらくして母が、ひとりごとのように漏らした。

「あの帯はわたしが嫁入りのときに持ってきたものだった」

「ふ〜ん」と、頷いたかどうだったか、さして気にもとめなかったように思う。後年、わたしはこのひとことを何度も思い出すことになる。母の嫁入り衣裳のあれこれは、何升かの米と物々交換されて人手にわたり、子どもたちの胃袋をひととき満たした。母には未練の残る帯であったに違いない。

絵本作家の角野栄子（昭和十年生）は、東京大空襲のあと、疎開先の千葉の田舎での似たような経験をつづっている。

「親戚もなく、つながりの薄い土地だったから、食料を分けてもらうのもお風呂にいれてもらうのも、いつもいつもお礼をしなければならなかった。でもその頃になると、お金はあまり役に立たない。それで物との交換ということになる。『奥さん、いい大島の着物を着てるね』といわれれば、今度はそれが欲しいのだと、母は感じた。そしてそれは大抵その通りになった。母の着物が一枚、一枚ととりだされ、お米や麦に変わっていった。そんなとき、母はその着物の思い出を、何かしらいうのだった」（『子どもたちの8月15日』）。

十歳の彼女は、疎開先の級友の農家でたまたま「つやつやしたご飯粒」のご飯をふるまわれたことを、家族にどう言いわけしようかと、思い悩んだという。

銀シャリ泥棒のトラウマ

そう言えば、わたしにもずっと言いだせぬまま、封印してきたことがある。

戦後二、三年たったころだった。あいかわらず住宅難がつづき、玄関わきの六畳間に新婚の映写技師夫婦が間借りしていた。映画館はどこも立見がでるほどの景気で、映写技師は羽振りがよく「支配人や館主より威張ってる」と言われた時代だった。

日暮れ時、表で遊んでいると、この六畳間からご飯の炊ける香ばしいかおりが流れてきた。吸い寄せられるように、わたしは勝手知った映写技師の部屋に忍び込んでいた。電熱器のうえの鍋でご飯が炊きあがったばかりで、部屋中にかおりが漂っていた。気がついたときには手近の杓子で、真っ白いご飯をすくいとって口に入れていた。

一瞬のち自分のやったことに気づいて愕然とし、あわてて逃げだした。やがて戻ってきた新婚さんが「泥棒が入ったみたいです。ご飯を食べられてます」と母にかき口説く声が聞こえた。ああ、バレてしまった。みんなわたしの仕業と気づくだろう、と観念した。

ところが、母も新婚さんもわたしを疑っている様子はない。それをよいことにとうとう言いだしかねね、だんまりを決め込んでしまった。言いだす勇気もなかったが、飯泥棒という破廉恥をしでかし、母を傷つけるのを恐れてもいたと思う。

飯泥棒のことはその後ずっと抽出しの奥深くしまいこんで今日まで封印してきた。今でも「銀シャリ」と耳にすると、このトラウマがよみがえって落ち着かない気持ちになる。

敗戦の年の秋、出征していた伯父が復員してきた。日暮れどきの西日を背に受けたシルエットの伯父は、戦闘帽に背嚢、ゲートルの軍靴姿で、全身に埃を浴びたような疲れきった表情で帰ってきた。髭がのび、何だかひとまわり小さくなったようにみえた。伯父の留守家族はわが家に身を寄せていたので、ここに復員してきたのである。追いかけるように朝鮮で日本語教師をやっていた叔父夫婦も子供二人を伴って引揚げてきた。

三家族は一、二階と納屋にわかれ、わが家はたちまち十七、八人の大家族であふれかえることになった。いったい日々の食糧をどうやって確保していたのだろう。わが家のイモ畑と配給だけではとうてい足りなかったはずだ。餓死者もでなかったところをみれば、大人たちはあの手この手で、やりくり工面して乗りきったに違いない。

松江市では戦時中の強制疎開で、三千百八十七戸がとり壊され、そこに復員や引揚げが相次ぎ、市は空家や空室のある家に貸与を要請していた。松江市への引揚者はおよそ二千人、他市からの転入者ざっと二千五百人、昭和二十二年の不足住宅は二千六百戸にもなり、深刻な住宅不足におちいっていた(『新修島根県史』)。

やがて同居していた二家族が、それぞれ借家を見つけて移っていくと、入れかわりに二階に間借り人が入った。昭和二十一年暮れから、シベリア抑留者の引き揚げが始まり、舞鶴港に入る引揚げ船、興安丸に乗船する国立病院のベテラン看護婦さんに部屋を貸したのである。彼女はわが家を拠点にして、しばらく松江と舞鶴を往復していた。

第四章　カオスのなかの新制中学

間借り校舎を転々

昭和二十五年（一九五〇）春、松江市立第四中学に入学した。三年前の学制改革で誕生した六三制の新制中学は、カオスのなかにあった。

校名にしてからドサクサ紛れに安直につけたのではないかと疑う。市街の中心部から一中、二中……と割りふり、郊外のわが四中のあとにさらに五中と、いっぺんに五つの中学が誕生した。

「新制小中学校発足、財源難のため中学校舎の建設はかどらず」と〈年表〉二十二年の項にある。わが四中も校舎がなかった。学校の「沿革概要」によれば——。

昭和22・4・1　松江市立第四中学設立
昭和22・4・16　本校を津田小に付設、分校を県立松江商業に委託して開校

昭和23・4・1　本校を県立工業学校に移転
昭和25・12・9　現校舎に移転完了統合（のちさらに移転）
昭和26・3・18　校歌・校旗制定

入学したのは旧県立工業学校の校舎、県立工業が歩兵連隊の兵営跡に移転したあとに第三中学との同居だった。その年暮れになって旧商業学校の校舎が四中自前の校舎になった。

寒い日だった。一キロ足らずの道をみんな自分の机や椅子をかついで往復したのを覚えている。新学制スタート時は全国どこでもそんなやりくりで校舎を確保したに違いない。戦災にあった大都市ではもっとひどかっただろう。

この年六月、朝鮮戦争勃発。隣の米子市の旧海軍飛行隊基地は米軍に接収され、ここから朝鮮半島に向けて飛びたつ戦闘機の爆音が聞こえることもあった。基地前面の中海に浮かぶ大根島の同級生たちに聞くと、戦闘機の離着陸の轟音で教師の声も聞こえないほどだったという。

世情騒然とし、校内はいつもざわざわとして落ち着きがなかった。そのせいかよく教師にたたかれた。男子は毎日だれかがビンタをもらっていた。女教師からもチョークや黒板消しが飛んできた。それが日常だったから、特別なこととは思わなかった。

私語が多い、授業を聞かない、始業時間にそろわない……理由はいくらでもあった。たしかに小学生とちがって中学生たちは教師の言うことをなかなかきかなかった。

昼休みにバスケットに興じ過ぎ、七、八人が音楽の授業に遅れたことがあった。整列させられて若い熱血教師から全員ビンタをもらった。よほど腹にすえかねたのだろう、いつものビンタよりも痛かった。そのせいでひとりの鼓膜が破れてしまい、辞表を出す、出すなという騒ぎになった。女生徒たちは教室にたてこもり「先生、やめないで」と涙声で訴え、結局お咎めなしで幕となった。

二年生になって学校にはじめてピアノがやってきた。この熱血教師の指名で、〝ピアノ開き〟にわたしが「エリーゼのために」を弾くことになった。父が音楽教師だったので家に大きなオルガンはあったがピアノはなかった。父がピアノを買ったのはずっと先、定年退職後のことである。ピアノはまだ贅沢品だった。

熱血教師の特訓でなんとかピアノ開きを終えたが、男子生徒たちの評判はすこぶる悪かった。「男のくせに軟弱！」というのである。これはこたえた。ピアノはあきらめて、硬派に転向し、三年生では応援団長におさまっていた。

その応援団長になったときのことだ。「言うことをきかない生徒はたたいてもいいぞ」と教師からお墨つきをもらい、手旗の竿で指示にしたがわぬ下級生を何人かたたいた。すると二年下の妹が体育館裏に呼び出され、仕返しされた。

それにしても、よくぶたれた。おんな先生にもビンタをもらった。後年、国語教師を訪ね「どうしてあんなにたたいたのですか」と思いきって聞いてみた。

「う～ん、自分でもよくわからんが、あのころの学校は落ち着きがなくてなあ、われわれ教師もどうしていいのか分からなかった。だからついつい手が出たんだと思うな」

そうだったろうと妙に納得した。新制中学四期といっても、まだ戦後の混乱が尾をひいており、教師も手さぐりの毎日だったようだ。

日本じゅうにラジオ少年がいた

小指の先に乗るほどの小さな石ころが、宙を飛ぶ電波をつかまえてレシーバーから音楽やニュースが聞こえてくる。小学校で鉱石ラジオのとりこになった。

中学にはいると、真空管とスピーカーの本格的なラジオを作りたいと思いはじめた。愛読書は誠文堂新光社の月刊「初歩のラジオ」。付録に実物大の配線図がついており、いやがうえにもラジオ少年の気持ちは高ぶる。

しかし、真空管は高価で一年坊主の小遣いではとても手が出ない。ラジオ屋のショーケースに並ぶピカピカの部品を眺めてはため息をつく毎日だった。思いきって通学路にあるラジオ屋に飛び込んで「何でも手伝いますから、ラジオの作り方を教えてください」と頼みこんだ。「無給でもいいなら」と、放課後はほとんどこのラジオ屋で過ごすことになる。

そのうち見よう見まねで簡単な修理ならできるようになった。修理で出る不良部品を集めてラジオを組み立てようという魂胆だが、さすがに不良部品だけでは無理な話。そこでアルバイトを思いつき、魚屋で小魚を分けてもらい、自転車で行商した。売れ残りは伯父の会社の社宅の人たちにお情けで買ってもらった。

やっとそろえた部品で組み立てられるのは、真空管三本だけの並製三球ラジオ、略してナミサン。配線図に従ってハンダづけしていく。最後にスピーカーを接続し、恐るおそる電源を入れ、バリコンをゆっくり回して電波をとらえにかかる。ところが、ブ〜ンというハムしか聞こえない。それもそのはずもう明け方、とっくに放送時間は終わっていた。

民間放送元年といわれた昭和二十六年は、まず新日本放送（のち毎日放送）が開局、朝日放送、ラジオ九州、ラジオ東京が相次いで開局し、夜空は電波銀座となっていたが、ナミサンやナミヨンでは遠くの民放ラジオの電波をとらえられない。部品を買いそろえてやっとつくった「五球スーパーヘテロダイン」は、さすがに音質もよく、遠くの電波も難なくとらえてくれる。

民放ラジオでお気に入りだったのは「地球の上に朝が来る、その裏側は夜だろう」というナンセンスソングで始まる川田晴久とダイナブラザーズの、コントにギター、アコーディオンの軽快な演奏を組み合わせた番組だった。たしかスポンサーは「電気ブラン」という不思議な商品だった。電気ブランが電気とブランデーをくっつけた酒の名前だと中学生は知るよしもない。

NHKの人気番組だった三木鶏郎の「日曜娯楽版」も「陽気な喫茶店」も、放送時間には銭湯がガラ空きになると言われた「君の名は」も、「鐘の鳴る丘」も、「とんち教室」も、「三つの歌」も、このラジオで家族そろって聴いた。

自作のラジオがはじめて電波をとらえたときの、あの身が震えそうになる瞬間は、のちの人生でも思いあたらぬほどの満ち足りた瞬間だった。大げさなと思われるだろうが、けっして誇張ではない。でも、同好の士でなければ理解してもらえないだろうなあ。

福岡の地域文化誌「西日本文化」の表紙に古いラジオの配線図を見つけて懐しかった。旧知のイラストレーター、広野司が「表紙の言葉」にこう書いている。

「少年のころはまだラジオの時代でした。中学三年生になって、当時普及していた真空管式五球スーパーラジオを組み立てたことがあります。配線図と部品を手にしたときは、高揚した電波少年でした。コイル巻きにハンダづけと慣れない作業の配線ミスで、煙が出たり音が聞こえなかったりと、スピーカーからの音声が待ち遠しかった」

ここにもラジオ少年がいた。すると、わたしのブログを目にした行きつけのピアノバーのマスター、阿式一夫からメールが届いた。

「実は僕も同じ道？　を辿りました。スタートは鉱石ラジオではなくゲルマニウムダイオードでしたが。中間周波トランスを使ったST管五球スーパーを作ったのが最後のラジオで、中一でした。それから送信もしてみたくなり、無線小僧に変身して中三でハムの免許をとり、今思えば中学時代は頭の中はオームの法則だけだったような……」

ふたりともわたしより年下だが、あのころ日本じゅうにラジオ少年がいた。

ネットで「ラジオ少年」を検索してみると「当時は物品税が高価で、メーカー製の完成品を購入するよりは真空管などの部品を買い集めて自作したほうが安かったために、受信機を製作する人が多かった。彼らは〈少年技師〉（後のラジオ少年）とも呼ばれ、高度成長期の日本のエレクトロニクス産業の発展の基礎を作る要因の一つともなった」（ウィキペディア）という。

へえ、そうだったんだ。でも、「エレクトロニクス産業発展の基礎」をつくるほどのラジオ少年は身近にはいなかった。いや、待てよ。小学校の鉱石ラジオ仲間だった本田哲也は、大手電算機メーカーでスパコンの売り込みに世界じゅうをかけまわったと言っていた。やはりいた、後年のエレクトロニクス企業戦士も。

映画「原爆の子」と広島訪問

翌二十七年（一九五二）夏、三年生はそろって映画「原爆の子」を映画館に観にいった。広島の小中高校生たちの被爆手記をもとに、新藤兼人監督が撮った原爆の悲惨を訴える劇映画だった。

広島から戦後松江に帰省した母の知り合いのおばさんが、原爆の惨禍をよくこぼしていた。おばさんが連れてくる少年は、原爆のため毛髪がすっかり抜け落ち、顔も青白くいつも体調がわるそうだった。広島と松江は人の往来も多く、原爆のことは子どものころからよく耳にしていた。

この映画は市内の中学三年生すべてに観せられたようだ。そのころ盛んだった「平和教育」の一環だったのだろうか。感想文に応募したら運よく一等賞になった。各校の受賞者は被爆孤児の慰問をかねて広島に派遣されるおまけがついていた。

翌年春、他校の受賞者たちといっしょに被爆八年目の広島市を訪ねた。その悲惨は映画でわかったつもりだったが、やはり現場に立つとショックだった。市内あちこちの被爆モニュメントを訪ねたが、銀行の玄関の石段にくっきり焼きついた人の影は鮮烈に憶えている。原爆の熱線と放射線の直撃を受けたその人は、影だけを残して瞬時に蒸発してしまっただろうと聞かされ、その生々しさに息をのんだ。

広島湾の海べりにあった被爆孤児の養護施設（似島学園か）を慰問したときも、暗い気持になった。同じ年ごろの子どもたちが集まって暮らしていたが、その何倍、何百倍もの子どもたちが命を落としている。何と自分たちは恵まれていたことか。

喜寿の高校同窓会で、いっしょに広島を訪ねた付属中出身の白井英二と、卒業以来はじめて再会した。

「確か中学のとき、いっしょに広島に行ったよなあ」

「うん、行った。あの銀行の石段の人影は今でもおぼえてるよ」

「この前の同窓会は『ヴェトナム出張で欠席』とあったが」

「うん、あのときはヴェトナムだった」

「菅直人と原発の売り込み？」

「まあそんなとこだったかなあ」

白井は原子力研究機構（現・原子力開発機構）を勤めあげたばかりで、福島原発の事故についても語り続けた。

「あれは東大が悪い」と言う。彼の言う東大とは、どうやら悪名高い〝原子力ムラ〟のことを指しているようだった。

「機構の〝もんじゅ〟はどうなんだい」と聞くと、「う〜ん、もんじゅか」と口が重くなった。

永年、原子力開発にたずさわってきた彼も胸中には苦いものを抱えているようすで、おたがい言葉数もすくなくなった。

「あの優勝が自信になった」

「あれがあとの人生で自信になったな。田舎の百姓育ちでも、頑張ればここまでやれるんだと自信がついた」

小学校の還暦同窓会で、ぐいぐい盃をあけていた田中稔が急にまじめな顔つきになってつぶやいた。

「あれ」とは、中学三年秋の野球部の県大会優勝のこと、わたしにもあの日の興奮がよみがえってくる。だれも予想しなかった創部四年目の快挙だった。田中はレギュラーの遊撃手で三番打者、わたしは応援団長、スタンドで声をからして旗をふっていた。

用紙不足から新聞はまだ四ページの時代だったが、翌日の地元紙社会面は「松江四中に栄えの優勝旗――島根中学野球」と六段の大見出しが踊り、記事と写真がほぼ全面を埋めつくしていた。

その片隅に「辺境の選挙戦」の記事がみえる。人口六百人足らずの半農半漁の中海に浮かぶ大根島の江島からのレポートは、豪雨で大きな被害が出たため、この夏はじめて「数名の若者を島外へ出稼ぎに送り出した」と伝え、「都会への富の偏在政策をとる吉田さんにはあきあきした。今度は社会党か改進党に譲ってもらいたい」という島民の談話で結ばれていた。

吉田さんとはむろん当時の吉田茂首相。結果、自由党二百四十議席の圧勝、この島民の願いは届かなかった。そうか、あの優勝は総選挙のさなかだったんだ。そんな大人の世界をよそに、わたしたちは快挙に舞いあがっていた。

予選を勝ちあがった県内十八中学が三日にわたって戦い、この日が決勝だった。相手は前年優勝の石見の強豪津宮中。この試合、エース長岡保則の左腕がさえ、被安打一、奪三振七の快投で、決勝打も放つ大活躍だった。

準決勝で津宮に敗れた安来中の左腕エース義原武敏は、のち甲子園で活躍、巨人の左腕の柱になる。この寸法ではかれば、長岡も上に行っても十分通用する力量の持主だったのだろうが、彼はあっさり家業をついで野球から遠ざかった。

ナインのうち進学して野球をつづけた者はひとりもいない。大半は中卒で就職したり、実業高校に進んで家業をついだ。「六・三制野球ばかりが強くなり」などと野球小僧たちを冷やかす声もあったが、強くなることでのちの人生の自信につなげていった少年たちがいたことは記憶されていい。

「あれが自信になった」という田中のひとことに、胸つかれる思いがした。

われらの四中は農村地帯の津田小と、市街地の雑賀小からやってきた子どもたちで編成されていた。雑賀三に対し津田一、圧倒的に雑賀が多い。街の子たちには田舎の子どもたちをどこか見下すようなところがあり、津田の子どもたちは万事に引いてしまいがちだった。田中もそんなちいさな負い目を抱えていたのだろうか。同級生たちがサラリーマンの道を選んでいくなかで、彼は家業の農業を継いだ。

農家のあとを継いだ同級生の多くが、高度成長期に農地を手放していくなかで、彼は農地も農業を手放さなかった。

「いまも米かい？」

「いや、ほとんど施設だ」

「ハウスか」

「うん、わしの野菜はな、市場でも評価が高くていつも高値でとってもらえる」

「そいつは凄い」

「サラリーマンも現役なら一千万円とるかもしれんが、定年になりゃ年金だ。わしゃ、今でも毎年一千万はあげている」

日焼けした田中の顔は自信にあふれていた。彼は優勝の自信を農業の頑張りにつないで成功しているようだった。

しかし、ハウスの野菜作りにはつらいことも多いはずだ。とりわけ夏の暑い日の作業はつらい。病害虫防除の農薬が加われば、体が蝕まれることはないのか……。一瞬そんな懸念が頭をよぎった。

数年後、田中は六十代で逝ってしまった。やはり癌だったと聞いた。優勝チームのレギュラーのうち五人がすでに鬼籍にうつり、その喪失感たるや尋常ではない。

第五章　民主主義のレッスン

「逆コースのなかの人事異動」

昭和二十八年（一九五三）四月、県立松江高校普通科に入学した。旧制中学から学制が改まって七年目の入学、つまり新制七期生。

松江高校は生徒数二千に近いマンモス校だった。ちょっぴり寂しかったのは、小学校以来の友だちの大半が就職したり、実業高校に進み、いっしょに松江高校に進んだのはふたりだけだったこと。高校進学率もまだ低く、普通高校に進むのはさらに少数だった。

木造二階建て三棟の校舎はもと旧制高等女学校の校舎だった。校名も校舎もめまぐるしくかわり、やっと落ち着いたところに二千人の若者と百人近い教師がひしめいていた。小中校と同じで各学級とも五十人前後、すし詰めである。校内はいつもザワザワとして落ち着かない。

理由のひとつは、「モザイク制」と呼ばれる、選択教科の自由制だった。同級生の顔がそろうのは担任教師の教科だけ。選択教科は学年に関係ないので、毎時間、鞄に教科書や辞書を詰め込んで目当ての教室をウロウロ探して移動する。

これではザワザワしないほうがおかしい。男子生徒はほとんど裸足で廊下を走っていた。音もたてば埃もたつ。通学はたいてい弊衣破帽にカラコロ音をたてる高下駄、前身の旧制中学由来のバンカラな気風があちこちに残っていた。

モザイク制の授業では、毎時間席を並べる生徒が違う。一年で物理をとろうが、三年でとろうが自由だったから教室では上級生とも一緒になる。後ろの方に上級生が陣取り、時には紫煙が漂ってくる。休憩時間に上級生が空缶片手にこっそり煙草をふかすのである。

「戦争中にはなあ、〇〇〇コロ（中国人の蔑称）を何人も斬ったよ。あっけないもんだ。首がコロンと穴に落ちて終わりだ」と、日本刀で中国人捕虜を斬りさげる仕草をしてみせ、大陸での戦争体験を誇らしげに語る教師もいた。

だがこのモザイク制は、次第に強まる受験体制にそぐわぬと、一年後にあっさり廃止された。

同年生まれの桑原莞爾（熊本大学名誉教授）の自分史（『武夫原の春秋』）によれば、彼の母校の松山東高校も「当時は大学並の自由聴講制度の遺制のようなものがあり、単位を計算して私は英語の授業は止めてしまった」という。松山東高には第二外国語もあり、授業時間は百二十分、時間割は二週で一巡、学期も前期と後期があったそうだ。

似たような試みが各地の高校にもあったようだが、いずれも長くは続かず、受験体制が強まっていく。このころ大学受験予備校が急増し、都内で十数校にもなったと〈年表〉は記している。

三年続いた朝鮮戦争の休戦協定が結ばれるこの年は、政治、社会のあらゆる局面で、対立が激しくなってきた年でもあった。国会では保安隊の自衛軍化をめぐって保守・革新の対立が深まり、石川県内灘村の米軍試射場の無期限使用を政府が決定したため、各地に反米基地闘争がひろがり、沖縄では米民政府が武装兵を出動させて軍用地を次々に強制収用していた。

労組の政治ストや賃上げを求めるストライキも続発し、スト規制法が成立し、世情は相変わらず騒然としていた。文部省は日教組を強く意識した教育の中立性維持を通達し、日教組や進歩派文化人、学者との対立が激しくなっていた。

そんな世情を背景に、入学直前の松江高校では教師の人事異動をめぐる紛争が起きていた。この年三月、県教委は校長に相談もなくいきなりふたりの教師に転勤を命じた。県教組高校部の副部長だった内田栄教諭を県西端の高校へ、書記長の星野早苗教諭は山間部の分校へ（『松江北高百年史』、松高はのち南北に分割され、北高が松江高校を継承した）。

教組つぶしと受けとられても仕方のない人事異動に、わたしの入学直前の学校は騒然となったらしい。県教組は不当人事だと猛反発、ＰＴＡや同窓会も歩調をそろえ、生徒会も「松高新聞」も県教委を非難した。結局、激しい闘争のすえ、いったん赴任するが半年後に復帰させるというおかしな妥協が成立して決着した。

入学したばかりの新入生には何が起きているのかさっぱりわからなかったが、上級生たちは「勝った、勝った」と喜んでいた。『松江北高百年史』は「逆コースの中の人事異動」だったと書いている。戦前復帰を意味する「逆コース」が流行語になっていた。こうした文部省と日教組の対立、その島根版ともいえる県教委と教組の対立激化は、その後さまざまなかたちをとって生徒にも見えるようになってくる。

一年のクラス担任の平本卓治は学徒出陣世代の〝ポツダム中尉〟。出陣前に敗戦となり、大学に復学して四年後に松江高校に赴任した三十代の若手教師だった。平本の授業は「一般社会」（いまの「公民」か）、憲法や民法、労働法などを中心にした文字どおり〝社会科〟だった。毎週一回のホーム・ルームはクラス討論、今風に言えばディベートの時間になることが多かった。これが新鮮で面白かった。

大人の世界で議論が沸騰している「再軍備の是非」「死刑制度は是か非か」「全面講和か日米安保か」など、主に時事問題をテーマに、生徒同士で自由に討論させた。世情を反映して生徒の政治への関心も高く、再軍備や講和をめぐっては、意見が対立することもある。侃々諤々のディベートを平本は笑顔で眺めていた。論点を整理して議論をすすめさせることはあったが、どちらかの立場を支持したり、自分の意見を押し付けるようなことはなかった。

平本の記憶に残る当時の松江高校は「壁などが所々壊れた古い木造校舎に、二千名の生徒を抱え、また百名近い個性の強い教師達が割拠していた。おまけに時代は戦後の大変革期であり、教師間や教師と生徒間も絶えず緊張や対立もあったが、同時にそこにはいつも熱情が溢れていたように今から懐かしく思い出される」と回顧している（『しごならず』）。

前文部大臣にかみつく

当時の松江高校では著名な講師を招いた講演会が定期的に開かれていた。平本の回想によれば、「生徒に広い視野を持たせることを意図して、当時としては破格の一流人物を呼んで講演を聞かせた」。回想には桑原武夫、久野収、岡潔、羽仁五郎、天野貞祐などの名があげられている。なるほど当代一流の顔ぶれといってよい。前後五、六年のあいだのことだろうから、そのすべてを聞いたわけではないが、英文学の福原麟太郎、前文部大臣の天野貞祐、哲学者の柳田謙十郎などが記憶に残っている。

「講演のあとで必ず質問の時間が設けられていた。羽仁氏は二千名の田舎の高校生の前で、素朴だが鋭い質問にやや尊大な応対をされたように思えた。生徒の評価は必ずしもよくなかった。カント哲学者の天野貞祐氏の場合は、全体として批判的な空気の中で文部行政に対する厳しい質問にも一つひとつ丁寧に説明を尽くされたのがかえって生徒の好評を買ったように思えた」と平本は書いている。

忘れられないのは、いずれも西田幾多郎門下の哲学者、天野貞祐と柳田謙十郎。十七歳のわたしが、難解な西田哲学に興味をもっていたわけではない。天野は前年まで吉田内閣の文部大臣をつとめ、「道徳教育の必要性」を訴えて「修身の復活だ」と反発され、公立学校に「日の丸、君が代を国旗、国歌として掲揚、斉唱」するよう命じる通達をだし、社会党や日教組から「保守反動」と非難を浴びている渦中の人だった。

平本が指摘しているように、生徒たちの「全体として批判的な空気の中で」の講演だった。質問時間になるとわたしは真っ先に手をあげ、「あなたは戦時中の自分の言動に対して責任をとられたのか？　あの戦争にあなたの責任はなかったのか」とたずねた。

質問というより詰問である。若さの蛮勇おそるべし。平本は「厳しい質問にも一つひとつ丁寧に説明を尽くされた」と書いているが、天野は憤然として「学生は黙って勉強してりゃいいんだ」と不機嫌そうに言い返し、体育館が静まりかえった覚えがある。

戦後の教育を「戦前」に回帰させようとする天野は、わたしには反動と映った。これでは不公平ではないか、と学校側に観念哲学からマルキストに転じた柳田謙十郎の招聘を働きかけた。意外や意外、話はとんとん拍子でまとまり、柳田の講演も実現した。

松江のような田舎町に、都会から「文化」や「思想」の匂いを肉声で運んでくる著名人の講演会は、ときたま巡回してくる文藝春秋の「文芸講演会」か、岩波書店の「文化講演会」くらいだった。

清水幾太郎の松江講演を雑誌「世界」で知り、聞きにいった。気鋭の社会学者（当時学習院大教授）の清水は、戦後の「進歩的文化人」と称される知識人の代表格で、「全面講和か単独講和か」をめぐる激しい論争では、「全面講和」派のリーダーとして論陣を張っていた。

「清水幾太郎とその時代」という論文（「早稲田大学文学研究科紀要」四四号）は「清水にとって一九五三年は〝内灘の年〟であった」としている。清水は雑誌「世界」に「内灘」を発表するなど反基地闘争の先頭にたっていた。

対日平和条約・日米安全保障条約発効して一年、米軍は石川県内灘村に設けた試射場の使用期限を数カ月から無期限に変更すると通告。これに抗議する農民は実力阻止の座り込みをはじめ、北陸鉄道は軍需物資の輸送拒否ストにはいるなど激化する内灘闘争は全国的に注目されていた。

清水の「内灘」を読んで、その講演をぜひ聴きたいと出かけた。細部までは覚えていないが、身ぶり手振りの熱のこもった講演だった。しかし、清水がもらしたひと言に強い違和をおぼえた。それは何度も内灘に足を運び、反対運動のための全国行脚をつづけていることを述べたくだりで唐突に飛び出した。

「一等寝台で全国をかけめぐる」ことがいかに大変か、いかに自己犠牲をはらっているか、そのことを冗談っぽく洩らした。「一等寝台」に乗って悪いとは思わぬが、その語り口ににじむエリート意識に不快をおぼえ、理屈ではなく感情が強く反発した。

先の論文の筆者は「一等寝台車の温かい毛布の中で〝革命〟的大演説の構想にふける高級で〝進歩的〟インテリにとっては一切が革命に見える」のだ、と酷評している。

さすれば清水は「一等寝台」の話を、あちこちでしゃべっていたのか。会場で抱いたわたしの違和感はその後も持続し、清水が全学連と歩調をあわせてリードした六〇年安保闘争のあとで、日本の核武装まで言いだすような「大転向」を遂げても、あまり驚かなかった。

どうやらわたしには、「理」より「情」で物事を決めつけてしまう傾きがある、と自覚した最初だったかもしれない。

伝説の新聞部と「赤い新聞」

クラブ活動はどこにしようか。級友の常松三郎がはいった新聞部が面白そうにみえた。そこに二年先輩の郡山政宏がいた。八年前の「松江騒擾事件」で、不発ダイナマイトを見つけて学校に届け出た当時六年生の郡山少年。四つ年上のはずだが、結核を患って進級が遅れたと聞いた。

痩身痩躯、彫りの深い青白い顔の人で、長髪をかきあげながら下級生に教えさとすように喋った。ラジオドラマや芝居の台本も書いているらしく、将来はアナウンサーか演出家志望だと聞いたが、その活舌は際だっていた。筆も立てば弁も立つ、新入生からみれば、向こうは大人だった。その郡山が新聞部を引っ張っていた。

「松高新聞」についてはさまざまな〝伝説〟があった。統合なった校舎で教師たちが開いた盛大な祝宴をすっぱ抜いて校長をうろたえさせたとか、墨塗り新聞を発行したとか、検閲で発禁処分を受けたことなどなど……。

入部まもない秋、郡山たちは「夜の米軍基地ルポ」を企画し、お隣り米子市にある米軍基地周辺の米兵専用の特飲街に〝突撃取材〟を敢行した。常松によれば「泊りがけの取材で、真夜中に民家の塀によじのぼってフラッシュをたいて写真をとったことをおぼえている」という。

その写真の載った新聞には憶えがある。基地の町の娼婦たちのインタビューやルポが載っていた。この「夜の米軍基地ルポ」の特集記事が思わぬ波紋を呼ぶ。

読売新聞の社会面（十月十四日）に「赤い学生新聞を公認、県当局松江高校に警告」と五段抜きの大見出しで報じられたのである。ふたつの紙面とも現物が手元にないので、松江北高の資料室で、バックナンバーを繰ってみたが、該当すると思われる十七号（か十八号）は欠けていた。

実は先の新聞の見出しも、「松江北高新聞」一〇〇号記念号（昭和四十八年）に掲載されていた、テレビ局のディレクターになっていた郡山の寄稿によっている。「驚天動地、破天荒の記事であった。松高の関係者も、名ざしで糾弾された私も誰一人想像しなかった内容である。声を大にして言うが、県がわが校に警告した事実は全くない」と、郡山は憤激もあらたに書いている。

郡山を先頭に新聞部員たちは、読売新聞の支局に押しかけ、「ウソを書くな」「訂正せよ」と抗議した。わたしも参加したので、よく憶えている。翌々十六日の地元紙「山陰新報」社会面の小さな記事を図書館で見つけた。「誤報か〝赤い新聞〟」の見出しの記事は、学校が公開質問状を出した、と読売の報道をやんわり否定している。

しかし、記事末尾の県教育長談話は「松高新聞が基地や教育委員会の人事批判など政治問題を書いたというので問題になっている。教育委員会への批判は学生新聞のワクを越えるものではないかと考えられるし、基地問題は学生が取上げるにしても限度があるので現在調査中である」と、暗に学校と「松高新聞」への批判をにじませている。

談話のなかの「人事批判」とは先の二教諭配転事件を指しているのだろう。高校新聞の記事をめぐってまで、県教委と教師たちの対立が激しくなっていた。

〝幻の八号〟焼却事件

「赤い新聞」事件には、実は伏線ともいえるもうひとつの「事件」が先行して起きていた。昭和二十六年四月、二年前の第八号〝焼却事件〟である。

当時の発行責任者だった高橋正立（京大名誉教授）から送ってもらった〝幻の第八号〟のトップ

記事は、「新聞や雑誌の事前検閲制度の全面廃止」を学校に求める生徒協議会の決議だった。学校側の事前検閲による発行遅れに悩まされていた新聞部は、この決議を即実行に移した。

週末に印刷をすませた新聞は、翌週生徒に配るため印刷所に保管してあったが、高橋によれば「学校当局は刷りあがった新聞をひそかに運びだして、全部焼却してしまった」らしく、たまたま高橋が校了を見届けて持ち帰った見本刷りだけが手元に残ったという。

作り直した第八号は二カ月後に再発行されたが、焼却事件の記事はなく、コラムが「言論の自由は憲法が保障している。だれでも知っている話である。学校新聞が発禁を受けて焼かれた話など聞くとちょっと色めきたくなる」と、遠まわしに触れているだけである。

この〝幻の新聞〟再発行の五日前に朝鮮戦争が勃発している。まだ米軍の占領状態がつづき、GHQは新聞、雑誌、出版物への検閲を強化し、米軍にとって都合の悪いものは事前検閲で削除や発行停止を命じ、江藤淳がのちに指摘する『閉された言語空間』のなかにあった。

GHQはそればかりでなく、ひそかに日本人の手紙を開封し、日本人検閲官に翻訳させて情報収集していた。その事実が明らかになるのは、マッカーサーが日本を去ってかなり時間がたってからである。「松高新聞」への検閲や墨塗り事件の背後に占領軍の意向が働いていたかどうかはわからぬが、それを先取りした学校や教育委員会が規制強化に動いたのであろうか。

松江高校では新聞のほかに、生徒の論文や文芸作品などクラブ活動の成果をおさめた「生徒会誌」を生徒の自主編集で毎年一回発行していた。のちに漫画家として名をなす二年先輩の園山俊二が、表紙やカットを描いていたことが記憶にある。その昭和二十九年版の座談会のなかに〝伝説の新聞部〟のその後がうかがえる一節がある。

司会　新聞部について何か。

水原　先頃、発行停止になりかけた事件があったろう。実際検閲制度はひどいよ。

宮市　校長が校内の事について、一切の権力を持っているからね。出すなと言われれば生徒として出すわけにゆかないんだ。

水原　しかし、あの事件は断固戦うべきだったな。

宮市　その覚悟だったがね。新聞を支持してくれた先生方の意見を尊重した。墨を塗ってあるから当然生徒のなかから何らかの声が出てくるのを待っていたんだが、何もなくて情けなくなったね。

水原　駄目だよ。松高じゃあ。

宮市　今後はこんなことはあるまいと思うけど、指揮権発動はやめて欲しいね。

「夜の米軍基地ルポ」事件以来、学校側の事前検閲はいちだんと厳しくなっていたようだ。水原相富は生徒会長、のちに彼は帰還船事業で北朝鮮に帰国したと聞いたが、その後の消息は聞かない。宮市正武は新聞部長、彼は広告代理店勤務時代には阿久悠と机を並べていたはずだが、早世した。二人とも遠くにいってしまい、いまとなっては確かめようもない。

初心《うぶ》なマルクス・ボーイたち

上級生に誘われて一年生数人で「シャケン」にもはいった。シャケンとは社会科学研究部の略称、どこの大学にもあったマルクス主義研究会の高校版である。マルキストを目指したわけではないが、当時盛んだった社会主義思想への関心と好奇心であろう。

先輩たちは下宿に集まり、大学生もまじえてテキストの輪読や議論をしているようだった。新入部員たちも「共産党宣言」を手始めにマルクス・ボーイの入門テキストを読みはじめていた。

そのころ、中国から帰国した大石浩行と親しくなった。彼はコミュニストではなかったが、中国生まれの中国育ちだから中国語に堪能で、彼の手ほどきで毛沢東の「矛盾論」や「実践論」を読んだ。

現代中国についての知識は、パール・バックの『大地』や魯迅の『阿Q正伝』などから得た乏しいものだったから、彼から聞く革命後の中国の様子にはみんな興味津々だった。国交回復はずっと後のことでまだ新中国の様子はほとんど報じられていなかった。

大石の父は冶金・採鉱の専門家で旅順工大からハルビン工大教授に移ったところで敗戦をむかえたが、満州に侵攻してきたソ連に、さらに中共（当時は中華民国と区別するため中国をこう呼んでいた）にもとめおかれ（留用と呼んだらしい）、一家が帰国できたのは昭和二十八年になってからだった。

満州生まれの大石は、旅順、ハルビン、奉天（現瀋陽）、大連と満州の主要都市をめぐって、家族とは別にひとり松江の親戚に寄留していたが、一年ほどで東京に去っていった。

大石に少し遅れて、大石と小学校がいっしょだったという藤井淑子も中国から帰国して一級上に転入し、新聞部にはいってきた。彼女もまもなく姿が見えなくなり、のちに京大でロシア語を学んでモスクワに留学、大石によればゴルバチョフの通訳をやっていたという。

ある日、街の本屋で本を探していると、「シャケン」で顔見知りになった大学生に声をかけられた。大きな声で挨拶すると、声をひそめてたしなめられた。

「どこで見張られているかわからん。もっと慎重に行動しろ。尾行にも注意しろ」

それだけ言うと、彼はさっと離れていった。見張り？　尾行？　わけがわからなかった。何か警察にマークされるようなことをしていたのだろうか。本を探しているだけなのに……。

共産党の機関紙「赤旗」は非合法時代を脱して復刊していたが、全国各地で交番が火炎ビンで襲われたり爆破され、共産党をターゲットにした「破壊活動防止法」が成立し、共産党員やそのシンパたちは神経をとがらしていた。そんな時代だったから、彼の警戒心も理由のないことではなかったかもしれないが、それにしても「尾行に注意しろ！」には驚いた。

間もなく「ミンセイ」入団の誘いを受けた。誰から誘われたのか思いだせないが、おそらくシャケンの先輩からだったろう。のちの民青（日本民主青年同盟）は、当時は日本民主青年団と名乗っていた。シャケンの友人数人と入団したが、機関紙「ワカセン」（「若き戦士」の略）を定期講読するくらいで特別な活動をした記憶はない。

ところが入団間もなく、東京で開かれる民青の大会に参加するよう先輩から指示された。東京への好奇心なかば、義務感なかば、コミュニストでもない中学時代からの親友、池内英之とふたりで上京した。二人とも東京ははじめてである。

参加したのは昭和二十九年四月の「民青団第三回躍進全国大会」ではないかと思う。松江～京都、京都～東京と鈍行列車を乗り継いで二十四時間かかって東京に着いた。手元にあるのは、銀座のビルのアドレスだけ。そこで行先が指示されるという。

東京駅に着いたものの、地理不案内でそのビルがどこにあるやら見当もつかない。ままよ、とタクシーに乗った。あっという間にタクシーはそのビルに着いた。あまり近かったからだろう。運転手は不機嫌だった。

そこからがまた不思議の連続だった。何度も電車を乗換えて大きな川を渡り、しもた屋風の二階家に案内された。細々とした注意のあと、案内した人は二階の窓を開け放って、「逃げるときは、ここから屋根伝いに逃げなさい」と言う。

何のことだか、分からなかった。彼は下に降りると、そのまま梯子をはずして姿を消した。梯子は取り外しがきくようになっており、これでもう下には降りられない。いわゆるアジトのひとつだったのだろう。さいわい屋根伝いに逃げだすようなことは起きなかったが、新米マルクスボーイには驚くことばかりだった。

著名な近現代史家の伊藤隆（東大名誉教授）の回想記『歴史と私』をめくっていて驚いた。当時、東大生の伊藤は、共産党に入党して民青のキャップをつとめ「民青本部で『若き戦士』という機関紙作りに励ん」でいたが、「民青の本部は、銀座四丁目の新世界ビルの一室を『不法占拠』していて、そこに私も入り浸り、『学者になるのはやめた。常任活動家になろう』という意気込みでした。警官と対峙してやったりやられたり、支援者の家に匿ってもらったこともあれば、指名手配されたこともある。警察にも一度だけ捕まり、身分証明書をトイレに流して黙秘を通し」たという。

そうか、わたしと池内が訪ねたあのビルに伊藤がおり、細々とした指示を与えたのもあるいは伊藤だったのかもしれない。警察にマークされる活動家だったから、異常なほどの警戒ぶりだったといまなら理解できる。

その民青の大会の模様も会場も全くおぼえていない。憶えているのは、窓から見おろした東京の下町の匂いと、潮騒のように遠くから聞こえてくる大都会の騒音だけだった。

「わだつみ会」から始まった

そのすこし前だったと思う。戦没学徒の遺稿や手記をあつめた『きけわだつみのこえ』を読んで、激しい衝撃を受けた。あの戦争に疑問を抱きながら、学なかばに戦場に散った学生たち。数年年かさの彼らの胸中を思えば、涙と憤りなしには読めなかった。

刊行（昭和二十四年）翌年、「戦没学生記念会」（わだつみ会）が結成され、「反戦」「戦争体験の継承」をかかげて大学生や高校生中心の運動が全国にひろがっていった。新聞部の常松三郎と「わだつみ会」に入会し、やがて仲間は数十人にふえ、校内で「不戦の集い」を開き、ときには街頭に出て「徴兵制反対」の署名活動もやった。

「徴兵制反対」の署名運動なんて、いまからみればリアリティがないように思えるだろうが、署名はよく集まった。当時は朝鮮戦争の余燼がくすぶり、「再軍備せよ」という声の一方で、「逆コース」を懸念する声も多く、巷には危機感が漂っていた。

文芸評論家の小田切秀雄は「やっと平和になって、傷つき疲れた生活と魂とに人間らしい明日への希望と可能が開かれれはじめてからまだわずか四年しかたっていないというのに、またも戦争のキナ臭い匂いが漂いはじめている」(初版『きけわだつみのこえ』解説)と警鐘を鳴らし、映画評論家の佐藤忠男ものちに「日本に徴兵制度が復活して、ちょうどそれにふさわしい年齢である自分が兵隊として朝鮮の前線に送られる可能性があることを本気になって心配していた」と書いている(『黒澤明の世界』)。

学校内外での活動の模様を原稿にして送ると、わだつみ会の機関紙に大きく載る。競うように全国の他校の様子も載っている。こちらはなにしろ全国紙である。数カ月に一度発行の「松高新聞」より面白いので、せっせと書き送った。

初版の序文にフランス文学者の渡邊一夫は「初め、僕は、かなり過激な、日本精神主義的な、ある時には戦争謳歌に近いような若干の短文までをも、全部採録するのが『公正』であると主張したのであったが、出版部の方々は、必ずしも僕の意見には賛同の意を表されなかった」と、書いている。

その結果、同書は反戦戦没学徒の遺稿集のようになってしまった。戦没学生がすべて戦争に疑いを抱き、反戦や厭戦であったわけではない。それなのに公募に応えた「軍国青年」たちの遺稿や手記はすべて不採用になり、編集のありかたをめぐって批判の声があがった。

このため同書はその後何度も編集し直され、一九六三年刊の旧版の「あとがき」によれば、「〈撃ちてしやまん〉といった調子の手記」を不採用としていたが、新版(一九九五年)にはこの手記も採録されたという。

そんな経緯を知らぬ高校生は、多くの学生が反戦の思いをいだきながら戦場に連れだされていったと信じこんでいた。実はこうした政治性を帯びた編集意図が、戦後民主主義のもろさ、浅さにつながっていったのではないか、と今にして思う。

歌声運動とフォークダンスの熱狂

「あれが我らの青春だったな」

七十路を過ぎた高校同窓の友人数人で、晩秋の蒜山高原に遊んだときのことだ。ログハウスの薪ストーブを囲んで呑み、語りあかした深更、かつて新聞部やわだつみ会でいっしょだった青戸俊夫がぼそりともらした。

「エッ、あれッて?」

思わず聞きかえすと、「ほら、あんたがアコーディオンでさ」と言う。「あれ」とは、どうやら高校二年秋の学園祭で、校庭いっぱいにひろがって踊ったフォークダンス（当時はたしかスクエアダンスと言っていた）のことを指しているらしい。後日、別の友人からも「あれが青春だよ。アンコールで、体育館でもやったよな」と聞かされて驚いた。エッ、体育館でもやったのか。それはすっかり忘れていた。

そのころ「わだつみ会」のメンバーたちと「歌う会」をはじめた。あちこちの職場ではやりはじめていた「歌声運動」の高校版である。

級友の岩田好弘の下宿で小さなアコーディオンを見つけた。「あんたが弾くのかい」と聞くと、「いや、俺はダメ。兄貴が使ってたヤツだ」という。「じゃあ、ちょっと借りてもいいかな」と早速これを借りてきた。コードボタン十二個ばかりの小さなアコーディオン。手風琴といったほうが早いか。でも右手は鍵盤だから、堂々たるアコーディオンである。コードさえおぼえれば、何とか弾けそうだ。

こうして毎週、校内に歌声が響くことになった。歌唱指導は「わだつみ会」仲間の内藤守。彼はのち早稲田のグリークラブで歌うことになるから、うってつけのリーダーである。「カチューシャ」「トロイカ」「ぐみの木」などのロシア民謡から、アメリカのフォークソング、労働歌など、日本の歌では「原爆許すまじ」などなど、ガリ版刷りの楽譜をたよりにみんな歌った、歌った。その延長上に「あれ」が登場する。

校庭いっぱいに広がったダンスの輪のなかに、アコーディオンをかついだわたしがいた。定番の「オクラホマミキサー」やフォークソングの伴奏にのってみんな踊った、踊った。わたしも弾いた、弾いた。「それでは、ここまで!」と終わろうとすると、「やめるな!」「もっと続けろ!」とやめさせてくれない。

熱狂と呼ぶほかない突然のあの狂騒はなんだったんだろう。「いい加減にしろ!」と校内で文化祭の展示をやっている連中から苦情が出た。わたしたちの社研も「原爆展」をやっていたのだが、みんな校庭に集まってしまい、校内はからっぽになったらしい。

小学校から男女机をならべていたとはいえ、異性同士の会話はまだどこかぎこちなく、自然には運ばない。胸のうちには淡い恋心も、いやそこまでいかずともそれぞれお目当ての異性に好意は抱いていただろうに。

フォークダンスは、たがいに手をつなぎ、くるりとまわって手をたたき、次々に相手をかえていく。でもひそかに好意をよせる相手と手をつなげる順番はまだまだ先だから「やめるな!」「続けろ!」の怒声がとんだのだろう。自分も踊りたかったのだが、とうとう一度も輪のなかには入れてもらえなかった。これが青戸述懐の「我らの青春」だった。

当時の高校生にとって、「異性」はひそかな最大の関心事だった。「松高新聞」創刊号(昭和二十五年)が「男女共学」についての校内世論調査をやっている。四、五年うえの先輩たちが、はじめての「男女共学」に大いに戸惑っている様子がうかがえる。この世代の小中学校時代はまだ男女共学ではない。

問1　男女共学について
　賛成　四七%　　反対　三二%
問2　共学はうまくいっているか
　いっている　二三%　　いっていない　四一%
問3　異性をお互いに理解できたか
　できた　二一%　　できなかった四五%
問7　異性と話をする時どう云う事が最も多いか

授業・勉強　五三％　クラブ・生徒会　一二％

いまどきの高校生なら噴きだすかもしれないが、大真面目で問いかけ、みんなぎこちなく答えている様子が目に浮かぶ。多数派の声をつなげば「男女共学には賛成だが、うまくいっているとは思えない、だから異性を理解できない」ということになろうか。

さらに「松高新聞」第二号は、「男女交際」について、県教委に〝突撃インタビュー〟を敢行し、その前文は次のように言う。

「私達の学校も愈いよ共学第二年目の新学期を迎えたわけであるが、父兄は私達の未来を期待すると同時に、共学から生ずる恋愛問題や思想的な動揺に不安を抱いている事は当然である。そこで教育委員会を訪問して恋愛問題に対しての回答を得た」

問　学生の恋愛について

答　学生の身としてむつかしいと思う。学徒のうちは勉強することだ。恋愛など考えずにしっかり勉強すべきだ。（略）いろいろ将来の事を考えると今は無理である。

問　普通の交際はどうか

答　交際は正常でよいだろう。といって恋愛が不正常だというのではないが……。

問　男女間の友情は成り立つか。

答　それは成立する。もっとも友情が進めば恋愛にならないとは断言できないが。

問　友情と恋愛の限界はどうしてきめるか。

答　それはなかなか簡単にきめきれない。

笑うなかれ。聞くほうも、聞かれるほうも、おお真面目で汗をかきながらのインタビューである。聞かれた教育委員の面々の困惑する表情が目に浮かぶ。四、五年後輩のわれらにしたって大差ない。あのフォークダンスの熱狂は、若い胸のうちにくすぶる想いの爆発だったのだろう。

大学生たちの帰郷活動

そのうちわたしのつたないアコーディオンに先輩からお呼びがかかった。夏休みに帰省する大学生たちが、農村青年と交流するので、「アコーディオンをかついで来てくれよ」と誘われて参加した。京大や島大の学生、高校の先輩五、六人と山あいの村に出かけていった。どこの村だったのか思いだせないが、深い山に囲まれた村だった。

〈年表〉昭和二十七年の項に「全学連、各地で農村調査工作活動を開始」とある。どうやら全学連の提唱で始まった運動だったらしい。「調査工作活動」が当時の共産党の武闘路線による「山村工作隊」を想起させて気になったが、行ってみればそんな気配はなかった。

京都大学の同学会（自治会）はとりわけ熱心だった。当時は同学会本部詰めで現場には出なかったという先輩の高橋正立（京大名誉教授）に送ってもらった資料（京大文書館蔵）によれば、翌二十八年から数年にわたってガリ版刷りのニュースが発行されているから、活動は相当広範囲、長期にわたっていたようだ。

高橋によれば「一週間くらいかけて農村を回ったと思う。講師陣には、当時二十九歳だった鶴見俊輔さんもいた」はずだという。エエッ、あのグループのなかに鶴見俊輔もいたのか！　一瞬驚いたが、わたしが参加した二十九年夏のグループのなかに鶴見の姿はなかった。当時の鶴見は京大人文科学研究所助教授のはず。鶴見が参加したのはどうやらお隣り鳥取県の農村だったようだ。高橋の手紙には「鳥取でやはり帰郷活動をしたレポートが当時の『思想の科学』に載っているはず。鶴見さんが高く評価していたので記憶にあります」とあった。

農作業の終わる日暮れどき、村の寄合所のようなところに、三々五々若い男女が好奇心に目を輝かせて集まってくる。そこでガリ版刷りの歌詞を渡していっしょに歌い、フォークダンスの伴奏もやった。はじめは恐るおそる、やや引き気味だった青年たちも、ダンスタイムになると照れながらも楽しそうだった。頃合いをみて先輩たちが「社会の矛盾」について、「その矛盾の打開法」について話し始める。オルグである。

歌やダンスの時には楽しそうだった青年たちも、かたい話になると退屈そうで、なかには警戒の色を隠さない人もいた。「交流」と言いつつ、何だか「上から目線」の一方通行のような気がして、少し異和を覚えた。

十年ほど前になるが、わたしはブログで「雑誌『平凡』と山村訪問」と題し、この帰郷活動にふれた。その一節――。

戦後日本の社会改革を目指す学生たちは、大学所在地の大都会でデモやストライキをするだけでなく、長い夏休みや冬休みを利用してそれぞれ帰省した折りに、郷里の勤労青年たちと交流する運動を〝帰省活動〟と称して提案していた。

当時、娯楽雑誌「平凡」は戦後初めて百万部を越す圧倒的な部数を誇っていたが、その愛読者の大半は勤労青少年、それも大都市よりも田舎で圧倒的な売れ行きをみせていた。

「平凡」の投稿欄には勤労青年（女性の方が多かった）読者からの投稿が殺到し、読者同士の文通も盛んだった。「平凡友の会」という読者組織が広がり、出版社を介して読者同士の交流が広がっていた。学生たちはここに着目し、自分たちも積極的に「平凡」に投書し、交流を呼びかけていた。

どの資料をもとに書いたのか思いだせないが、雑誌「平凡」読者と大学生の交流は気がかりなテーマだった。このブログに目をとめた当時宮崎公立大の研究員だった阪本博志の訪問を受けた。「さらに詳しく語れ」という求めに、一度参加しただけでは満足な回答はできなかったが、阪本は後日の調査をまとめ「雑誌『平凡』の時代と若者たち」という標題のレポートを発表している（「出版ニュース」二〇〇三年三月中旬号）。そのなかに、「平凡」の読者と大学生の文通運動を展開した西村和義のコメントが紹介されていた。

「農村で終日畠仕事をしていられる方や、工場で冷たい機械を前に過ごす女工さんなどの多くが本当に『平凡』などを頼りにしている事は事実であり、この事実は極めて重大な問題を含んでいるように思えるのです」

当時、京大経済学部の学生だった西村は、全学連とは少々ちがう視点から活動を提案し、実践したらしい。それを鶴見は自ら主宰する「思想の科学」で「高く評価」した。

阪本のレポートによれば、「当時の学生運動に違和感をおぼえ」ていた西村は、「イデオロギー偏重の政治活動が、仲間になるべき人を敵に追いやり、運動は都会中心のカンパニア主義におちいり、一人ひとりを尊重せず、人々をマスとしてとらえていた。また極端な指導者意識から独善的な運動になっていた」として、「知識人と大衆、都会と地方の溝を埋めるべく独自の平和運動を企画・展開」したという。

その基点は、「平凡」読者との文通。西村の投稿に対し一年に千通をこえる返信が寄せられ、これにさらに返信を書くため京大や同志社の学生百五十人を集めたところから彼の〝帰郷活動〟は始まったという。

そうか、一度だけ参加したあの帰郷活動で感じた違和感は、渦中にあった西村が指摘していたことと同根だったことをいまにして知る。阪本はその後も調査を続け、後年、『「平凡」の時代——一九五〇年代の大衆娯楽雑誌と若者たち』にまとめて刊行した。

生徒会は民主主義のレッスン?

二年生の秋、生徒会長に立候補した。と言っても積極的にではなく、やむをえずといったほうが近い。

当時の「松高新聞」（昭和二十九年十月）は、「受験の波ますます激しく我々の周囲におしよせ、あわや生徒会の存在も疑われるに至った」「これでいいのか」と絶叫調で訴えている。

前生徒会長が任期満了で引いたあと、半年たっても名乗り出る者がいない。前会長も新聞部だったから、と押し出されるように立候補した。対立候補は出ない。

信任投票の結果――。

信　任　　一五七五
不信任　　二二〇
無　効　　六八

「八四％という圧倒的な信任を得た」と、「松高新聞」は書いているが、わたしは不信任の二百二十人のほうが気になった。その「松高新聞」に載っている就任の弁。

「全校二千名のうちクラブ活動を熱心にやっている人はほんのわずかだと思うと情なくなります。何とか工夫してクラブ活動を活発にしよう」

強まる受験体制が高校生活をしだいに息苦しいものにしつつあった。そんな過熱を象徴するような〝事件〟が起きた。

ある教師が、将棋板を教室に持ち込んだ生徒を殴打して退学を勧告し、休憩時間に将棋をさした六人を教官室に立たせ、別の生徒にもささいなことから暴力をふるった。別の教師は「運動部にはロクな奴がいない。学校はガムシャラに学ぶところだから、運動部は廃止すべきだ」と教室で暴言をはいたのである。

これに生徒が怒った。なかでもクラブ活動と受験勉強の両立に悩みながら猛練習をつづけている運動部員たちが激怒した。教師の暴言には受験体制強化に走る学校の焦りがにじんでいた。生徒会は調査委をたちあげて、ふたりの教師に言動の真偽を確認して報告した。これを受けてひらかれた生徒総会は三点を決議した。

1　運動部への発言の取り消しを求める
2　今後は誠意ある授業を求める
3　再発なきよう求める

「誠意ある授業」要求というのがおかしいが、教師にこの決議を伝えると、ふたりとも非を認め、決議を了として「円満解決に成功した」(「松高新聞」)。

当時の生徒会は生徒の自主性が最大限尊重され、教師の介入や強い指導もほとんどなく、きわめて自由だった。たとえば予算編成。自分たちの手でつくり代議員会で決める仕組みだったが、わたしにはややバランスを欠いているように思えた。配分が体育系クラブにかたより、文化系クラブに薄いのではないか、と。

その話が伝わると、柔道部の猛者たちが押しかけてきた。口下手な連中は板壁に足技?をかけて音をたてて威嚇する。しかし、その言い分を聞いてみると、用具の補充や遠征費などもっともな点も多い。他の体育系クラブの意見も聞いてみたが、どうやらわたしの考えのほうがかたよっていることに気づいて撤回した。

こんな生徒会活動は、「民主主義」のレッスンだったのかもしれない。どこの高校でも受験体制が強化され、活発だったクラブ活動や生徒会活動が次第に低調になりはじめていた。

この年、島根県は県立高校の授業料を一挙に五割値上げする条例案を議会に提出した。五割値上げとはあんまりではないか、と条例審議中の県議会文教委員会を生徒会役員十数人で傍聴して抗議したが、委員会は高校生の抗議など無視してさっさと原案どおり可決してしまった。「高校生が授業を放り出して生意気にも」そんなニュアンスの記事が新聞に載った。

一校だけの抗議ではゴマメの歯ぎしり、生徒会も横に手をつなぐべきではないかと思いはじめた。いや、親しくしていた大田高校生徒会長の清水健夫の提案だったかもしれない。大田高校のグループとは、夏休みに双方十数人ずつが集まって三瓶山麓にキャンプを張り、歌ったり、踊ったり、ダベリングで交流していた。

清水と手分けして手づくりの「島根県生徒会連合会規約」を鞄に詰め、授業を休んで鈍行列車で県内の高校生徒会を訪ねた。しかし、大半の生徒会の反応は冷ややかだった。学校側の規制で会えない高校もあって、ことは順調には進まなかった。何とか発足まではこぎつけたものの各校の温度差がおおきく、その後の活動はお世辞にも活発とはいえなかった。

「あいつ、授業休んでばかりだから出席日数不足で進級できないらしい」。二年生の三学期にそんな噂が聞こえてきた。たしかに「県生連」の〝出張〟でだいぶ授業を休んでいたから心配になり、おそるおそる担任教師に尋ねると「何とか大丈夫じゃないか」と言われ、胸をなでおろした。学校の配慮で〝出張〟は出席扱いになっていたのだろうか。

結局、「県生連」の結成でえたものは、清水との友情だけだった。意気投合した清水とはのち同じ大学を受験したが、明暗わける結果になり、やがて音信も途絶え、壮年で病を得て他界したと人づてに聞いた。

いまでも大田市を通りかかると、山陰線の線路わきにあった母子家庭の彼の家を訪ねたことが思いだされ、感傷にかられて胸がいたむ。

アメリカ文化受容への嫌悪

手もとに黄ばんだ松江高校の「生徒会誌」(一九五四年版)がある。一年間の生徒会活動(クラブ活動)のまとめとして、卒業間近の三年生が編集して毎年発行されていた。

二年生のわたしは、論文「大衆娯楽と政治」とルポルタージュ「不況のどん底石炭界」の二本を寄稿している。後者は市郊外にあった矢田炭鉱という零細炭鉱のルポ。閉山一年後の炭住には三十八世帯二百人足らずの人たちが暮らし、ここから通学してくる同期生もいた。大半が転住者で地域との結びつきが弱く、困窮する生活が地域の社会問題化していた。

同情的な声の一方で、失業した労働者を「同情裏切る怠け者」などと書く新聞もあった。生徒会からのカンパ一万数千円を持参し、二度取材に訪れた。つたないとはいえ、この零細炭鉱終焉の記録は、一般紙をふくめおそらくこのルポだけではなかったろうか、とちょっぴり自負もしている。

ところが、「大衆娯楽と政治」のほうは、ジャズをヤリ玉にあげて「ジャズの植民地的狂騒が今日の暗い世相を形作」り、「ジャズが植民地的狂騒から独立国的平静に帰るのは何時の事か」と、短絡と独断にみちた屁理屈をこねまわし、いま読み返しても赤面する。

しかし、ここにも時代は影をうつしている。〈年表〉五一年の項には「五三年にかけてアメリカンジャズ流行」とあり、「逆コース」が、この年の流行語だった。前年の「中央公論」は、特集「日本はアメリカの植民地か」を組んで、「植民地か従属国か」の論争が起こり、自由党の派閥領袖が資金集めにジャズパーティを開いたことが話題になっていた。そんな時代の空気のなかでのジャズの流行だった。

「生徒会誌」の文化クラブの座談会は、先輩たちのこんな声を収録している。

「この間、ジャズコンサート（レコード・コンサート）で校内の空気をやわらげようとやったけど批判の声が強かった」

「あんなのはもっと考えてやって欲しいな」

「要するに病的な雰囲気なんだな。勿論、ジャズにも良い曲もあるけど、もっと健康なものを求めて欲しい」

う〜ん、これによって我をみれば、あながち偏見とばかりとも言えないか。ジャズに代表されるアメリカ文化の急速な浸透と、それを受けいれる世相への反感がかなり広くあったことがうかがえる。

翌年の〈年表〉に「美空ひばり、本年度所得八百九万円。所得番付歌手部門一位」とある。この年の流行歌「上海帰りのリル」「芸者ワルツ」「若者よ」などと並んで美空ひばり「リンゴ追分」、江利チエミ「テネシー・ワルツ」もあげられている。

ひばり、チエミ、雪村いづみの三人娘は、いずれも同年生まれで気になる存在だった。とりわけひばりには、嫌悪と賞賛のいりまじるわだかまりを抱いていた。彼女の出世作「悲しき口笛」(昭和二十四年)は映画もヒットし、近くの旧陸軍兵舎で見た。小学校六年のわたしは、戦災孤児役のひばりが燕尾服で歌い、踊る姿を暗闇から見つめていた。

「この歌でぼくは、同年を誇り、そして、怯んだ」と阿久悠もひばりへの屈折した思いを繰り返し書いている(『愛すべき名歌たち』)。

「そうだったのか」と思い当たったのは、演出家の鴨下信一の指摘によってであった。少し長くなるが、引用しておく。

三人とも時代の子で、英語っぽく唄いたがった。そのやり方は三人ともちがう。チエミは「テネシー・ワルツ」などで英語を日本語化して発音し、いづみは「遥かなる山の呼び声」などで日本語を英語のように発音した。ひばりは内容も方法も(そうしてしばしば曲も)まったく日本だったが、微妙に唄い方だけを英語ふうにした。

よく考えると、戦後の日本人の英語文化(アメリカ文化)の受容は、ひばりのやり方にいちばん近い。ひばりの唄は、その意味で戦後日本のシンボル的存在なのだ。

ひばりを見、その歌を聴くことは、日本人にとってそのまま自分を見ることだった。彼女は観衆一人一人の分身だった。ここに喝采と嫌悪両方の根源がある(『誰も「戦後」を覚えていない』)。

そうか、わたしのひばりへのわだかまりは、「アメリカ文化」受容への嫌悪であり、素直に拍手できない、鏡に映るわが姿への嫌悪でもあったのか。

のちに口をゆがめて日本語の歌詞を英語のように歌う、ロックやフォークの歌手にどうしてもなじめない自分が残った。

第六章　「六〇年安保」のかすり傷

大学よりアルバイトが面白くて

三年生になって年が明けると、級友たちはみんな受験勉強の追い込みにはいっていた。休憩時間も赤尾のマメ単に赤線を引いたり、参考書と首っ引きで、何だか目つきもとんがって、教室には緊張感がただよいだした。

ところが、わたしは受験勉強そっちのけで「生徒会誌」に寄稿する論文？　書きに忙しかった。テーマは「日本資本主義の出発点——地租改正」。大きくでたものだ。と言っても内容は、明治維新の評価をめぐる講座派と労農派の論争を下敷きにした、やたらと引用と註の多いお粗末なものだった。末尾の脱稿日に「一九五六年二月八日」とある。入試目前である。

もともと学校の受験体制強化に反感を持っていたから、受験勉強なんてやる気が起きない。漠然と大学には行くつもりではあったが、これといった目標もない。自信があったわけではない。いや自信など全くなかった。

受験科目が八教科もある国立大学などハナからあきらめ、受験科目の少ないところを探す。五教科で受験できる大阪市立大経済学部と三教科でよい早稲田の文学部に絞った。クラス担任に面談で希望を述べると、「勝手にすれば」と言わんばかりの応援だった。「いずれも無理」と判断していたに違いない。「あんなことばかりやってりゃ、きっと落ちるよ」と級友たちも冷ややかにみているようだった。ところが、結果はどちらも合格だったから、試験なんてわからぬものだ。

さて、東京にするか大阪にするか、「学費の安い方にしてくれ」という父親のひとことで大阪になった。無理もない。五人兄妹の長男、うしろに次々控えているから親にしてみれば、少しでも学費の安い方がよかったに違いない。たしか当時の国立大学の授業料は年間一万二千円、早稲田はその倍くらいだった。大阪市大は国立と同額だったが、市外からの入学者は年間千円だけ高かった。

昭和三十一年（一九五六）四月、大阪に向かった。市の南、阪和線の杉本町にあった大阪市大のキャンパスは、米軍の接収から返還されてまもないようで、米兵のためのチャペルやペンキのはげたカマボコ型の兵舎が校舎に転用され、荒涼たる印象だった。

当時の大阪市大は〝マル経の牙城〟とみられていたが、なるほど教養の講義は上部構造、下部構造論や弁証法など高校時代にかじった入門テキストのようで正直がっかりした。かつてのマルクスボーイもこのころには、左派の理論や運動に少々懐疑的になって距離をおこうとしていたから、なおのこと面白くない。六月ごろには大学に足が向かなくなってしまった。一種の五月病だったかもしれない。

講義には興味をうしなったが、大阪市大は学生をたいへん大事にする大学だった。大学事務局にアルバイト課があり、条件のいいアルバイトをさがして紹介してくれる。ここで家庭教師のクチをふたつ紹介してもらった。

ある夜、下宿に帰って驚いた。四畳半のむさくるしい部屋で学部の事務長が待っていた。むろん初対面である。

「君は最近ずっと講義に出てないようだが、どうしたのか」

中学、高校ならともかく、大学でも不登校生の家庭訪問があるとは知らなかった。ここまで親身にされては、いい加減なことは言えない。正直に早稲田への転学意思を伝え、何度か慰留されたが、「もう決めたことだから」と断った。「それじゃあ仕方ないなあ。悪いが奨学金は打ち切りになるよ」と告げて事務長は帰っていった。

それにしても学部事務長がわざわざ新入生の下宿を訪ね、その帰りを夜まで待って転学を思いとどまるよう説得する。そんな親切な大学が当時もいまも他にあるだろうか。やめることになったものの、大阪市大にはいまでも深い敬意を抱いている。

早稲田は大阪市大より入学金も授業料も高い。いまさら親にすがるわけにもいくまい、とアルバイトで入学金を稼ぐことにした。たまたま高校時代の教師が大阪の大手教科書出版社の編集長に転職していたので、頼みこんで使ってもらえることになった。

最初の仕事は高校の国語の参考書、俗にいう虎の巻の校正。やがて小中学生向けの国語辞典や百科事典を作るセクションにまわされた。編集長以下四人の小さな所帯で、スタッフは新卒の女性にアルバイトの小生。キャップはのちに文芸評論家、書評家とし健筆をふるう向井敏（当時は阪大仏文科院生）。向井は開高健や谷沢永一らと同人誌「えんぴつ」を発行し、仲間たちと〝文学修行〟中のようだった。

あとにも先にもこんな楽しいアルバイトはなかった。仕事のあいまに向井の文学談義に耳を傾けたり、仕事にかこつけて読書にふけったり、大学の退屈な講義よりはるかに面白かった。

家庭教師のかけもちに仕送りもあったから、このころのわたしはおそらくエンゲル係数比で生涯もっともリッチではなかったろうか。未成年はまだ金の使いみちも知らないから、入学金をじゅうぶんためることができた。「経済白書」は「もはや戦後ではない」と経済が戦前のレベルにまで復興したことを告げ、〝神武景気〟と呼ばれる浮揚期にはいっていた。

カルチャーショック

翌年五月末、東京に向かった。入学式もオリエンテーションもすべてパス、講義の選択はすべて友人まかせ。どうも大阪で世間にふれて、横着ぶりに磨きがかかっていたようだ。教室をのぞくと、語学の講義はすでに名簿から抹消されていた。

遅れてきた新入生にもやがて数人の友人ができてくる。そんなひとりに、その後長いつきあいになる同じ国文科の津野海太郎がいた。彼は文学書もよく読んでいたが、芝居にも詳しかった。一夕、彼を自宅に訪ねた。そこでうまい夕食にありつこうという魂胆である。

書棚に文学全集の並ぶ自室で、彼は熱心にラジオに耳を傾けていた。「ちょっとどっかで待っててよ」と言われ、時間をつぶしてから再び訪ねた。

彼はラジオで何を聴いていたのか。そのころ東京公演中だったモスクワ芸術座の舞台中継をNHKラジオで聴いていたのである。モスクワ芸術座だから、当然せりふはロシア語だ。「三人姉妹」だったか、「桜の園」だったか。「えッ！　お前、ロシア語もわかるのか」。驚いてつい声に出た。が、そんなわけは無かった。彼は一度観た舞台の録音を訳本片手に聴いていたのである。チェホフの二、三篇なら読んでいたが、舞台など観たこともない、田舎では観る機会もなかった。

軽いカルチャーショックだった。俺たち田舎育ちはそんなに遅れていたのか！　東京の高校生たちとの基礎教養の差に愕然としたのである。

夏休みに藤村ゆかりの木曾馬籠を歩いてみようと、鈍行列車を乗り継いで木曾路経由で帰省した。津野たちは軽井沢の友人の別荘で避暑がてら勉強会を続けるという。えッ、軽井沢？　堀辰雄の『風立ちぬ』や、加藤周一の『ある晴れた日に』が頭をよぎる。

「あの軽井沢で夏は勉強会！」と聞いて、またもや羨望まじりのショックを受けた。そうか東京の連中って、夏をそのように過ごすのか、と。だがこれはわたしの早とちりで、たまたま空いた友人の別荘を借りて夏の数日を過ごしただけの話だった。上京したばかりの田舎者は、そんな些細なことにも劣等感を刺激されて傷つく。

大学への幻想はほとんど消えていたからあまり期待はなかったが、マンモス教室の講義はやはりたいてい退屈だった。こちらが退屈なら向こうはもっと退屈らしく、大教室の教壇にウイスキーの小瓶を持ちこみ、ちびりぐびりやりながら「ボンクラ相手に喋るのはたまらんよ。早く新宿に行って女のケツでも撫でていたいよ」なんて与太を飛ばして、相変わらず退屈な講義で時間を埋める大先生もいた。あれ、ほんとにウイスキーだったのかなあ。

法政大の講義のほうが面白そうだと誰かが言いだし、数人で法政大の教室にもぐりこんだこともあった。盗聴した講義の内容は覚えていないが、講義のあとにどやどやと入ってきた学生から「安保反対」の署名とカンパを求められてあわてて逃げだし、二度とは行かなかった。

そのころ話題になっていた寺山修司の『書を捨てよ　町へ出よう』じゃないが、退屈な講義にあきると、喫茶店でダべったり、下宿に寝っ転がって小説に読みふけり、街に出れば映画館の暗闇にもぐりこんでいた。

濫読のかたわら文芸三誌に載る小説を読みあさり、この年の作品では、菊村到「硫黄島」、大江健三郎「死者の奢り」、開高健「裸の王様」が印象に残っている。いずれも相次いで芥川賞を受賞する。教授の自宅におしかけて、「大江、開高いずれが大成するや」などと無茶な議論をふっかけたこともあった。

ひいきの開高健は、練馬の下宿の近くに住んでいたので、一度会いに行った。後年のあの体躯からは想像できぬ痩身だった。たしか「新日本文学」に掲載されたデビュー作の「パニック」が話題になったころだったと思うが、どんな言葉をかわしたのか思いだせない。

映画もよく見た。邦画では「女の園」「黒い潮」「近松物語」「ここに泉あり」「警察日記」「野菊の如き君なりき」「狂った果実」「米」「幕末太陽伝」「喜びも悲しみも幾年月」、日本映画は全盛期にはいり、木下恵介監督の全盛期でもあった。

洋画ではハリウッド映画より、「禁じられた遊び」「居酒屋」「恐怖の報酬」「鉄路の闘い」などのフランス映画、イタリア映画では「靴みがき」「道」「自転車泥棒」などのネオリアリズムの作品群、ポーランドの「灰とダイヤモンド」「地下水道」も強く印象に残っている。映画が第二次大戦後のヨーロッパを教えてくれた。

貧乏学生の財布ではとても封切館には行けない。おそらく二番館か三番館、あるいは名画座で見たのだろうから、翌年、あるいはさらに先のことだったかもしれない。

胃袋におさまった「古典文学大系」

漠然と文学部、語学は苦手だから国文科、古文書を読むのは厄介だから近代文学、ただただ文芸作品や評論を濫読する日々だった。

卒業論文のテーマに選んだのは有島武郎。札幌農学校に学んでキリスト教の洗礼をうけ、アメリカで社会主義思想にふれて帰国後に作家となる白樺派では異色の人だが、なぜかその評価は低く、義憤めいたものを感じていた。いまひとつ、有島には申訳ないが古書店で「有島全集」が最も安かったから。値段は忘れてしまったが、貧乏学生でも手に入るほど安かった。

それでも刊行が始まったばかりの岩波の「日本古典文学大系」くらいには目をとおしておかねばなるまい、と一応殊勝なこころがけで購入を始めた。全百巻の大冊である。しかし、仕送りとアルバイトから購入費をひねりだすには高価過ぎる。親父どのに頼んで配本のたびに送ってもらっていたが、ろくに目を通さぬうちに右から左へ古書店に流れ、食費に消えてしまった。

そのうち父が上京してくることになった。さあ困った。下宿には「古典文学大系」は数冊しか残っていない。思いあまって津野の書庫にならぶ「大系」を一時借りだして、下宿に並べて父を迎えた。

ところが津野も卒業後「演劇にのめりこみ、とたんに食えなくなって、生まれてはじめて本を大量に処分」し、なかにはあの「古典文学大系」もあったらしい。よく借りだしていた彼の蔵書の大半も古本屋に流れてしまったことを最近知った（『百歳までの読書術』）。
四、五人のグループは、互いの父親の給料日（わたしの場合は仕送りの現金書留到着日）を知っていて、毎月互いをアテにして融通しあい、質屋に入れるものがなくなって窮すれば友人のおふくろさんたちに無心を繰り返していた。みんな貧しかった。高度成長がはじまるのはもう少し先、〝神武景気〟は終わり、〝なべ底不況〟と呼ばれた不景気時代がはじまっていた。
いまわが書庫に残る二十冊ばかりの「古典文学大系」と「近代文学全集」「有島武郎全集」は、そのうちゆっくり読みなおそうと思いながら、ほとんど開かれることがない。後年、近世文書ひとつ読めずほぞをかむことになる不肖の国文学徒であった。

卒業間近いころ、西鶴研究の第一人者の暉峻康隆教授が「婦人公論」に「女子学生世にはばかる」と題し、「私立大学の文学部は女子学生に占領されて、いまや花嫁学校化している」と難じ、名コンビの慶応大国文科の池田弥三郎教授も「大学女禍論」で歩調をあわせ、私大の女子学生増加を憂えていた。

これが新聞で「女子大生亡国論」と報じられ、騒がれていた。当時の新聞によれば、早大国文科の女子学生は百人中四十五人、卒業する昭和三十六年には五十五人、翌年は六十五人に増えていた。他大学の文学部でも女子学生が急増していた。

たまたまコンパの席で暉峻教授の隣に座った。講義を受けたことはなかったが、名物教授の顔くらいは知っていたので、酒の勢いにまかせてからんだ。

「ありゃ何ですか、女子大生亡国論って。ひでえ話だ」

権威ときくとついわけもなくかみつきたくなる悪癖がある。フェミニストでも何でもないが、女子学生にはしょっちゅう融資してもらっている。苦手なフランス語の試験で助けてもらったこともある。つまりちょいとしたフライング、いやカンニングか。

「亡国」どころか、彼女たちはいずれもわたしなどよりはるかによく勉強し、花嫁修業なんてとんでもない。卒業後も社会人として働くはずだった。ここはひと声なかるべしとついからんだのである。軽くいなされると思ったら、暉峻センセイ、あの濃い眉のしたの目ん玉をぎょろりとむいて一喝。

「なにをッ、お前だけは絶対に卒業させせん！」

まさか！　むろんそんなことはなかったが、単位不足で卒業できずうろたえる夢をいまでもみる。

樺美智子、死の衝撃

そして、あの「六〇年安保」がやってくる。

東京裁判でA級戦犯被疑者とされた岸信介は、不起訴のあと公職追放されていたが、講和条約発効とともに追放解除され、政界に復帰する。昭和三十二年（一九五七）に総理の椅子に座るや、翌年には「憲法九条廃止のとき」と発言して物議をかもし、保守色の強い政策を次つぎにかかげる。保守というより戦前への回帰、反動と受けとめられていた。

日米安保条約の改定は、三十五年二月から国会審議が始まり、反対デモが連日のように国会をとり巻く。米軍基地の撤退を求める平和運動のリーダー、学習院大の清水幾太郎教授は「今こそ国会へ」と呼びかけ、各大学の教官たちもあいついで反対集会をひらいて授業放棄を決議するなど、革新団体や労組だけでなく抗議の輪は一般にもひろがっていった。

政治運動には距離をおくようになっていたが、反安保デモには連日参加した。当時の文学部自治会は日共系が主導し、他学部では反日共系がヘゲモニーをにぎり、両派の主導権争いは日ましに激しくなっていた。

ノンポリ、ノンセクトのわたしは日によっていろんなグループの後ろにくっついてデモに出かけた。「あっちは今日はヤバそうだぜ」「（国会に）突っ込むらしいぞ」などと友人たちと情報交換しながら、どのグループの後尾につくか決めていた。

五月十九日、衆議院安保特別委員会は新安保を強行採決、警官隊五百名を議場に入れて、座りこむ社会党議員らを排除して本会議を開会、野党や与党の反主流派欠席のまま採決してしまった。それまでのデモは反米色の強いものだったが、この強行採決で一気に「民主主義」への危機感がひろがり、政権不信に火がついた。以後、日を追ってデモの輪は大きくなり連日国会を取り巻くようになる。みんな怒っていた。

大学の講義はほとんど休講になり、学生はデモに参加するために学校に集まってくる。運動靴にジャンパーの軽装で登校してはデモに行く。機動隊の放水でずぶぬれになって下宿に帰りつく。そんな毎日が続いた。

六月十五日、抗議デモはピークを迎える。この日は文学部自治会（日共系）のデモの後尾についていた。全学連主流派（反日共系）は国会に突入するらしい、と聞いていたからだと思う。国会周辺は人、人、人であふれかえっていた。すれ違う演劇関係者のデモの列に右翼のトラックが突っ込み、クギを打ちつけた棍棒で殴りかかり、大勢の負傷者がでるのを目撃した。夜になってますますデモの輪は大きくなり、警察車両の投光機や報道陣のカメラのフラッシュで国会周辺は異様な空気だった。

どこからともなく国会南門で「学生が殺された」「死者がでた」と伝わってきた。路上に座り込んでいた学生の渦に動揺と不安が走った。宣伝カーの上から、全自連（日共系）のリーダーだった一年先輩の野口武彦（のち神戸大名誉教授）が必死に「行くな！　行くな！」と絶叫する姿が思いだされる。

そんな制止を無視して、数人で「南門にいくぞ！」と走った。国会構内には三千とも四千ともいわれる学生がひしめき、投光機の照明に照らされて抗議集会をひらいていた。この日の衝突で二百人近い学生が逮捕され、負傷者は千人を超えた。

デモは未明までつづき、屈辱とやり場のない怒りをかかえたまま帰路についたが、途中で「ぶっ殺すぞ！」という怒声とともに機動隊に追いかけられ、地下鉄構内に必死で逃げ込んだ。終電はとっくにでたあとで、機動隊の放水でずぶぬれになってやっと新宿まで歩き、西口の深夜食堂で天丼にありついたことをおぼえている。

機動隊との衝突で亡くなったのが東大生の樺美智子だと知ったのは翌日だった。同年生まれの彼女は一浪して東大にはいった年に共産党に入党、まもなくブント（共産主義者同盟）の活動家になったという。

共産党は「樺美智子（共産主義者同盟の指導分子）の死は、官憲の虐殺という側面とトロツキスト樺への批判を混同してはいけない。樺の死には全学連主流派の冒険主義にも責任がある」（「アカハタ」）と、党派性をむきだしにして彼女をトロツキストとなじり、ノンポリのわたしを憤激させた。

のちに新聞社時代の同僚、上西朗夫（元毎日新聞社常務）から聞いた話では、東大の級友、加藤紘一（のち自民党幹事長、防衛庁長官など歴任）とともにデモに加わっていたが、機動隊に追われて加藤の父、省三（当時、衆議院議員）の議員会館の部屋に駆け込み、「君たちは改正安保条約を読んだことがあるのか」と一喝されたそうだ。「日米安保のどこが悪いんだ。言ってみろ」と問われ、加藤は「岸首相のやり方は民主主義じゃない。もっと話し合うべきだ」と口答えしたという。

それはわたしもご同様だ。大半の学生は改定安保条約などろくに読まずデモに参加していた。学生の空気は「反米」から一転、安保条約改定よりも加藤の「口答え」のように、国会の暴挙で「民主主義」への危機感が行動をささえていた。

翌々日（十七日）の朝刊を見て驚いた。朝日新聞一面には新聞七社の「共同宣言」が載っていた。「六月十五日夜の国会内外における流血事件は、その事の依ってきたる所以を別として、議会主義を危機に陥れる痛恨事であった」

議会民主主義の危機への抗議デモのはずなのに、新聞はこぞって「デモが議会民主主義を危機に陥れる」と言う。あべこべではないか。新聞各社の「宣言」をみて、茅誠司・東大学長は「何故純真な学生がこのように多数直接行動をとるに至ったか、そのよって来るところを十分に理解しなければならない」と声明を出した。

デモの渦のなかで

デモのなかで、ふと郷里のことが頭をかすめる瞬間があった。東京では連日数十万のデモが国会をとりまいているが、なべておカミに逆らうこと少ないわが郷里の街でもデモが起きているのだろうか。隣りのSさんやMさんもデモに参加しているのだろうか、いやそんなはずはあるまい。岸首相がうそぶくように「声なき声」は、やはり「声なき」ままだろうか。日ごろから「東京が日本ではない。東京は日本の例外に過ぎない」と揚言していたわたしは、そのことが気にかかって仕方なかった。

いまひとつ気にかかることがあった。機動隊とぶつかる女子学生が、「税金泥棒!」「イヌ!」と機動隊員をののしり、ときには唾まで吐きかける姿に嫌悪を覚えていた。警視庁機動隊といっても彼らのほとんどは地方出身の青年である。さまざまな事情をかかえ、ともかく上京して仕事として警察官を選び、いまは命じられて仕事をやっているだけなのだ。彼らの姿に集団就職で都会に去っていった級友たちの姿を重ねていたのかもしれない。

そんな彼らに侮蔑的な言葉を浴びせたってどうなるものでもなかろう。デモに明け暮れることのできる学生の境涯とわが身をひきくらべ、胸中にうずくやり場のない憤りがいっそう学生への暴力として向かったのではないか。この日の機動隊の反撃はすさまじかった。

抗議デモは、強行採決後も連日つづいた。十七日、右派社会党の元委員長の河上丈太郎（当時社会党顧問）が右翼に刺され、目の前を担架で運ばれていく姿を目撃した。こうして六月十九日午前零時、新安保条約は参議院の議決をへぬまま自然成立した。この日、三十三万人が徹夜で国会を包囲し、むなしく抗議の声をあげて、「六〇年安保」は終わった。

六月二十三日、新安保条約発効、岸首相は退陣を表明、かわって池田勇人が首相となる。池田はこの年暮れ、所得倍増計画を打ちだして高度成長のレールを走りはじめる。全学連は各セクトに四分五裂し、内向きの闘争に転じる。学内にはけだるい無力感がただよい、デモに明け暮れた高揚や緊張は、またたくまにしぼんでいった。

〈年表〉によれば、この年、巷では「三種の神器」（テレビ、冷蔵庫、洗濯機）が流行語になり、「ありがたや、ありがたや」と繰りかえす「ありがたや節」がはやった。翌年には高度成長の応援歌のような坂本九の「上を向いて歩こう」や植木等の「スーダラ節」がヒットする。この異様な「明るさ」になじめなかった。ぼんやりした虚脱感のなかで「何かが違う」という思いを抱きながら、時間が流れていった。

学生運動は日共系、反日共系の全学連のへゲモニー争いがつづき、やがて反日共系は各セクトに分裂し、七〇年代の全共闘運動へとなだれ込んでいく。〝政治の季節〟は、政治不信の季節へとうつり、ノンポリ、ノンセクトの学生たちは内向きになってゆく。わたしもそのひとりだったと思う。

そのころ観た新藤兼人監督の映画「裸の島」が強く印象に残っている。瀬戸内の小島で農に生きる夫婦の姿を描いたモノクロの小品。島には電気、ガス、水道がないので隣りの島で汲んだ水を小船で運び、天秤棒で丘の畑までかついでいく。殿山泰司と乙羽信子の夫婦が、きのうも今日も無表情のまま黙々と水を運びつづける。せりふのひとつもないモノトーンの不思議な作品だった。わたしはこの映画を、高度成長に浮かれる都市に向けた地方からの無言の告発と受けとめていたような気がする。

安保敗北の余韻までださめやらぬこの年八月に刊行された上野英信の『追われゆく坑夫たち』は、筑豊炭田の小ヤマで自ら働きながら、過酷な労働現場を活写したドキュメントだったが、こちらにも強い衝撃を受けた。上野は谷川雁らと筑豊を拠点に「サークル村」をたちあげ、各地のサークルを糾合してあらたなコミューンを構想する運動を展開していた。

谷川の詩「東京へゆくな」(詩集『大地の商人』)にこめられたメッセージが気になって仕方なかった。長い詩のなかの、とりわけ次の一節が。

あさはこわれやすいがらすだから
東京へゆくな　ふるさとを創れ

この詩の反語も暗喩も読み解けぬまま、いま東京にある自分が糾弾されているような、うしろめたさをかかえこんでいた。

浅沼刺殺の日の面接試験

安保の終わった秋は、就職の季節だった。さすがにこの先も親の脛をかじるわけにはいくまいと思いはじめていたが、周囲の友人たちは就職にはほとんど関心がなさそうだった。大学院に進むか、留年するか、あるいは文芸や演劇など好きな道に進むか。あわてる様子などさらにない。

文学部の学生の就職先といえば、マスコミ関連か教職か。一般企業からの求職はほとんどない。新聞か出版かテレビか迷った。いずれも狭き門である。当時はマスコミ大手の試験日はほとんど十月一日に足並みをそろえ、ふたまた受験はできない。実家でも下宿でも朝日新聞を読み続けていたのに、なぜか毎日新聞社を受験することに決めた。

筆記試験をクリアして、面接となった。この日、十月十二日のことはよく覚えている。有楽町の社屋の、ガラス越しに編集局が見わたせる部屋で面接の順番を待っていた。毎日新聞社がオーナーのプロ野球、大毎オリオンズと大洋ホエールズの日本シリーズ第二戦の日で、野球中継のテレビの前に人だかりができていた。

野球中継がとつぜん中断され、「浅沼が刺された！」と叫ぶ声が聞こえた。編集局員たちが「オーッ」とか「エーッ」と声をあげて総立ちになるのが見えた。浅沼とは当時の社会党委員長、浅沼稲次郎、すぐ近くの日比谷公会堂で開かれていた三党首立会演説会で右翼少年、山口二矢に刺されて絶命する。その直後に面接試験がはじまった。

「君は六月十五日はどこにいたのかね」

いきなり面接官にこう聞かれた。「六月十五日」とは樺美智子が機動隊との衝突で圧死した、あの日である。

「どこ？　物理的な場所ですか、それとも思想的な場所ですか」

まるで喧嘩腰である。面接官も憤然としてたたみかけてくる。

「両方だよ」

「物理的には国会からやや離れた場所に坐っていました。安保には反対です」

正確ではないかもしれないが、ほぼこんなやりとりがあって面接は短時間で終わった。結果、不合格。「まさか」とは思わなかった。この面接で落ちたとは思いたくない。筆記試験の成績が下位だったのだろうと考えることにした。

文学部自治会の委員長だった友人は「ウチは右翼と共産党はいらないよ」といきなり面接で告げられたという。文学部自治会は共産党系が支配していた。調査済みだったのだろう。当時はまだ受験者の身辺調査と称して、下宿にも新聞社の調査員が訪ねてくる時代だった。

「デモなんかには行った様子はなかったですよ」と、下宿のおばちゃんは気を利かして答えてくれたそうだが、これでは台無しである。

不合格に特段のショックは受けなかった。どっか拾ってくれるところもあるだろう、十年で三つの仕事を経験してみたい、そんな暢気なことを考えていた。

「社旗をつけた外車？」

思案していたら、窪田章一郎教授から神田の小さな出版社を紹介された。教授は著名な歌人、窪田空穂の長男でやはり歌人である。さほど親しくもなかったが、教授の縁戚にあたる友人が心配して口をきいてくれたらしい。

紹介された桜楓社（現おうふう）は、はじめて聞く出版社だった。神田にある国文専門の出版社らしい。

「朝日新聞でもね、社旗をつけた外車に乗れる記者と、そうでない記者がある。小さな出版社だが、君の場合はその社旗のほうだ」と教授に言われた。社旗をつけた外車とは、なんのことだかわからなかったが、とりあえずそこに身を寄せることにした。

桜楓社は英語のテキスト出版で知られる南雲堂と同じフロアの片隅にあった。南雲堂の国文セクションで、及川篤二編集長と女性編集者のふたりの出版社、そこに一気に新卒三人を採用して社業の拡大をはかろうという心算のようだった。

入社早々、ハードな仕事を命じられた。進行中の短歌シリーズの単行本『土屋文明』を仕上げ、同時に雑誌「近代短歌」を創刊せよ、と。短歌なんて作ったこともなければ、高校時代に読んだ桑原武夫の『第二芸術論』の影響で興味を失った世界である。歌人の窪田教授の推薦だから、先方は当然それなりの基礎知識はあるものと思っている。

単行本は校了寸前だったから何とかできたが、短歌研究誌の創刊を新入社員に丸投げするなんて、編集長は相当な蛮勇の持主である。ほうりだすわけにもいかぬから、あちこちを走りまわって知恵を借り、企画をたて、原稿を依頼、なんとか創刊号を取次店（問屋）にかつぎこんだ。おかげで宮柊二、近藤芳美という戦後短歌界を代表するふたりの歌人に親しく教えを受けられたのは望外の収穫であった。とりわけ近藤芳美は、自宅や勤務先におしかける編集者の卵のぶしつけな質問にも懇切に答え、教えてくれた。

この豪腕編集長が桜楓社をやがて著名な国文学関係出版社「おうふう」に育てあげていくのだが、その意気に感じてわたしも頑張った。昼のデスクワークが終わるころになると、知り合ったばかりの大学のセンセイたちから「ちょっとご相談が」と夜の誘いがかかる。編集長の指示のままに渋谷の待合から銀座のクラブというのが接待の定番コース。あとにも先にも銀座のクラブに出入りしたのはこのときだけである。終わればお尻のピンとはねあがった外車のハイヤーでセンセイをお送りする。「ははーん、外車とはこのことだったか」と毎日深夜まで働いた。

新入社員もみんな遅くまで働いていた。だが夜遅く遠隔地まで女性編集者を原稿とりに行かせるのはいかがなものか。それを不思議と思わぬ職場の雰囲気に疑問を感じた。こんな労働条件がまかりとおるのは労働組合がないからではないのか。親しくなった南雲堂の編集者と労組結成を相談した。

これが南雲堂経営者の逆鱗にふれたらしい。入社三カ月足らずで解雇を言い渡された。理由は「交際費を使いすぎる」。勝手に使ったわけではないから、これはあくまで表向きの理由。神田界隈のあちこちの出版社で労使紛争が起きていたから、労組づくりの画策が警戒されたに違いない。

そうか、なら辞めようと思ったら、女性編集者ふたりまでが「解雇は不当だ」と辞表をだしてしまった。これには困った。騒ぎのタネをまいた自分は仕方ないとしても、巻き添えにした二人には申訳ない。臆面もなく三人の退職金を要求した。

「お前には出すが、他のふたりは自主退社だから出せない」と会社は突っぱねた。結局、わたしに出されたわずかの手切れ金をふところに、その足で三人で後楽園に行き、ジェットコースターに乗って憂さをはらし、ビールで乾杯して別れた。

この間、豪腕編集長はひとことも口をはさまず沈黙をまもっていた。独立前の南雲堂の一セクションだったからやむをえなかったのだろう。編集長に好感をもちはじめていただけにちょっぴり思いを残して去った。

桜楓社を紹介してくれた同じ友人を介して今度は「アルバイトでよければこないか」と小学館から誘いがかかった。それまでは平凡社の独占だった「百科事典」の出版に着手してスタッフを求めているという。

こちらは大手だからスタッフも数十人、篠弘編集長は国文科の先輩で、窪田教授主宰の歌誌「まひる野」の同人、歌人としてもすでに有名だった（現・現代詩歌文学館館長、宮中歌会始選者）。おそらく窪田教授からの紹介だったろうと察しはついたが、桜楓社解雇で教授の顔をつぶす恰好になったわたしは、その詫びにも出向かぬ罰当りであった。

編集スタッフには、のちに北里大教授となる立川昭二（『死の風景』でサントリー学芸賞）をはじめ詩人、作家志望など多士済々、博識、多才な人たちが多く、なかなかに楽しかった。

「家つき、カーつき、ババ抜き」なんて言葉をマスコミが発明し、結婚するなら家と車は必須、だが親との同居はお断りという消費欲望むき出しの時代がはじまっていた。新居の応接間や社長室には全集類や百科事典が定番とされ、前年発売の平凡社の「国民百科事典」全七巻は空前の売れ行きをみせていた。翌年から小学館初の百科事典「日本百科大事典」全十三巻の刊行がはじまる。ある日、篠編集長から「社員登用試験を受けないか」とすすめられ、中途採用試験を受けて合格した。しかし、待てよと迷った。当時の小学館はアルバイトから正社員まで四つくらいの身分職階があり、高卒はどこまで行っても準社員で社員にはなれない。親しくしていた先輩のKは高卒の準社員、わたしが社員になれば、彼の身分を追い越すことになる。それではなんだか居心地がよくない。当時の出版社は雇用形態も複雑なら身分格差もあって、やがて光文社や三一書房などで労使紛争が起きる。

思い悩んでいるところに、不合格になった毎日新聞社から「通信員をやってみないか」と誘われた。通信員とは地方勤務の契約社員のようなものらしい。そうか、それもありかとまたもや転身することにした。小学館にはちょうど半年いた。

向こう十年に三度は違う仕事を経験してみたいという思惑ははずれ、一年に三度も仕事をかわることになってしまった。そのつど教授や先輩、友人の配慮にことごとく背いた身勝手を恥じるばかりである。

二転三転した初任地

昭和三十六年師走、東北本線福島駅に降りたった。上野から北に向かう列車に乗ったのははじめて、着いたのは夜の八時過ぎだった。

支局に向かう道の両側には除雪された雪がうずたかく積まれ、「おお、さすが東北だ」とコートの襟をたてながら道を尋ね、やっと毎日新聞福島支局にたどりついた。支局は石の門構えのお屋敷ふうの木造二階建てだが、どうみても相当古い。瀟洒な近代建築を予想していたのですこし驚いた。

その一週間前に本社に出向くと、「君の任地は三浦だ」と地方部長から告げられた。そうか三浦（神奈川県）なら東京にも近い、海もある。冬もあったかそうでいいや、とわずかな荷物をまとめて挨拶に行くと、「変わった。春日部に行ってもらう」。「エッ、春日部ってどこですか」と頓馬なことを聞くと、「埼玉県だ。浅草から電車ですぐだよ」

さらにその翌日、今度は「浪江になった」。エエーッ！「浪江って何県ですか？」「福島、常磐線だよ。が、とりあえず福島支局に行ってくれ」

さすがにこれには驚いた。知らない土地ならどこでもいいやと思っていたものの、新聞社の人事ってこんなにいい加減なの？　こうして着いたのが、雪の福島だった。

「おッ、来たか。待ってたよ」

板張りの床のストーブに手をかざしていたデスクの菅野正二が迎えてくれた。近くの酒場に支局員がそろっており、簡単な歓迎会になった。「しばらくは福島で仕事を覚えてくれ」と、戦時中は上海支局員だったという佐野正元支局長に告げられた。

赴任十八日目にいきなり大事件に遭遇した。裏磐梯の檜原湖で伝馬船が転覆、六人が師走の湖にのまれる惨事が起きた。さあ、出動。ガレージには立派なランドクルーザーがあったが、動くのを見たことがない。どんな事情かドライバーがいないのである。運転免許を持つ支局員なんていなかった。あわててトヨタの整備工に郡山までころがしてもらい、そこで免許を持つ記者に交代して現場に向かった。

雪道を難渋しながら現場に着いたのは深夜、暗闇のなかを先輩記者たちは手探りで取材をはじめる。しかし、どうやって原稿を送るか。現場は山あいの僻地、無線は通じない。村内の電話も数えるほどしかない。船着場前の家に駆け込むと、「毎日サンかい、さっきから何度も電話がはいってるよ」と言う。支局のベテラン記者が、現場周辺に片っ端から電話を入れ、もっとも便利そうなところに電話を確保してくれていたのである。

ダイヤル通話は市街地だけ、ほとんどが手動式だから市外電話は交換手を通して申し込む。数少ない電話に各社殺到すれば混み合ってなかなかつながらぬ。ところが、「予約電話」という制度があって、あらかじめ番号を指定して通話時間を予約できる。かなり高くつくが最優先でつないでくれる。ベテラン記者はこの制度をつかっていちはやく「予約」を入れていたのである。

原稿はなんとか送れるようになったが、写真が送れない。当時の電送機はどでかい固定型で、重くてとても運べたものじゃない。結局、駆け出しのわたしが翌朝の一番列車でフィルムを持ち帰ることになった。わたしの仕事はこれだけだった。

携帯電話もデジカメもないアナログ時代の記者たちは、記事や写真の送稿にえらい苦労をした。事件の出張取材はまず通信手段の確保からはじまる。有楽町の本社屋上にはまだ伝書鳩の鳩小屋があった。

しかし、この経験が数年後に生きる。熊本・天草の離島で修学旅行生を乗せた客船が座礁したとき、今度は留守役にまわったわたしが、島の小学校に「予約電話」を入れ、現場にとんだ記者の送稿手段を確保した。この電話に各社が殺到したが、こちらの予約が優先である。あわてもののNHKの記者が毎日新聞に原稿を吹き込む珍事も起きた。

新聞社といえば時代の先端をゆくものと勝手に思いこんでいたが、これが意外や意外、旧弊なことも多く、驚かされることしばしばだった。

本社の地方部長が東北巡視？　の途中で福島駅を通過するので全員駅に出迎えるよう指示された。途中下車ではない、通過である。支局長以下全員が駅のホームに整列、若い記者は弁当とお茶を買いに走った。特急が停車すると、デッキから姿をあらわした部長が迎えの列を見わたし、ふたことみこと声をかけて弁当を受け取って引っ込んだ。

何だこりゃ！　驚いた。地方部長は社会部長や政治部長より部下の数がはるかに多い。その人事権を一手に握っているので、地方記者からは恐れられ、支局長たちは盆暮れの届け物に気を遣うなんて話まで聞かされた。伝統だか何だか知らないが、新聞社のあちこちにまだこんな旧弊が残っていた。

「フラガール」の町で

翌年五月、土地の言葉にもなじんだころ、「浪江に行ってくれ」と支局長に告げられた。

いまでは福島・浜通りのこの小さな町の名を知らない人はいないだろう。東日本大震災の大津波につぐ福島第一原発事故で放射能に汚染され、いまだに町民は帰還の見通しもたたない町である。

辞令上の勤務地は浪江だったが、実際は浜通りの中心地、平市（現いわき市）を拠点に働くよう指示された。

福島県は広い。雪深い会津地方、福島や郡山のある東北本線にそった中通り、太平洋岸の常磐線沿いの浜通りの三つに大別され、気候、風土も言葉も微妙にちがう。かつて中通りの南端には白河の関、浜通りの南端には勿来の関があった。みちのくの入口である。県内には毎日新聞の取材拠点は十一もあった。

わたしの持場は平市と磐城市のあいだの常磐市、内郷市、それに石城郡、北の双葉郡の町村ときめられた。平、内郷、常磐、磐城、勿来の五市はのちに合併していわき市となる。

平市担当の各社の先輩記者たちは、そろって自動車学校に通いはじめ、記者室はしばらくは車談議でにぎやかだった。マイカー・ブームが始まっていたが、新米記者は先輩お下がりの125CCのバイクにまたがって毎日巡回取材した。

常磐炭田には茨城北部から浜通り南部にかけて大小四十余の炭鉱がひしめき、代表格が常磐市に坑口のある常磐炭鉱である。社会人野球の常磐炭鉱はこの年、〝親分〟こと大沢啓二監督の兄、大沢紀三男を監督にむかえ、二年連続して都市対抗野球に出場、後楽園に「常磐炭鉱節」が流れた。専用球場ではいつも選手たちが練習に声をからし、スタンドには坑内からあがったばかりの炭鉱マンの姿があった。

しかし、町は合理化や閉山のうわさでもちきりだった。石油におされる石炭不況は深刻で、最優良鉱のはずの三井三池炭鉱では大量解雇をめぐって二年前には大争議が起き、新聞に踊る「エネルギー革命」の見出しが、炭鉱マンたちを不安にしていた。

昭和三十七年七月末、政府の石炭鉱業調査団が、常磐炭鉱の調査にやってきた。有沢広巳団長の記者会見が、常磐市役所であった。河合栄治郎門下の大内兵衛とならぶ著名な経済学者としてその名は知っていたが、記者会見の内容は記憶にない。その年秋には、効率のよくない炭鉱を閉山し、効率のよい炭鉱だけを残す「スクラップ・アンド・ビルド」方針が答申され、常磐炭鉱野球部は解散した。

炭労傘下の組合では抗議ストが続発したが、常磐炭鉱労組は民社党系の全炭鉱労組に属し、二十四時間ストが一回あったくらいで大争議は起きなかった。民社党の西尾末広委員長が坑内の視察におとずれ、同行取材ではじめて坑内にはいることができた。

常磐市は閉山にそなえ、炭鉱と協議しながら町の振興策の検討をはじめていた。炭坑の坑内からは大量の高温水が噴きだし、そのせいで発生する独特の坑内病や効率の悪さが悩みのタネだったが、ごく一部が温泉旅館で活用されているだけで、大半の温泉水は川に流され、冬の朝など川面からもうもうと湯煙がたちのぼっていた。

この豊富な温泉水を活用する振興策として、リゾート施設のハワイアン・センターや競走馬の保養施設構想が浮上していた。炭鉱の所長からこの構想を聞いたときには、記事にはしたものの半信半疑だった。記事も地方版の小さな扱いだった。

しかし、やがてこれらの構想が実現する。のちに映画「フラガール」で有名になったハワイアン・センター（現スパリゾート・ハワイアン）などが雇用の受け皿となり、全国の産炭地のなかでも〝奇跡の再生〟と呼ばれるようになる。

「村がおれたちの中央」

実はこのころから炭鉱合理化とセットになって、双葉郡一帯では原発の立地計画が進んでいた。昭和三十五年に福島県は浜通りに原発用地を提供すると東京電力に表明、東電はそのとりまとめを県に依頼、翌年には大熊、双葉の両町議会が原発誘致を決議して誘致運動に乗りだしていた。

しかし、月に一、二度訪れる浪江町や富岡町で原発に期待する声を聞いた記憶がない。石炭から石油、原子力へとこの国のエネルギー政策が大きく舵をきったときだったのだが、新米記者はそんな動きに敏感に反応するアンテナも洞察力もなく、記者仲間で話題になることもなかった。

その後の動きを年表風に記せば――。

昭和四十二年（一九六七）　福島第一原発一号機着工

昭和四十三年（一九六八）　双葉郡富岡、楢葉両町が福島第二原発誘致を決議

昭和四十六年（一九七一）　福島第一原発一号機営業運転開始

一号機の営業運転開始の年に常磐炭鉱は閉山を決断、五年後に閉山する。わたしが任地をはなれて十数年後のことである。昭和四十八年のオイルショックで原発建設はいっそう加速されていく。福島第一原発の一号機が運転をはじめた翌年、草野比佐男の詩集『村の女は眠れない』が出版され、衝撃をもって受けとめられたことを思いだす。

女の夫たちよ　帰ってこい

一人残らず帰ってこい
女が眠れない理由のみなもとを考えるために帰ってこい
その眠れない高度経済成長の構造を知るために帰ってこい

いまこの長い詩の一節を、開沼博の『「フクシマ」論――原子力ムラはなぜ生まれたか』からの引用であらためて目にしているのだが、開沼は同書の「第三章　原子力ムラの前史」のなかで次のように指摘する。

この詩集の内容、そして草野の他の作品の底に通じるものは、他でもない、高度経済成長のなかで変貌する農村の姿であり、その精神の変化だったと言える。なぜ「村の女は眠れない」のか。それは、成長のなかで露呈してくる農業という産業の衰退とともに深まる出稼ぎ、若者の流出と過疎・高齢化、そしてムラの文化の崩壊ゆえだ。

そして中央―地方―ムラという枠組みのなかで、ムラは原子力の受けいれを決断していく。その結果「県内町村の人口は高度経済成長期における都市部への流出を含め、一貫して減少しているのに対して、立地五町は発電所建設が本格化して以降、減少が底を打ち、総じて増加に転じている。特に富岡町、大熊町は大幅に増加している」(福島県エネルギー政策検討会)

しかし、草野はその詩「中央はここ」で、「ムラ」から「中央」を糾弾しつづける。

東京を中央と呼ぶな
中央はまんなか
世界のたなそこをくぼませておれたちがいるところ
すなわち阿武隈山地南部東縁の
山あいのこの村

そうさ　村がまさしくおれたちの中央
そもそも東京が中央なら
そこはなんの中央
それはだれの中央
そこで謀られるたくらみが
おれたちをますます生きにくくする

そんな東京を
きみはなぜあがめる
そんな東京に
きみはなぜ出かける

谷川雁の「東京へゆくな　ふるさとを創れ」というフレーズと草野の叫びは、南と北から響きあって自分に迫っているように思えてならなかった。

福島一号機の運転から十年後、あの石炭鉱業調査団長だった有沢広巳は原子力委員会委員長代理、原子力産業会議会長となって原子力政策推進の旗振り役になっていた。

有沢は原子力産業大会で、原発の「安全確保に役立っていない過重な付属設備は除去すべきである」とし、その例として軽水炉の緊急炉心冷却装置をあげ、その設計が「オーバー・デザイン」ではないか、「配管の瞬時破断は実際には起こりえない」などと述べている（一九八六年四月八日「朝日新聞」夕刊）。

この高名な経済学者は二年後に亡くなり、四半世紀後に福島第一原発の各号機が冷却できなくなり、楽観的な予測もろともメルトダウンしたことを知ることはなかった。

かつて原発立地によって人口が増加した双葉郡の浪江町など四町は、避難地区に指定されて五年近くなっても帰郷のメドはたたず、いまだに人口ゼロである。

二度目の入社試験

この年秋、「もう一度入社試験を受け直したら」と上司や先輩にすすめられ、あらためて新卒といっしょに入社試験を受けなおした。なんだか小学館のときと似たようなことになったなあ、と思いながら東京に向かう。

「昭和史」研究者の保阪正康の自伝（『風来記――わが昭和史（1）』）をめくっていたら、偶然にもこの年の毎日新聞社と思われる入社試験の模様がくわしくしるされていた。わたしは東京本社で受験したが、同志社大出身の彼は大阪本社で受験したようだ。その面接試験の模様――。

「君は支持政党は民社党と書いているが、これは本当か」と面接委員に聞かれ、保阪はためらいなく「いいえ、本当は社会党です」と答えると、さらに「社会党といっても右派と左派があるが」と突っ込まれ、「どちらかといえば左派です」と正直に答えた。

「すると君は、もし暴力革命が起こったら、新聞記者のままでいるのか、革命家の側に転じるのか、どちらだね」とたたみかけられた。

学生時代にはブント（共産主義者同盟）のシンパだった保阪は、「内心しまったと思った」が、思わず「革命家の側に入ります」と答えてしまい、三人の面接委員に苦笑されたという。

驚いた。前の年のわたしの面接のケースとそっくりである。そうか、まだ「六〇年安保」の余韻が残り、新聞社は学生の政治運動に神経質になっていたのだ。

それにしても、「君は革命家側に立つのか、それとも」と突っこむ面接委員、思想・信条の自由もあらばこそ。だが、当時は受験生の支持政党や思想、信条を調べる「思想調査」もあたりまえ、のちに禁じられる「身上調査」も普通に行われていた。

不合格になった保阪は、新聞社の人事部から「二年ほど地方で仮採用の形で記者修行をしては」とすすめられたという。「仮採用」とは、おそらくわたしがこれまでやってきた「地方通信員」のことだろう。保阪は辞退して、厳しいフリーライターの道を選ぶ。

わたしのほうは、前の年とちがい政治的な立場を問うような質問はなく、合格してあらためて入社しなおした。研修地は大阪本社、そして赴任地は思いもよらぬ九州、西部本社（当時は門司）だった。列島を縦断して一挙に西下、地方ならどこだっていいと思っていたから「そうかい、そうかい」と九州に向かった。

しかし、結婚したばかりの福島出身のかみさんは、みるみる遠ざかってゆく故郷に呆然としていた。

第七章　熊本の駆け出し記者

「うっ魂がった」凶悪犯逮捕

昭和三十八年（一九六三）、東京オリンピック前年の夏、熊本駅に降りたった。暑い。とにかく熊本の夏は暑い。第五高等学校の教壇に立った漱石もラフカディオ・ハーンもこの暑さには閉口したらしい。しかし、猛暑より驚いたのは熊本弁の激しさだった。

「ぬしゃあ、うっ殺すぞ！」

日ならずして通いはじめた酒場で、いきなり酔漢が大声をあげた。思わず腰を浮かす。「うち殺す」というからには飛び道具でも持っているのか。

実はうち殺すの「うち」は「撃ち」ではなく、接頭語の「うち」で、「うち食らう」「うち破る」など語勢や意味を強めるあの「うち」であるとやがてわかるのだが、はじめて聞いたときには驚いた。「この野郎！」というほどの意味を強めた言い方なのだが、それにしても「殺す」とは穏やかじゃない。

肥後人はこの接頭語が大好きで、「うっ飛ばす」「うっ叩く」「うっ魂がる」、ちぎると言わずに「ひっちぎる」、ほがすと言わず「うっぽがす」、「きゃあぶる」となんでも語勢を強めたり、誇張する。

「肥後弁には、意味や語勢を強めるだけの無用な接頭辞が非常に多い。キャア浮かる、はち来る、ひっちぎる、ばち返す、うっぽげる。傍点の部分は意味上不要である。要するに、真に迫りたいための強意なのである」と、渡辺京二も指摘している（『熊本県人』）。

のどやかでゆったりしたみちのくの言葉になじんできたわたしは、はじめのうちは驚いたが、なれてくるとこの土地言葉が好もしく思えてくるから不思議なものだ。

赴任早々の熊本で、この接頭語をふたつもみっつも重ねたくなるような大事故や大事件が相次いだ。

十一月、県境の福岡県大牟田市の三井三池炭鉱で炭塵爆発が発生、死者四百五十八人をだす大惨事となった。先輩記者たちはみな応援にかけつけたが、駆け出し記者に出番はなかった。

翌年正月、今度は列島を震撼させた連続殺人犯・西口彰が熊本県で逮捕される。西口は前年十月、福岡県で専売公社の集金人と運転手を惨殺、翌月には浜松市で貸席の母娘を殺害、暮れには東京で弁護士を殺害する。列島を縦断しながら大学教授や弁護士になりすまし、大捜査網をかいくぐって詐欺や凶悪な犯行を繰りかえしていた。暮れの三十日夜から大晦日の未明にかけ、警察庁は全国の旅館に一斉検索をかけたが、足どりどころか気配すらつかめなかった。

暮れに長女が生まれたばかりのわたしは、正月三日が初出勤だった。三が日は夕刊も地方版もお休みで、おだやかな年明けのはずだった。朝刊には「西口？　盛岡の旅館へ」という推測記事が小さく載っていた。午後一時過ぎだったか、専用電話のスピーカーが怒鳴った。

「クマモト、クマモト、ニシグチがそこで逮捕されてるぞ！」

出番の記者はわたしひとり。あわてて警察幹部に片っ端から電話を入れるが、みんな現場にでかけたあとだった。「熊本のどこですか？」おそるおそる尋ねると「立願寺、玉名だ」とまた怒鳴られた。

タクシーを飛ばして駆けつけた玉名署前には野次馬がむらがり、署内は報道陣でごった返している。やがて上空にヘリコプターのエンジン音、頭上から「西口逮捕」の朝日新聞の号外が降ってきた。出遅れなんてものじゃない。他社の号外を手にしながら追っかける取材のみじめなこと、情けないこと、はじめての経験だった。事件取材は出遅れると、なかなか追いつけない。

「写真、写真。西口の写真を撮れ！」

言われなくてもわかっているが、西口は制服警官ふたりが表をかためる二階の取調室のなかで近づけない。表が無理なら裏からと踊り場の高窓にとりつき、何とかよじ登って窓枠頼りにそろりそろりとモルタル塗りの外壁を進む。踏みはずせば下まで四メートルはあろう。カメラにフラッシュをセットして取調室に外から近づく。カーテンが閉められてなかの様子はうかがえない。一度のシャッター・チャンスにかけるしかない。左手で窓枠にしがみつき、窓をわずかに引き開け、カメラを持つ右手をカーテンの陰から突っ込んでシャッターを押す。

「コラーッ」怒声が飛んで、窓にカギをかける音がした。踊り場に飛び降り、先輩記者にフィルムを渡す。近くの大牟田通信部に送って現像、ほどなく返事がきた。

「写っとる。手だけ写っとる」

各社とも写真が撮れず、焦っていた。福岡への護送に出発するときにチャンスがあるだろうという警察情報をたよりに玄関前で待機する。西口は頭に頭巾ようのものをかぶり、両脇を警官に抱えられて出てきた。これでは写真が撮れない。腹たちまぎれに西口の向うずねを蹴っ飛ばすフライングをやってしまった。

出遅れた始末書を書くよう指示され、支局長と書きはじめたら、取調室でにんまり笑う西口をとらえた鮮明な写真が現地から届いた。なんと鑑識課員撮影の写真を現地の記者が入手したのである。夕刊のない日だったので、翌日の朝刊では他社にはないこの写真がきわだち、結果おとがめなしとなった。

うんと後年、出版社時代のことだが、この事件に取材した佐木隆三の直木賞作品『復讐するは我にあり』を復刊することになる。不思議な因縁だった。

議場の日本刀騒ぎ

三年目、わたしは熊本市政の担当になっていた。ある日の定例市議会の本会議場、いきなり立ちあがった木下富雄議員が大声で叫んだ。

「Iの子分が日本刀を持ってオレをたたッ斬ると傍聴席に入っとるぞ！」

議場は総立ちで騒然となった。記者席からふり向くと、若い男が傍聴席からあわてて走り去るのが見えた。名指しされたＩ議員は議席に座ったまま慌てる様子はない。パトカーが駆けつけ、日本刀をくるんでいたと思われる新聞紙を押収していった。

まさか、議場に日本刀が？　木下と親しいＫ議員に尋ねると、「木下さんがあげん言うとならホントじゃろ」と言う。実は木下、Ｉ、Ｋの三議員とも表看板は土建会社の社長や役員だが、警察は暴力団組長もしくは元組長とみていた。この日本刀事件をきっかけに、熊本市政と市議会の取材にいっそう力をいれるようになった。

別のある日、新しいゴミ焼却場の建設計画取材のため土木部に行くと、先客がいる。Ａ議員である。そこへ明らかにその筋とわかるオニイさんをともなってＢ議員が現れた。

「ぬしゃァ（お前は）、オレの工事ば邪魔しよっとかい」

「オレの工事って、だあ（誰）がそげんこつば決めたとかい」

入札担当の課長の前で、ふたりの激しいやりとりがはじまった。「オレの工事」と言うが、焼却場建設計画の詳細は未発表、当然入札の予定も決まっていない。今ではとても信じにくい話だが、当時の熊本市ではこれが日常だった。

社会党市議団がその二年前に発行した冊子「市政浄化への〝怒りの日々〟」の座談会のなかにこんな一節がある。

Ａ　たしかに我々の当選後は議会のしょっぱなから暴力団関係者の顔が傍聴席に見え、議長選の時など議会は開会前から険悪な空気でしたね。

B　傍聴席のまん中に黒シャツを着た大親分が陣取り。
A　周囲をハッピ姿の連中が、四、五十人も取り囲んで……。

当時の熊本市会議員四十七名のなかには、土建会社の看板をかかげる組長、あるいは元組長が七、八人はいた。「議員の前科あわせて百犯」などという冗談がまことしやかにささやかれていた。

業者の攻勢もすさまじかったに違いないが、市側の弱腰にも問題があった。土木部の新任課長に業者から贈り物が届いた。慣例というがむろん下心あってのことである。新任課長はこれを丁重に断わり、どうしても置いていく業者には身銭をきって返礼をした。

ところがこの返礼が異例だったらしく、業者から強い反発をくったうえに、あろうことか上司からも叱責された。

「業者のなかには、あの課長はやめさせてしまえという人までおり、私も迷惑した。断わればかえって仕事がうまくいかぬと課長に注意した。私も業者から贈り物を受けているが、断わりきれるものではない。とても私の給料ではお返しもできないので、もらったままにしている。世間のひとが口にするほど（断わるのは）容易ではない」

この土木部長の発言が報じられると、市議会建設委員会は緊急協議会を開いて「いっさいの贈り物を断われ」「返しにくければ市長名で返せばよい」「費用が大変なら議会が負担してもよい」などと与野党こぞって土木部長を追及した。

さすがに部長は「ルーズだった」と反省してみせたが、はたしてホンネだったかどうか。追及する側には業界関係者もふくまれ、贈り物をした議員もいたに違いない。マスコミ向けのパフォーマンスの疑い濃厚な追及だった。

くだんの部長は以前にも土木行政の黒い噂を追及され、「全議員が関係していると言ってよい。そんなに追及するなら全部バラす」と開き直った人である。ホンネは「マスコミが注目するから、急にきれい事ばかりならべたてるあんたたちだって……」と言いたかったのではないか。ネが正直な人だから、ついホンネをもらしたのであろう。

そんな議員と日常的に接触せざるをえぬ職員たちはこわかったに違いない。脅しに屈した職員もいた。なかには積極的に迎合する職員もいることがやがて明らかになる。

当時の石坂繁市長は「わたしが防波堤になる」と大見得をきったが、すぐに空手形に終わる。「業者からの贈り物は受け取るな」と助役名の通達を出したが、当の土木部長は「そうは言っても、とても断わりきれるものではない」と、なお公言してはばからぬどこまでも正直な人であった。

バス運賃値上げの裏事情

市議会の勢力比は、与党二四：野党二三と僅差で不安定なうえに与党の足並みが乱れがちで、混乱が日常だった。

ささいなことから議長の不信任案が可決され、ゴタゴタのすえに選出された後任議長にもすぐさま不信任案提出の噂が流れた。新議長はあろうことか「そんなことをやったら県警本部に駆け込んでやる」と開き直った。

これには与野党とも「誰がそんな不正を働いているのか明らかにせよ」とせまり、ふたたび不信任案可決必至となり、新議長はやむなく辞表を書く。「県警に駆け込む」と啖呵をきった議長、辞任しても県警に駆け込むことはなかったが、数カ月後に県警のほうが市議会にやってくることになる。

混乱の続く議会に、議長のイスより市民生活に関係の深い議案が上程された。市営バス料金の三〇%値上げ議案である。地元バス大手の九州産交はじめ民間バス四社はすでに同様の値上げを運輸省に申請していた。しかし、市営バスが値上げに踏みきらぬかぎり運輸省は民間バスの値上げを認可しない。競合路線のある市内は事実上ワンセットになっているのである。

与党二四は「値上げやむなし」で固まっているが、野党の社会、公明、共産あわせ一三は「反対」、保守系野党の新政クラブ一〇はこれまで野党と同一歩調をとってきたこともあり表向きは「反対」。だがなかにはバス会社から選挙のときに応援を受けている議員もおり、情勢はかなり微妙である。なかでも交通委員会所属の新政クラブのK議員の動向がカギを握っている。

そんな議会のウラ事情を連日のようにこまかく地方版に書いたから、市庁舎に押し寄せるデモの学生たちは「新政クラブ頑張れ！」などとシュプレヒコールをとばす。

先の〝日本刀騒ぎ〟で「オレをたたっ斬ると言っとる」と叫んだ木下議員が新生クラブの代表、同じ会派の交通委員会所属のK議員を直撃した。

「最後はどうするんですか」

「う〜ん」

「あなたは九州産交から選挙のときに票をもらっていると言われているが」

「そげんたいなあ。そっちからも頼まれとるし、（新政クの）みんなを裏切るわけにもいかんしなあ」

Ｋ議員のハムレットの心境を聞いて値上げ案可決を確信した。九州産交を取材してみると、日ごろから社員の票は部課ごとにこまかく市議や県議数人に割りふられていることがわかった。

結局、新政クラブの十人は議会最終日に「賛成」にまわり、翌年一月実施の当初案を三月実施に修正して、値上げ議案は可決された。市民にしてみれば、新政クラブ十人衆の抵抗で、値上げの二カ月延長分だけ得した勘定で幕となった。

ほとんどの地方議会で、市側提案の議案の大半が手拍子で可決され、利害調整はほとんど水面下ですまされるのでその実態は市民には見えにくい。しかしいったん議会に亀裂が走ると、その実態があからさまになる。

ツケを払わされた地方政治

「夕べ、○○で呑んでたでしょう」

地元紙の警察担当記者がふくみ笑いをしながら料理屋の名をあげてひやかした。たしかに前夜、その料理屋で呑んでいた。しかし、なぜ翌朝にはもう彼が知っているのか。問いただすと警察情報だと言う。尾行でもついていたのか？　料理屋からの情報収集も、それを他社の記者にリークする警察も不愉快だった。

「坂口さんと一杯やりませんか」と市議会新政クラブの木下富雄、大塚栄一両議員に誘われて出かけた。坂口主税はわたしが赴任する前の激しい知事選挙で、現職の寺本広作に敗れた前熊本市長。新政クラブは市長時代の坂口を支える与党だった。先方の思惑は知らぬが、そんな坂口と顔をつないでおくことも必要だろうと誘いを受けた。

初対面の坂口は、終始笑顔で言葉少なに杯をほしていたが、政治向きの話はまったく出ず、馬刺しをつつきながら大杯を回し呑みしたり、大塚議員が興に乗って黒田節をひとさし舞った。そんなたわいない酒席が警察に筒抜けになっていることに驚き、不気味でもあった。

与野党伯仲する市議会で新政クラブはキャスティング・ボートを握っており、このため市側の重要な情報がいち早くもたらされる貴重な情報源だった。そんな事情もあって、木下や大塚とはよく会い、酒席をともにすることもあった。

同じ会派の先のK議員とも何度か呑んだ。彼と日暮れの街を歩くと、景色がちがって見える。暗がりの客引きたちが、低頭して挨拶する。

「おう、いつ出てきたとかい（出所したのか）」と、若い衆に声をかける。そんな場面にでくわすと、「ははーん」と思わないでもなかったが、こわいと思ったことはなかった。組長であろうと元組長であろうと、取材すべきは取材すべしと割りきっていた。しかし、このころから県警は組長や元組長議員をターゲットに大がかりな内偵捜査に着手していた。

熊本市議会や県議会にはなぜ暴力団につながる土建業者が多くの議席をえるようになったのか。昭和二十八年（一九五三）、熊本市は未曽有の大洪水に見舞われ、市街に流れ込んだ大量の火山灰土を排除するため、中小の土建会社が次々に生まれた。「ダンプ一台あれば開業できる」と暴力団系も参入してきたという。

十年後は高度成長のまっただなか、公共事業の大盤ぶるまいに業界は活況を呈した。熊本にかぎっても九州横断道路（昭和三十九年開通）、新県庁舎（同四十年着工）、鹿児島本線電化（四十年熊本まで完成）、天草五橋（同四十一年開通）とビッグ・プロジェクトがきびすを接し、さらに有明海沖の工業用地埋立て、新空港建設と切れ目なくつづく。

熊本市もインフラ整備のラッシュで、新たな工事が計画されるたびに大手の下請け、孫請けをうかがう地元業者が利権にむらがった。中央も地方も構図は同じ、そこに政治がからみ、暴力団がつけいる隙が生じていた。くわえて積年の激しい政争がからんで事情を複雑にしていた。知事がかわればデパートも銀行も旅館も料理屋も、県庁御用達業者は総入れ替えされるほど政争の激しい土地柄である。

二、三年時計の針をもどしてみると、中央政界と地方政界の利権構造の結びつきが浮かびあがってくる。

昭和三十七年、ときの建設大臣、河野一郎が参院補選応援のため熊本入りする。補選は翌年の知事選の代理戦の様相を呈し、現職の寺本広作と熊本市長から挑む坂口主税、保守を二分する激しい争いが予想されていた。

はじめ河野は坂口に肩入れするはずだったが、中央情勢の変化で一転寺本支持に傾く。「裏切った」と息巻く坂口派、「河野先生を守れ」と寺本派、一触即発の不穏な空気のなかに建設大臣がやってくる。

熊本駅頭から各地の演説会場は異様な空気に包まれ、警備の警察官とは別に明らかにその筋とわかる六、七十人が自民党の腕章をつけてたむろしていたという。

「凄かったですよ。イレズミはおる。腹巻きからドスやピストルがのぞいて見えとる。警察は何しとったんですかね」という当時の目撃者の証言が残っている。

当事者の一人（故人）の証言記録によると――。

「（河野来熊の）前日、S代議士、N代議士、寺本知事もおられるので、すぐ来てほしいと電話があった。坂口派が演説を妨害するかもしれぬので大臣の警護と演説会場の警備を頼まれた。引き受けたと返事すると、寺本知事は合掌されたことを覚えておる」

この証言者のK県議も組長と目されていたが、早速「友人のU組組長（市議）を旅館に呼び、二十万円を渡して若い者たち」の手配を頼む。K県議とO組組長は大牟田駅まで建設大臣を迎えに出向き、列車に同乗して熊本まで来る。

「（演説）会場にはM県議（組長）が配下数十人と警備にあたっていた」

この証言記録は、細部にわたりきわめて具体的で、信憑性が高い。

演説会場の警備に暴力団の手を借りなければならぬほどの選挙戦の過熱と根深い政争。当然、暴力団も二分され、選挙後にしこりを残した。暴力団の手をかりた政治は、そのツケ（利権）の支払いを求められ続け、やがて手に負えなくなった政治は、警察の手をかりて大掃除に乗りだすことになる。そんな絵図にそった捜査がはじまろうとしていた。

「わたしゃ、逃げも隠れもせん」

四十年秋、熊本県警は「土建暴力特捜本部」を設置して、政治・行政と暴力団系土建業者との癒着に大なたをふるいはじめる。政治の力では排除できないほど、暴力団系業者の力が大きくなり、ついに強権による大掃除が始まったのである。

翌年夏にかけての〝三百日捜査〟で、県議二、市議三、町村議三、県職員五、市職員九を含む建設業者など百三十七人が逮捕され、政界や行政、土建業界は大騒動となった。市民からの投書や情報が山のように寄せられたというから、世論はあきらかにこの摘発を支持していたが、自殺者がふたりも出るなど捜査はかなり荒っぽいものでもあった。

この大捜査のあおりで、熊本市土木部はほとんど仕事が手につかなかったのではなかろうか。一年のあいだに土木部三人の課長のうち二人と職員七人が逮捕され、県警の家宅捜索を受けること四度に及んだ。

県警は当初からM県議と木下富雄市議のふたりをターゲットにし、記者たちにそう広言してはばからなかった。M県議とは、先の証言記録で「会場にはM県議（組長）が配下数十人と警備にあたっていた」とある県議である。M県議逮捕のあと、警察は捜査大詰めのターゲットを木下市議にしぼり、「なかなかシッポを出さぬ大物」「業界を影で操る実力者」などと記者たちにリークし、名指しこそしないが明らかにそれとわかる記事を書く新聞もあった。

四十一年五月、「逮捕近し」と噂される木下議員（木下建設顧問）と夕食をともにする機会があった。木下建設の社長逮捕の直後だった。「逮捕されるいわれなどない」と木下は強気だったが、身辺に迫る捜査の動きに覚悟をきめている様子だった。数日後、彼は捜査の行き過ぎと人権無視を訴える国会への請願書を携えて上京する。すかさず県警は恐喝容疑で指名手配、その翌日か翌々日だったか、「木下ですが」と当の本人から電話があった。

「警察が捜しとるらしいが、わたしゃ逃げも隠れもしとらん。ホテル・ニュージャパンの〇〇号室におるから警察に言っといてください」

正直なところ少々あわてた。無視すれば犯人隠避になるのか？　かといって警察に通報する気にもならぬ。警察はとっくに所在をつかんでいるはずだった。数日後、彼は恐喝容疑で東京で逮捕された。

しかし、わたしはこれまでの彼とのつきあいや言動から、警察のリークする情報をウのみせず、疑問視していた。そのせいだろう。「警察はあんたが捜査妨害していると記者たちにこぼしている。あんたにも確か尾行がついていたはずだ」と地元紙の記者が耳打ちしてくれた。

木下に再会したのは、三年後の四十四年三月、福岡高裁の法廷だった。

恐喝、公正証書原本不実記載、同行使、道路法違反、不動産侵奪、入場税法違反の六つの容疑で起訴され、一審の熊本地裁判決は、逮捕容疑の恐喝をはじめ、すべてを無罪としていた。

わたしは一審判決時には福岡に転勤していたので、取材できなかったが、担当した同僚記者は判決の模様を「その瞬間、法廷はざわめいた。傍聴席でメモをとる刑事も一瞬、手を休めて自分の耳を疑ったようだ」（「サンデー毎日」）と書いている。

そりゃあそうだろう。〝土建暴力の黒幕〟だとターゲットにしてきた被告の罪状が全否定されたのだから。それだけではない。警察・検察は彼を暴力団木下組組長だとしていたが、判決は「十五人の組員をもつ暴力組織だという検察側の主張を細かく検討すると、組織の実在は確認できない」と、これもあっさり否定していた。

メンツ丸つぶれの地検は即控訴したが、福岡高裁の控訴審判決は六つの容疑のうち五つを無罪、唯一の有罪は別の建設業者から人を介して受け取った政治献金が、仲介者の恐喝と認定され、その共犯として懲役八月、執行猶予二年の判決だった。

木下は「わが身の不徳」と言うように、戦時中に侠客にあこがれ、実際に若いときには事件も起こしている。その筋とも付き合いがあったことも事実だが、私の知る彼はまじめに市政に取り組み、野党の社会党や共産党の議員とも親交があり、議会では是々非々でことにあたっていた。どうみても暴力団組長とは思えなかった。

「何だ、これは」。二審判決を手にした木下は、憮然としてひとこと吐き捨て、裁判所をあとにした。全財産を裁判につぎ込み、政治生命も絶たれて手にした判決だった。

政治権力と警察、それに同調して連日のように「黒幕、黒幕」と書きたてた新聞が、木下から事業も政治生命も身ぐるみはぎとって葬り去った、わたしにはそのようにみえた。

事件の背景には明らかに政治がからんでいた。保守政界の永年の激しい政争は、演説会場の警備に暴力団の手を借りねばならぬほど過熱し、暴力団まで二分して選挙後にしこりを残した。選挙戦で暴力団の手を借りた政治は、やがてそのツケの支払いに利権を求められ、いつのまにかその力は政治の手に負えないほどに肥大していた。

政治の力では排除できなくなったので、警察の手をかりて大掃除をしてもらったのが、土建暴力事件の真相ではなかったか。政争の一方の側に加担していた木下は、そのスケープゴートにされたというのが、わたしの見立てであった。

この事件の取材を通して、わたしは七〇年代の地方議会の実態をとくと学ばせてもらい、以後、地方議会を知るにはまずは利権構造からみる習性が身についてしまった。

〝ブル新〟と嫌われても

赴任したころの熊本支局の布陣は重厚だった。デスクはラバウル航空隊経験者、記者ふたりは陸軍士官学校出身、先輩記者たちはみな四十代、二十代はわたしひとりだった。

それが二、三年のあいだに記者全員が二十代に若返り、いつのまにかわたしが兵隊頭、いまならキャップか。兵隊のひとりに毎日新聞主筆からTBSの「ニュース23」のキャスターに転じた若き日の岸井成格がいた。当時の朝日新聞熊本支局にいた舟橋洋一ものち主筆となるが、熊本で記者生活のスタートを切った二人が、いずれもワシントン特派員を経て、同時期に両社の主筆になるとは、偶然とはいえ思いもよらぬことだった。

その岸井のかかわった昭和四十三年（一九六八）の〝小さな事件〟のことはぜひ書きとめておきたい。春闘、公労協の統一ストの拠点になった国労熊本地方本部は、熊本駅で二時間の時限ストに入っていた。「国労の幹部が逮捕されたが何だかおかしい。何もやっていないのにパクったようだ」と岸井から連絡がはいり、熊本駅にかけつけた。

彼の話では、無人のホームに支援労組員約八十人が座り込んでいるところへ当局の退去勧告が出た。組合員たちがジグザグデモでホームの端に向かい、二十人の鉄道公安官（当時はまだ警察官ではなかった）と二、三度接触した。デモ隊のなかの国労大分地方本部の書記長が、公安官の列に引きずり込まれ、逮捕された。組合員が手錠のままの書記長を奪い返したとき、ひとりの公安官が軽いけがをした。

しかし、当の書記長がけがをさせたわけではないという。各社の記者の目撃証言も一致していた。半信半疑のまま、岸井とふたりで責任者に面会を求めるが、「取調べ中」の一点張りで部屋にも入れない。一時間後、国鉄の対策本部長は「分隊長を殴ってけがをさせたので暴行、傷害の現行犯で逮捕した」と言う。

殴られたという分隊長を捜しだして聞くと、「小隊長が（書記長を）逮捕したあとデモに引きずり込まれて眼鏡がはずれた。だれにやられたのかわからない」という。それでは話の順序が逆ではないかとただすと、今度は熊鉄局長が「逮捕前に書記長は分隊長のヘルメットを引っ張ったので暴行になる」という。記者たちの目撃談と付き合わせると、誤認逮捕かでっちあげ逮捕という答しか出てこないが、これも推測である。

推測や判断をいっさい避け、とにかく事実だけを百行の原稿にまとめ、「記者の目は見た」という見出しで、翌日の熊本版に大きく載った。その朝、熊本地検の事情聴取を受けた岸井は、メモと地図をもとに証言し、書記長は即日、釈放された。

国労の事務所入口には、「官憲のイヌとブル新、立入り禁止」と大書されているので、入るのはいつも気が重かった。「ブル新」とは「ブルジョワ新聞」の略で、当時の労組や革新勢力は一般紙をそう決めつけて、非難したり、排除していた。

書記長の釈放で、国労の幹部たちは手のひらを返したような応援をするようになったが、「なんだ！　我々はブル新じゃなかったのか」と、苦々しい思いだった。

後年、福岡勤務になってデモの取材をするようになると、デモを規制する機動隊の指揮官たちは、違法行為の検挙というより、リーダーの検挙に熱心なようだった。そんな場面に何度か遭遇した。若い機動隊員が指揮官の指示で学生を拘束する。逮捕した機動隊員に「容疑は」と聞くと、「現行犯だ」と答える。「何の現行犯ですか?」とただすと、しどろもどろになって逮捕した学生を釈放してしまうこともあった。

昭和四十三年（一九六八）、米原子力空母エンタープライズの佐世保寄港阻止闘争に向かう全学連の学生が博多駅で下車したさい、待ち構えていた機動隊が学生たちを片っぱしから検問、逮捕する〝博多駅事件〟が起こった。博多駅事件といえば、当時はこの事件を指していたが、いまでは事件の審理をめぐって裁判所がテレビ局にニュース・フィルムの提出を命じた事件として記憶されているようだ。

福岡で司法担当になって博多駅事件の審理を取材していたある日、裁判の傍聴に隊列を組んでやってきた学生を、警察は裁判所の正門前に阻止線を張って構内に入れまいとした。取材に向かうわたしも締め出された。「入れろ」「入れぬ」ともめていると、「入ってみろ、パクるぞッ」と私服刑事がわたしを脅したが、司法記者クラブの記者たちの抗議で何とか入ることができた。

後日、他社の記者が「あんた、県警の好ましくない記者のブラックリストに載っているよ。いや、俺も載ってたけど」と耳打ちしてくれた。そうか、あの刑事はわたしとわかっていて阻止しようとしたんだ、と思いあたった。

当時は学生事件や公安事件が多く、福岡県警はメディアの取材に異常なほど神経をとがらし、ほとんど敵視していた。警察からは「好ましくない記者」とされ、学生や労組員からは「ブル新、ブル新」と敵視されていた。

佐世保、騒乱の一週間

博多駅事件の起きた昭和四十三年一月、熊本から佐世保に出張を命じられた。

前年十一月、政府は野党や革新団体が反対する米原子力空母エンタープライズの佐世保寄港を受けいれ、佐藤首相は沖縄返還交渉のためアメリカに向かう。羽田空港では三派全学連の訪米抗議デモが警官隊と衝突、沖縄では即時無条件返還を求める十万人集会が開かれていた。

ベトナム反戦機運のもりあがりに核持込み疑惑もくわわり、革新団体や全学連は大量動員をかけて寄港阻止闘争を組んでいた。その渦中にベトナムに向かう原子力空母が「補給・休養」目的で寄港する。

三派全学連は、東京、博多駅などで警官隊と激しい衝突を繰り返して大量の逮捕者をだしながら佐世保入りするが、五日間四度にわたる衝突で五百人以上の学生が重軽傷を負った。

いま黄ばんだスクラップブックをめくってみると、連日大展開の紙面に書きも書いたり、呆れるほど騒乱の五日間の原稿を書いている。

はじめて見る原子力空母エンタープライズは巨艦だった。寄港阻止ののぼりをたてた豆粒のような漁船のデモが巨艦をとりかこみ、べ平連（「ベトナムに平和を！市民連合」）の小田実たちが漁船からハンドマイクで艦上の水兵たちに「反戦」「脱走」を呼びかけていた。

催涙ガスに目をショボつかせながらの騒乱取材は気の滅入る日々だった。ヘルメット姿の学生たちの角材と、機動隊の盾と警棒がうなりをあげててぶつかりあい、放水と投石の応酬がくりかえされた。米軍キャンプのまぢかで繰りひろげられる日本人同士の衝突の取材は、気が重かった。

記者やカメラマン四人も警官隊の警棒でなぐられ重傷を負った。TBSのニュース・キャスター田英夫が、機動隊に追われて市民病院の軒下に逃れる姿がちらりと見えた。

上陸した米兵たちが続々とゲートから吐きだされてくる。北爆の尖兵である戦闘機のパイロットたちは、声をかける報道陣に無言で基地に消えていく。

「東京オブザーバー」の大森実が、若い記者たちにまじって米兵たちに声をかける姿も見かけた。大森は入社したときの毎日新聞の外信部長だった。四十年に日本人記者としてはじめて北ベトナムに乗り込み、連載ルポ「泥と炎のインドシナ」で新聞協会賞を受賞するなど内外から高い評価を受けたが、北爆で破壊されたハンセン病院を特報した記事を、駐日米大使ライシャワーに「誤報だ」と名指しで非難され、内外の圧力で翌年退社に追い込まれる。前年、月刊紙「東京オブザーバー」を立ち上げたばかりだった。

以下は自分の記事をもとに『地方記者』に再録した佐世保動乱スケッチのひとこま――。

水兵は学生たちが引きあげた夕刻から、まだ催涙ガス漂う街に繰り出してくる。「歓迎！　騒いでいるのは労働組合や市外からやってきた左派の学生だけ。彼らが目ざすのは日本の赤色革命である」なんて凄い内容の米兵向けの英文チラシが配られる一方で、べ平連は脱走を呼びかける英文のリーフレットを配っている。

ビア樽のように肥え、ポパイのような腕をした巨漢の海兵隊員に呼びとめられた。すでに一杯ひっかけ、「オンナを世話しろ」と言う。「ふざけるな！」と言いたいところを我慢して「ＮＯ」。「日本語ではｇｉｒｌはなんと言うか」としつこい。「辞書でも引きな」と突き放すと、「本屋へ連れて行け」と食い下がる。仕方なく書店に案内すると、なんと米兵用の英英辞典（英和？）が棚に並び、「ｇ·ｉｒｌ＝ＯＮＮＡ」とあって驚く。

街をぶらついていた二人連れの若い水兵を、強引に喫茶店に誘って話を聞く。ふたりが見せてくれた認識票によれば、アイオワ出身のロバートとミシガン出身のリチャード、ともに二十歳、大学の途中で兵役に引っ張られたという。雑談のあと、ロバートがポケットから、脱走を呼びかけるべ平連のリーフレットをとりだして、テーブルに置いた。

「スウェーデンに行った彼らは本当に自由なのか」とロバートが聞く。彼らとはリーフレットにある、米艦イントレピッド号から脱走した四人の反戦米兵のことである。「亡命を許されたのだから自由のはずだ」と返すと、「スウェーデンは素晴らしい」と言う。

ロバートがポケットから恋人の写真をとりだして、「国に帰りたい」とつぶやいた。「オレも早く帰りたいよ。専攻の商業美術をもっとやりたい」と、リチャードもうなずく。重苦しい雰囲気から彼らの厭戦気分がうかがえる。「脱走したい」と告げられたらどうしよう、内心ハラハラしながら片言の会話をつづける。

「寄港すると金だけムダに使う。ああ、ツーモア（あと二年）」とため息まじりのロバートは機械工学専攻。「オレはあと一年だ」とリチャード。そのリチャードが「君もエンタープライズの佐世保寄港に反対か」と逆に聞いてきた。やはり反対運動が気になるらしい。

「う〜ん、戦争を憎む。だが、アメリカ人は好きだよ」と苦しまぎれに答にならぬ、返答をする。まだあどけなさの残るふたりの肩に、ベトナム戦争はあまりにも重すぎるのだろう。

昼間、同じ年ごろの日本の若者たちが血を流した街にふたりは消えていった。その後ろ姿を見送りながら、複雑な思いにとらわれた。学生と機動隊の衝突取材も気が重かったが、自分たちの戦争に自信のもてないアメリカの学生の孤独にも同情がわく。

戦闘への緊張からひととき解放されて夜の街にくりだした水兵たちで、外人バー街は喧騒をきわめていた。そのにぎわいを少し離れて見守る年輩の警察官がぼやいた。

「彼らが一杯やるのまでわれわれが守らにゃいかんのですかねえ」

第八章　水俣病事件に出会う

『苦海浄土』にうちのめされ

「あなたは石牟礼道子さんの『海と空のあいだに』を読みましたか」

渡辺京二に呼び出され、喫茶店で向き合ったのは、たしか昭和四十三年（一九六八）の春だった。「海と空のあいだに」は渡辺が編集・発行する雑誌「熊本風土記」に連載されていたが、うかつにも未読だった。

「まだ？　そりゃ、いかん」と、初対面の渡辺は翌日、連載分をそろえて届けてくれた。「海と空のあいだに」は、翌年『苦海浄土――わが水俣病』と改題して講談社から出版される石牟礼の代表作の初稿である。

一読、身震いするほどの衝撃にうちのめされた。「連載第一回の山中九平少年を読めば、筆者が抑えに抑えた筆致のあいだからたちのぼってくる緊張はまことにただならぬものであった。しかし遅ればせながらも読んだことで、新聞記者として大きな過ちをおかさずにすんだ」と、数カ月後、ある冊子（「水俣病は解決したか」）に書いている。

水俣病患者へのチッソの悪辣なやりくちに憤りをおぼえ、同時に五年近くもこの地で記者として過ごしながら、いまなお進行中の「水俣病事件」に、まったく関心をはらってこなかった自責の念にもかられた。それまで水俣病についての知識は皆無に近かった。学生時代に読んだ水上勉の『海の牙』は、題材を水俣病にとってはいたが、推理小説仕立ての作品だったせいか、熊本赴任後も思いだすことはなかった。

しかし、うちのめされたままでいるわけにはいかぬと、あわてて資料を読み、ともかく水俣へ向かう。石牟礼と水俣市議の日吉フミコが、「苦海」に漂いだすわたしの水先案内人だった。

「視線をそらしてはならない、と胸につぶやきながらも、ハッと息をのんだ。たじろいだ。いや、出来ることなら逃げだしたいと思った」

水俣病についてはじめて書いたルポの書き出しである。日吉の案内で患者多発地区茂道の漁村で、胎児性水俣病患者の少女に出会ったときの、つたない書き出しに自身のうしろめたさが透けてみえる。

母の背におぶわれた一〇二号患者のF子、十一歳。耳はかすかに聞こえるが、口はきけない。目は極端に視野が狭く、開いたままの指は閉じることがない。オムツははずせず、歩行不能。まだ首のすわらぬ赤子のように首がグラリとかしぎ、オカッパ頭の髪がバサリと落ちた。直視できなかった。

「写真を撮らせてもらえませんか」と、恐るおそる切りだすと、母親はあいまいにうなずいたようにみえた。

「撮ってもらわんばたいね。世間の人にようと知ってもらわんばならんもね」

日吉の口ぞえであらためて了解をもらい、シャッターを切った。


いま、変色した新聞の切り抜きのなかで、ファインダーごしに見た十一歳の少女が、わたしを見つめている。それがはじまりだった。

メディアの大キャンペーン

水俣病理解の手引きになったのは、水俣病の原因を解明した熊本大学医学部の研究論文集『水俣病』、表紙が赤いので通称「赤本」。いまひとつは当時、東大助手の宇井純が富田八郎（とんだ・やろう）というペンネームで、合化労連の機関誌「月刊合化」に長期連載した「水俣病」をまとめた分厚い、いわゆる「白本」である。

後者は水俣病の全経過を膨大な資料をもとに克明に描きだし、この連載をコンパクトにまとめた『公害の政治学——水俣病を追って』が四十三年夏に出版され、新聞各紙のキャンペーンに火をつけた。

漁協や患者に敵対してチッソを擁護したと名指しで非難された熊本県知事、寺本広作は県議会壇上でこの本をふりかざし「真っ赤なウソを書いている」と声をはりあげた。

富山のイタイイタイ病に続いて、政府による水俣病の公害認定間近といううわさが流れると、報道はヒートアップした。とりわけ朝日新聞は大量の記者を送りこみ、連日紙面を大動員してキャンペーンを展開し、各紙も追随した。

宇井が明らかにした事実を後追い、あるいは補強するかたちで報道はすすんだ。スクープとされる記事のほとんどはすでに宇井があきらかにしていたものだったと言ってよい。

「おい、また抜かれてるじゃないか。朝日のこの記事はどうなんだ」

「それはもう宇井さんが書いてることですよ」

「そうだったかな。ああ、ホントだ」

早朝から本社のデスクに叱責される。わたしは腹をたてていた。

水俣病は新日本窒素（現チッソ）工場が垂れ流した排水に含まれる有機水銀が原因と明らかにされてから十年以上、メディアは水俣病も水俣病患者も忘れてきたと言ってよい。だから本社のデスクや先輩記者たちも水俣病についての知識が乏しい。自分だってにわか勉強で仕入れた情報をもとに取材しているのだが、それでも腹をたてていた。

本社からやってくる応援の記者たちは、「特ダネ、特ダネ」と漁協前に山積みされたトロ箱の写真を撮って「水俣の魚が売れなくなった」などと風評被害をばらまくような記事を平気で書く。漁協にトロ箱が積んであるのはいつものことで当たり前じゃないか。

「今年はすべてのことが顕在化する。われわれの日常の足元にある亀裂がぱっくり口を開く。そこに降りてゆかねばならない」

『苦海浄土』はそう予言していた。やがてそのとおり苦海の底に沈んでいたさまざまな思惑や市民感情があらわになり、亀裂が顕在化してくる。

この年一月、新潟水俣病患者の水俣訪問をきっかけに、石牟礼道子、日吉フミコ、市職員有志らによって「水俣病対策市民会議」（のち「対策」を削除）が発足する。彼らは患者家庭を訪問調査し、チッソや行政の非道を訴え、患者支援に動きだす。

昭和二十八年（一九五三）の第一号患者発生から十五年、「死者三十万円」という悪名高い〝見舞金契約〟が患者に押しつけられて八年。弧絶していた患者たちも新潟の患者や市民会議に励まされ、補償交渉に動きだす。

水俣に常駐してみて企業城下町の重苦しい、不気味な雰囲気を日々感じるようになった。「水俣病なんて昔のことですよ。一部の人たちが騒いでいるだけで、大半の市民には関係ないことです。早く静かになってほしい」

定宿にしていた旅館の主は、朝夕の食事時にかならず「あまり書きたてないでください」とつけ加えることを忘れなかった。

市民不在の合同慰霊祭

九月の水俣は異様な空気につつまれていた。政府の公害認定近しという情報に水俣市やチッソ労使、市民団体はあわてふためき、各紙のキャンペーンにパニック症状を呈していた。

これまでほとんど患者を無視してきたと言ってよい水俣市は、唐突に「水俣病死亡者合同慰霊祭」を九月十三日に市公会堂で開く。当時のわたしの記事の一節――。

中央一段と高い祭壇に四十二人の遺影。正確に言えば、三十九の遺影と生まれたばかりで写真もなかった三人の名札が飾られ、左右に熊本県知事寺本広作、水俣市長橋本彦七と大書した花輪が参列した遺族や患者を見おろしていた。

遺影たちは、両側に居並ぶ来賓知名士各位をハタとねめつけるようでもあれば、大きな花輪に両側からはさまれてどこやら居心地悪げにもみえた。

予想外の異様さとは、徳江チッソ水俣支社長が患者、遺族より一段と高い席にすわり、一般席としてしつらえられた市民席には、一人としてすわるもののいなかったことである。「おかしな慰霊祭ですね。市民はわたし一人」と石牟礼さんは繰返していた。

しかし、この慰霊祭はまさに社会病理としての水俣病の、諸所見をみごとにそなえていた。死者たちは一度呼びもどされ、そして再び葬り去られようとしていた。

慰霊祭の開催を知らなかった市民は、翌朝の新聞に折込まれたチッソ新労（第二組合）のチラシを読んで驚愕する。

「市民の皆様はこの問題（公害認定）が水俣市の発展に暗い影を落とすのではないかという不安をお感じになっているのではないか」と書きだし、チッソの社長が労使交渉で「水俣市民及び従業員の協力を得られなければ撤退もあり得ることを示唆しました」と続く。

慰霊祭にあわせたように、チッソは「水俣に異常事態が生じており、地元の全面的協力が得られねば（再建）五カ年計画は進められない」と水俣からの撤退をほのめかし、チッソ労使の反キャンペーンが始まったのである。

水俣ではほとんどの市民が何らかのかたちでチッソとかかわりをもっている。チッソ従業員は「会社行きサン」と敬称つきで呼ばれるような企業城下町の素顔があらわになり、「寝た子（水俣病）を起こすな」という大合唱がわきおこる。

「市民の世論に殺される！」

九月二十二日、厚生大臣、園田直が水俣入りする。市役所で待ち構えていた患者たちは、ひたすら「お願いします、お願いします」の連呼でむかえた。弧絶する患者たちのすがるような思いが、痛いほどに伝わる請願だった。

二十六日、厚生省は「新日本窒素水俣工場の排水に含まれるメチル水銀が水俣湾内の魚介類を汚染した」と企業の責任を明確にし、水俣病を公害と認定した。

翌二十七日、公害認定をうけてチッソの江頭豊社長が患者、遺族宅を「お詫び」にまわった。一行は仏壇に手をあわせ、短い「お詫び」の言葉をつぶやき、次の遺族宅に向かう。だが、足早に立ち去れぬ家もあった。

「会社ばもっていくちゅうが、東京でん、大阪でん、どこでんすぐもっていけ。会社、会社て会社のなからんば、生きていけんごつ言うが、天草の人間なカライモでん、ムギでん食うて生きとるとばい。こらあ、あたどんが言わすっとばい。おるが言うとじゃなか。まちがわんごつしてくれんばん」

両親を水俣病に奪われ、弟も重症患者の浜元フミヨは、つもりに積もった想いのたけをチッソ社長に投げつけた。「会社の奴どんに水銀ば飲ましょうごたる」「もとん体にしてもどせ」という患者や遺族たちのウラミ、ツラミが、彼女にのりうつったかのような光景だった。

それは加害企業チッソだけに向けられたものではなかった。「お前たちがこぎゃんこつばするけんボーナスの下がるったい」と患者に敵意をむきだしにするチッソ従業員、「ぬしたちゃよかね。補償金で蔵ん建つたい。わしも水銀ば飲もごたる」とあざける隣人たちにも向けられていた。

社長一行にひと足おくれて患者家庭互助会の山本亦由会長宅についた石牟礼は、重症患者の婦人が嗚咽とともに吐き出した訴えを『苦海浄土』に書きとめている。

「小父さん、もう、もう、銭は一銭もいらん！　今まで、市民のため、会社のため、水俣病はいわん、と、こらえて、きたばってん、もう、もう、市民の世論に殺さるる！　小父さん、今度こそ、市民の世論に殺さるるばい」

「みんないわす。会社が潰るる、あんたたちがおかげで水俣市は潰るる、そんときは銭ば貸してはいよ、二千万円取るちゅう話じゃが。殺さるるばい、今度こそ」

「世論に殺される！」と、彼女が訴えた〝市民の世論〟を臆面もなくあらわにしたのが、公害認定三日後に急きょ開かれた「水俣市発展市民大会」であった。

少し長くなるが、その模様を書いた連載記事の三回目を引いておく。

一、水俣病患者家庭互助会を全面的に支援する
一、チッソの再建五カ年計画遂行を支援する

このふたつのスローガンを掲げて九月二十九日、水俣市発展市民大会が開かれた。発起人は商工会議所からパーマ協会、風俗営業組合まで五十六団体の会長、婦人会、青年団体も含めたもので、中心は商工業者の団体。

その趣意書は「チッソとともに栄えた水俣市は……三十七年の大争議を境として何かが狂い始め……この病弊が、今回の水俣病問題にも端的に現われ……再び繁栄途上にある水俣市に暗い影をなげかけております。さらにこの遠因はチッソにあるとはいえ、その責任を追及するあまり、現状打開の道を失っているのではないか」と訴えかけていた。

水俣病患者支援を打ち出した市民大会は、おそらくこれが初めてである。しかし、チッソ支援もあわせてかかげたところに、この大会のきわだった特徴があった。そのことはつぎつぎに壇上に上がった知名士たちの、どこか歯切れの悪い弁解じみた口調にもにじみでていた。

田中商工会議所会頭は「会長就任を断ったのだが……」と述べ、下田青年団長は「チッソと市民が心をひとつにして……」と訴え、大崎婦人会長は「会社行きさんならヨメにあげますという人情豊かな町にもどそう……」とこもごも訴えかけた。

橋本市長は「会社、従業員、市民が心をあわせればチッソの再建はできるはずだ」と強調、広

田市会議長は「これまでも不幸な人たちにはある程度のお手当はしてきた」といい、松山漁協組合長はただひたすら「今の魚は安全です。安心して食べてほしい」と訴えた。

それはまことに異様な大会であった。「患者を支援する。しかし、チッソの再建計画遂行には十分協力する」ふたつのスローガンはこの「しかし」という逆接の接続詞で結ばれる関係にあった。それはまた九月十四日付の新労のビラが落とした「暗い影」と「地元の協力がなければ……」という新労に対するチッソ社長の回答にピタリと照応するものであった。

この大会に参加を求められた山本亦由・患者互助会会長は「十年もうっちょいていまごろ……。自分たちゃ会社と自主交渉するから、はたからなんのかのといわんごつして下さい」と参加を断ったという。その山本会長に「いままでん悪かこつぁすんまっせん。ばってんああたたちも水俣市民ちゅうことを忘れんで交渉してはいよ」と要請したという山口義人氏は、この大会で唯一とも思える〝肉声〟で訴えた。

「公害認定されてから工場ひきあぐるなんちゅう社長はどぎゃんかい。チッソの社長ともあろう人が、こっじゃ困る」

しかし、まったく皮肉なことだがこの市民大会の数時間後、江頭豊チッソ社長は「全面撤退などありえない。誤報だ。現に新工場も完成したばかりだ」と記者会見で答えていた。さらに、

――チッソが要請する地元の協力とは具体的にどんなことか。

「長期ストなど面倒があるようじゃ……」

――それでは、地元の協力とは労働組合の協力のことか。

「…………」

というやりとりがあった。

市民千五百人を集めて開かれた「水俣市発展市民大会」は患者からボイコットされ、「合同慰霊祭」は市民を排除することで、病む水俣の姿を象徴的に表現していた。患者たちの補償交渉はそうした水俣の空気の中で始まろうとしていた。(「毎日新聞」熊本版、十月十九日)

「何とかしなければ」

「水俣病患者の百十一人と水俣市民四万五千とどちらが大事か、という論理が野火のように拡がり、今や大合唱となりつつあった。それこそがこの地域社会のミニコミだった。マスコミの関心の集中度とそれは反比例していた。水俣病に関する限り、どのような高度な論理も識者の意見も、この地域社会にはいりこむ余地はない。マスコミなどはよそもの中のよそものである」「報道陣の主力の大半は二十六日、政府見解が出た時点でひきあげていた。新聞の論調はもはやしめくくりの段階に入ったようだった。おそろしくマスコミは忙しく忘れっぽい」(『苦海浄土』)

石牟礼は、キャンペーンを張ったあと潮が引くようにひきあげるマスコミにも厳しい目を向けていた。そうはならじ。この異様な空気を伝え、記録しておかねばならぬ、とわたしは取材の焦点を補償交渉の行方と、やがて顕在化してくるであろう膨大な潜在患者(未認定患者)問題に絞っていた。

補償交渉をめぐって患者団体は分裂し、強気のチッソ相手に先の見通せない状況が続いていた。後者はやがて膨大な認定申請が相次ぎ、認定基準をめぐって国や県の責任が最高裁まで争われ、いまだに決着したとは言えない。

「水保病――公害認定はされたが」というタイトルの連載を企画したが、本社は水俣病は「しめくくりの段階に入った」と思ったのか、社会面には「そぐわない」と掲載を断られ、やむなく熊本版で連載した。先の連載三回目の記事は、『苦海浄土』終章に再録されてより多くの人の目にふれることになったが、わたしはあいかわらず腹をたてていた。

水俣では患者家庭互助会とチッソの補償交渉がはじまったが、チッソはゼロ回答を続け、このままでは患者は「水俣世論」にねじ伏せられ、悪名高い三十四年の〝見舞金契約〟が再現されてしまうのではないか、と焦燥にかられていた。

わたしだけではない。熊本日日新聞文化部記者の久野啓介も「ある人は『もしかすると患者たちは三十四年当時と同じ、あるいはもっとひどい孤立状態に陥るのではないか』と言う。それを杞憂だと言い切れるだろうか」と書いていた。

「水俣病は未必の故意による殺人ではないのか」と熊本地検の検事にただした「慧眼の地元記者」がいた、と宇井純は『公害の政治学』に書いていた。「あの記者は誰ですか」と尋ねると、久野は「あれ、僕なんです」と照れくさそうに答えた。地元の敏腕事件記者だろう推測していたわたしは驚き、さすがと思った。チッソの元社長と工場長は、殺人罪ではなかったが、業務上過失致死傷害罪で告訴され、のち最高裁で有罪が確定する。

焦燥感を共有する久野とわたしは、手はじめに自分たちの書いた記事を「水俣病は解決したか」という冊子にまとめて配るかたわら、同じ危惧をいだく人たちと集まりを重ねた。

ところが、翌年一月、わたしは福岡への転勤の内示を受けた。県庁に挨拶に出向くと、親しくしていた秘書課の課長補佐氏が「知事はあなたの転勤を心からお喜びです」とふくみ笑いをしながら、知事名の餞別を差し出した。

水俣病問題では一貫してチッソ寄りの言動をかくさぬ知事に不信を抱いていたが、そればかりではない。寺本は気に入った記者には会うが、毛嫌いする記者には会おうとしない。わたしも何度か居留守をつかわれた。他社の記者への取材拒否をめぐって激しく抗議したときには「これじゃ、まるで労使交渉じゃないか」と渋面をこわばらせてなじられたこともある。事情を知る課長補佐氏のふくみ笑いには苦笑で応えるほかなかった。

後年、意外なところで寺本の名前を見つけて驚いた。ジョン・ダワーの『敗北を抱きしめて』によれば、寺本は戦時中は「思想警察のメンバーだった」という。ところが、戦後は「厚生省労働基準課長だった。彼は労働基準法制定の立役者であった。彼はGHQが労働条件について強力な規制を計画していると産業界や政治家を説き、いったんGHQの了解をとると、今度はGHQの指示だからと利害関係者をときふせて最も進歩的な労働法をつくってしまった」という。「こうした文言がかつて思想警察に勤務していた人間によって書かれたとは想像もつかないことであろう」とダワーも驚いている。

そうか、彼の情報操作のやり方や記者への対応は、「思想警察」時代に身につけたものだったのか、と腑に落ちた。

補償処理委会場を占拠

二月、五年余を過ごした熊本から福岡に転勤になった。土地にも人にも離れがたい思いを残しての転勤だった。所帯の大きな福岡総局では、警察まわりから司法、遊軍、市政、県政と二年のあいだにめまぐるしく担当がかわったが、その間も水俣病の取材と運動への参加は続けていた。

熊本でも患者支援運動ができないか、という石牟礼の要請を受けた渡辺京二は四月十五日、熊本の繁華街で水俣病患者の自主交渉を支持し、「チッソ水俣工場前に坐りこみを！」と呼びかける手書きのビラ二千枚を配り、十七日にチッソ工場正門前に座り込む。この一枚のビラが「水俣病を告発する会」の結成につながっていく。当時ＮＨＫ熊本放送局のアナウンサーだった宮沢信雄のメモによれば――

四月二十日（福祉会館）渡辺京二さんの主唱で水俣病にとりくむ人たちの集会。三原さんも来ている。集まった人たちは、高校の先生、県庁の人など数人ずつ、ＮＨＫから、その他で最終的には三十人くらいになったろうか。主義主張に関係なく、水俣病を自分自身の問題と考える者たちが何らかの行動をするという集まり、ということである。

主な目的は、水俣病裁判を支援し、市民会議の活動を全面的にバックアップすること。水俣病と、それをめぐる事柄を全国にＰＲするということなど、会の名称について話しあった結果、Ｈ君の意見で「水俣病を告発する市民の会」ときまる。

患者団体は補償をめぐる事態が切迫していた。患者団体は厚生省の補償処理委員会に白紙委任する一任派と、それを拒んで訴訟に踏みきった訴訟派に分裂していた。一任派への補償処理委員会の回答日が迫り、新聞は処理委の補償提示額は死者三百万円だろうと報じていた。

「告発する会」は、これでは三十四年の見舞金契約（死者大人十万円、子供三万円）の再現ではないか。「患者に訴訟派、一任派という区別は存在しない。われわれは、自分の直接的存在をそこにこたえることによって補償処理委の回答を阻止する」と、東京行動への参加を呼びかけた。

わたしは逮捕もあり得ると覚悟をきめ、「もしパクられたら、年休届けを延長しておいてくれよ」と同僚に頼んであわただしく上京した。「阻止行動」の前夜、都内の喫茶店で宇井純、石牟礼、渡辺の四人で会った。宇井がやや興奮気味だったのを覚えているが、何を話したか覚えがない。わたしも興奮していたに違いない。

五月二十五日早朝、日比谷公園に集まった百二十名は、死亡患者のパネル写真やプラカードをかかげてデモをしながら、補償処理委の回答会場のある厚生省に向かった。宇井や渡辺など突入組の十六人はあっという間に厚生省五階の処理委会場に駆けあがり、一時間にわたって会場を占拠した。外では「告発する会」代表で高校教師の本田啓吉や石牟礼たちが「三十四年の再現は許さんぞ」とシュプレヒコールで抗議を繰り返していた。夕刻になって警察は会場を占拠した十三人を逮捕、二十八日まで勾留した。

「あんたはいいよ」とその朝、渡辺から占拠組から外されたわたしは、厚生省五階の処理委会場と外を何度か往復してなかの様子を伝えた。このときのわたしは記者ではない。「告発する会」のメンバーだから、取材したり、記事を書くことはしない。

「報道を通じて協力する」という記者もいる。「記者が当事者になるべきではない」という記者もいた。逮捕されたメンバーには、公務員もいれば会社員もいた。学生もいれば、放送局員もいる。もし自分がキャラメル工場の工員だったら「仕事を通じて協力する」なんて言えるわけがない。たまたま記者であることをエクスキューズにはできない、あくまで「個として」、それが「告発する会」の行動原理である。理屈っぽく言えば、そんなふうに考えていた。

メンバーの逮捕を見届けると、「告発する会」の機関紙「告発」の号外づくりに熊本に向かい、待機していた編集メンバーと徹夜で「号外」をつくった。

一任派の患者たちは、補償処理委が提示した「死者最高三百五十万円」という超低額の〝命の値段〟で妥結した。補償処理委の「処理」を阻止することはできなかったが、この厚生省占拠行動は超低額補償とともに世間に大きなインパクトをあたえた。直後の街頭カンパには、予想をはるかにこえる反響が寄せられた。水俣病事件は、ともすればメディアや中央からは「辺境の地の公害紛争」とみられがちだったが、この処理委会場占拠が人々の認識を大きく変えた。

「告発する会」は訴訟派の提訴にあわせて月刊の機関紙「告発」の発行をはじめたが、これが大きな力となって運動は全国にひろがっていく。代表の本田啓吉は、「告発」第三号に「義勇兵の決意」と題して「敵が目の前にいてもたたかわない者は、もともとたたかうつもりなどなかった者である」と、運動への参加をよびかけた。わたしたちはそれを「義によって助太刀いたす」と読みかえて、運動のキーワードにしていた。

この年秋、「福岡・水俣病を告発する会」をたちあげる。新聞社の友人たち、九大工学部の学生や院生、青年医師などで、集会やデモ、街頭カンパを続け、熊本地裁での裁判支援行動、チッソ水俣工場への抗議デモにも参加した。

自主交渉闘争がはじまると、学生主力の行動グループを東京に送りこみ、チッソ工場正門前の座り込みテントにも常時一人を派遣していた。その費用の大半は街頭カンパでまかなえた。患者の闘いには福岡市民からも強い支持が寄せられていた。

「東京・告発」はチッソの株主総会で患者とチッソとの直接対決をめざす一株運動を提案、十一月の総会に患者が乗り込むことになった。わたしも三千六百円をはたいて百株を購入し、はじめて株主というものになった。

人のこの世は永くして　変わらぬ春と思えども
はかなき夢となりにけり　あつき涙のまごころを
みたまの前にささげつつ　面影しのぶも悲しけれ

白装束、菅笠に「怨」と染め抜いた黒いのぼり旗をかかげて、追弔和讃（ご詠歌）を唱和しながら大阪の株主総会会場に向かう患者の姿が注目をあびた。

途中、福岡に一泊した。患者や支援者であふれる旅館の一室で、テレビがニュース速報を流していた。三島由紀夫が市ヶ谷の自衛隊に「決起」を呼びかけ、古式どおりの割腹自殺を遂げたという。テレビに釘づけになった。

「戦後民主主義の日本は、尊厳を持った美しい日本ではなくなってしまった。天皇が日本文化の価値それ自体でなければならない」という三島の主張にはとうてい共感できなかったが、みずからの思想に殉じて肉体をなげだす強烈な「批評」には衝撃を受けた。

「わからんじゃろ、俺が泣くのが」

翌四十六年十二月八日、わたしは東京・丸の内の東京ビル四階のチッソ応接室にいた。

新たに水俣病と認定された川本輝夫ら七人の新認定患者とチッソ社長との直接交渉を見守るためである。チッソの島田賢一社長をとり囲むたすきがけの患者を支援者たちが見守り、わたしは後方に石牟礼と並んで立っていた。交渉は翌日未明にかけて十四時間にもおよんだ。

川本たちは熊本県の水俣病審査会に認定申請を棄却されたが、行政不服審査請求によって環境庁が熊本県に再審査を命じ、新基準によってあらたに認定されていた。新認定患者十八人は、訴訟や調停によらず、あくまでチッソと「相対で談判する」道を選び、「一律三千万円」の補償要求をかかげて直接交渉をもとめた。チッソはこれを拒否したため、川本たちは水俣のチッソ工場正門前にテントを張って、座り込みやハンストで直接交渉をもとめ続けた。

その川本たちに「水俣世論」がふたたび襲いかかる。「会社を粉砕して水俣に何が残るか」「三千万円とはふっかけたもんだ。神経痛やアル中患者には多すぎる」「一斉検診では針で刺されても痛いといわぬ練習をしてるヤツもいた」などと憎悪むきだしのチラシを配って、患者を誹謗・中傷しはじめ、患者の孤絶が深まる。

患者たちはチッソ本社に乗りこんで一気に決着をはかろうと決意し、「告発する会」は、全面支援を決め、全国の「告発」会員たちが上京した。この日、およそ二百人の「告発」メンバーがチッソ四階を占拠し、応接室で始まった島田社長らチッソ幹部との直接交渉を見守った。

島田社長に迫る患者たちの気迫はすさまじく、誇張でなく自らの存在のすべてを賭してチッソに体当たりしていった。自主交渉闘争は越年して七十五日間もつづくが、この日深夜の交渉はその全経過を通じて患者の魂魄が灼熱した白眉であった。テープから起こした一部を以下に掲げておく。

川本輝夫　はっきりしてもらわんと困る。社長、今日はな、わしは血書を書こうと思うてカミソリば持ってきた。

島田賢一社長　えっ。

川本　血書を書く、血書を。要求書の血書を。あんたがわしの小指を切んなっせ、ほら。

島田　それはご勘弁を。

川本　あんたの指もわしが切る。いっしょに。

島田　それはご勘弁を。

石田勝　あんたは、ほんとに患者の苦しみば知っとっとね。自分の子供はね、もう針で刺しても何で突いても、はい、はいと返事がでくるだけですよ。それがわかっとっとね。胎児性ですよ。

川本　切れえ、おい、社長。おまえが切らんならおれが……。最高責任者じゃろうが、切れえ。伊達や酔狂で東京まで来とらんぞ。日本全国の貧しいながらのカンパで来とっとぞ。おい、切れ、切らんかあ、社長。くやしいよ、ほんなこて。

石田　口の先ばかりでごまかしていく人間に、われわれ人間の苦しみがわかるか。

川本　一任派の人たちがどげん苦しみか、知っとるか、お前たちゃ。胎児性の患者はどげんしとるか、おまえ。今まで、おまえ、どれだけ……。きのうからこうやってずうっと同じようなことを聞いてきたぞ。

（進展のないまま交渉は深夜におよび、島田社長は血圧があがって倒れ、交渉は中断された。担架で運びだされるまでソファで横になる社長の枕元にとりすがって川本は号泣しながら懸命にかき口説く）

川本　私たちも熱でもう頭が混乱しそうですよ。胸は張りさけそうですよ。ましてこんな病人を相手にしなけりゃならんことは悲しいことですよ、私たちも。第三者が見たら、いかにも　私たちが鬼みたいに見えるでしょう。こんな病人をつかまえて。

入江専務　川本さん、そう泣かんでくださいよ。

佐藤武春　あんたたちが、本当に誠意があるなら、こうして社長が具合悪いから、社長がでけんから、私たちが引き受けますから、と言うとが、当然でしょうが。

入江専務　それはね、会社の重要な問題ですから、社長がね、トップですから……。ですから、ちょっと、いっぺん帰してください。

川本　帰れ、もうよか。話し相手にゃならん。よか、もう帰れ。後はどうなっても知らんぞ。おらもう。十二時間も十三時間も話し合って何じゃこりゃ。帰れ、早う。もうよか。

佐藤　連れていかんな、早う。

川本　社長、わからんじゃろ、俺が泣くのが。わからんじゃろ。親爺はな、一人でおった。おりゃ一人で行って朝昼晩メシかせ（食わせ）とった。食うていく米もなかった。背広でも何でも自分の持ってるもん質へ入れた。そんな暮らしがわかるか、お前に。

あした食う米のないことはなんべんもあった。寝る布団もなかったよ、俺は。敷き布団で毎晩毎晩こごえて寝とったぞ。そげな苦しみがわかるか。家も追い出されかけたぞ。そげな生活がわかるか、お前たちに。三千万円が高過ぎるか。

うちん親爺は六十九で死んだ。親爺が死んだとき、俺は声をあげて泣いた、一人で。精神病院の保護室で死んだ。保護室で、うちん親爺は。牢屋のごたる部屋で。誰もおらんとこで。しみじみ泣いたよ、俺は。保護室のあの格子戸の中で。親爺と二人で泣いたぞ。そげな苦しみがわかるか。

精神病院へ行ったことがあるか、お前は。誰もみとるもんなくして、精神病院の保護室で死んだぞ。うちん親爺は。こげんこたあ誰にも言うたこたあなかったよ。俺、今まで。（しゃくりあげながら）俺も看護夫のはしくれだけん、あんたが具合の悪かぐらいわかるよ。狭心症がどげんとか、高血圧がどげんとかぐらい、わしもわかる。

川本の号泣しながらの訴えに、さっきまで怒号が飛んでいた部屋は静まりかえり、全員が粛然として聞き入った。彼の訴えはチッソ幹部たちの胸に届いたのだろうか。

横になった島田のまなこは、宙をさまよいうつろに見えた。川本の訴えに衝撃をうけたのだろうか、それとも血圧の上昇でぼんやりしていただけなのか。チッソは相変わらず企業防衛一辺倒の姿勢を崩さなかった。

終わりなき水俣病

昭和四十八年三月二十日、提訴から三年九カ月たった水俣病患者のチッソへの損害賠償請求訴訟の判決が熊本地裁であった。

わたしは病院の待合室のテレビで、その模様を見ていた。胆石症で開腹手術をうけ、予後を福岡市の病院で過ごしていた。判決は予想どおり、患者の全面勝利だった。チッソは控訴をあきらめ、判決が確定した。

被告席から足早に去るチッソ幹部に、浜元フミヨは「これですんだっち思うなよ！」とひと声あびせた。自主交渉派患者に勝訴した訴訟派患者が合流し、新認定患者、一任派、調停派など各派の患者にも判決と同等の補償を求めて、ふたたびチッソに直接交渉をもとめる。

この交渉は数度の中断をはさんで長期化し、患者たちの本社再占拠はさらに七十日に及んだ。本社ビルから撤退したチッソは、一任派、調停派をふくむ各患者団体の要求のほとんどをのんだ「判決並み」の補償を回答し、交渉は終結に向かう。

この交渉で患者たちは、水俣病によって破壊された家族の生活や自身の病歴をこもごも訴えてチッソに迫った。判決直後に「これですんだっち思うなよ!」と叫んだ浜元フミヨは、血を吐くような言葉で訴えた。以下はその一部――。

社長さん、私にも言わして下さい。うちは全滅じゃったばい。親二人とも、弟も。あんたどんがこげんなした。おるげ(わが家)は不知火海の漁師じゃ、親の代から何代も伝わってきた。自分で立って食って立ってきた家じゃ、親代々。あんたたちがさせたっじゃいが。弟ばようして戻さんな。銭も何もいらんで、おる家は。

不知火海もようして戻さんな。魚も安心してとるるごつ。不知火海はおっどみゃ(われわれの)財産じゃったんじゃ。あれはな、こやしもせんじゃよか、草もむしらんちゃよか。そげんよかとこ、あんたどんがなんでんかんでん流して、親もうちころしてくれたろうがなあ。医者どんにも行かにゃならんと。もう十何年行っとるけど、ようならん。ようならんでも行こごたる。気休めに行っとっと。あんたどんがしたですばい。

おらな悲しゅうして悲しゅうしてたまらんばい。思えば、こん水俣病なかれば、こぎゃん苦労もせん。貧乏もせん、泣きもせん。そっでも社長がわからんかと思うと情け無うして……。

おら弟ば毎日看とる。なあ、なんでん、そけあっとも取ってやれ、こけあっとも取ってやれて言う。取ってやる。ばってんたまには、はがいか。おるも人間じゃけん。怒ってみると涙のず(出)る。怒らんばよかった、と思う。(略)

チッソのお蔭で、そいで年ばとってきました。それから認定されました。仕事はできまっせん。

嫁にもいけず、生くる道は何もなかです。あんたの会社のお蔭で私の家は全滅、私も全滅、一生台無しにしてもらいました。あなたが私の水俣病の顔を消してくれたら、私は補償金なんかいりません。

もう仕事はでけんし、雇うてももらえんし、針を落としても拾えんとですよ。私はいっぺんも嫁になっとりません。私は年はとっとりますけど、処女でございます。はっきり申しときます。


七月、患者たちはチッソと勝訴判決をベースにした包括的な協定を結んだが、川本輝夫は「ひとつの区切りがついたのは事実だが、救われたというにはほど遠い。金であがなえないものがあまりにも多過ぎる。不知火海全域の底には数知れない潜在患者がいる」と語っている。

この年秋の認定患者は六百四十六人だったが、最高裁が地元の審査会の審査基準を覆して申請原告を患者と認定したため、その後も認定申請が相次ぐ。二度にわたって政治決着がはかられたが、熊本・鹿児島両県の認定審査業務は機能停止状態に陥ったまま、チッソや国を相手どった数次にわたる損害賠償請求訴訟も続いた。

「患者さんたちは、自分の生涯について、各人の受難の歴史について延々と話しつづけた。それは、いってみれば、ひとりの作家が、生涯にひとつの作品を書きあげることと同じ意味をもつ。書くかわりに、語っただけである。しかし、差別されつづける人間の大半は、そうした自己表現の機会を持たないまま死んでいく。それがすなわち差別的社会の本質である」

交渉に立ち会った社会学者の日高六郎は、そう書いた（「市民」一九七三年五月号）。

患者たちがチッソにたたきつけた言葉の数々を、消えるにまかせてはなるまい、それらは記録されねばならぬ、とわたしは考え、テープから起こしたドキュメントを中心に『天の病む――実録水俣病闘争』（石牟礼道子編）をまとめて翌年出版にこぎつけ、責めのひとつをたすことができた思いだった。

第九章　社会部と学芸部を往復

ハイジャック事件の憂鬱

昭和四十四年（一九六九）二月、熊本から福岡に転勤になった。福岡は記者の数も多いが、事件も多いのでとにかく忙しい。警察担当から司法、遊軍、行政担当と二年のあいだにめまぐるしく持ち場がかわり、落ち着いた仕事などできそうにない。

組織が大きくなれば一人ひとりは〝歯車〟にならざるを得ない。歯車に徹しきれぬ性分だから、居心地はあまりよくない。福岡でこれだから東京や大阪のような大組織では、とてもやっていけそうにない。そもそも大都市が苦手なのだ。異動希望調査には、いつも「大都市以外」と書いてきた。

翌年、思わぬ大事件に遭遇する。三月末の早朝、日本刀などで武装した赤軍派を名乗る九人が羽田発福岡行きの日航機「よど号」を乗っ取り、乗員乗客百三十八人を人質にとって北朝鮮に向かうよう要求した。取材先に向かう途中、「空港は大変ですよ。ハイジャックがあったらしい」とタクシーの運転手さんに教えられ、あわてて福岡総局に戻る。

取材陣は混乱していた。わが国はじめてのハイジャック事件、備えも経験もないから無理もない。福岡で子供や女性を解放したあと、「よど号」はいったんソウル近郊の金浦空港に着陸、三日後に運輸政務次官が身代わりとなって人質は全員解放、犯人たちは北朝鮮に亡命した。

福岡空港に帰ってくる乗客を総がかりで取材することになった。大勢の記者やカメラマンが降りてくる乗客に殺到する。乗客の奪いあいである。自分もその列に割り込まねばならないのだろうが、あっけにとられるほどのすさまじさに気持ちが萎えてしまった。並んでいた学芸記者の田中幸人に「おい、帰ろうや。こんな取材したくないよ」と声をかけると、彼もうなずいた。記者は多い。誰かがやるだろうと現場を離れた。

さすがに手ぶらで編集局には帰りにくい。田中と一階のカフェで時間をつぶしていると、そこへ解放された乗客たちが次々にやってきて、興奮さめやらぬ様子で四日間の人質体験を話している。新聞社のビルはホテルとの共同ビル、ホテルは日航御用達だったので解放された乗客たちが送りこまれてきたのである。

何のことはない、労せずして八十時間を超す機内の様子を聞いて、ふたりで手分けして原稿にした。少々後味は悪かったが、現場離脱の件はほっかむりした。身勝手な〝歯車〟の現場離脱は、社会部記者失格であろう。

社会部と書いたが、西部本社での呼称は報道部、便宜上ここでは世間に通りのよい社会部としておく。その社会部で二年が過ぎたころ、西部本社（小倉）学芸課に異動になった。社会部失格の烙印を押されたか、上司に逆らうので嫌われたか、あるいはその両方だったかもしれない。口を開けば「特ダネ、特ダネ」を連呼する上司にもうんざりしていたので、異動にはなんのためらいもなかった。

団塊世代からの矢文

九州の学芸はスタッフ五、六人の小さな所帯で、おもに学芸面、娯楽面、家庭面（いずれも当時の呼称）を埋めるのがノルマだが、大半の紙面は東京でつくられてファクシミリで送られてくる。こちらは最低週一回の自主製作面をつくればよい。夜討ち朝駆けの〝特ダネ〟競争もなければ、担当の記者クラブもなく、このうえなく自由だった。

福岡空港からいっしょに〝遁走〟した田中幸人は美術中心のオールラウンド・プレーヤーだったが、新参のわたしは主に「娯楽面」担当、映画、音楽、放送などがおもな取材対象だった。これまで外から眺めていた世界を、一歩か半歩内側から見ることができる。それはそれで新鮮な経験だった。

当時の学芸面は記者の書く原稿より、外部の筆者による依頼原稿のほうが多かった。わたしは著名な執筆者だけでなく、できるだけ無名な人にも書いてもらうよう心がけていた。

その一人に前山光則がいる。彼は昭和二十二年（一九四七）生まれ、六年の東京暮らしから郷里の人吉市に帰省して教職のかたわら小説も書く二十八歳だった。

届いた原稿のタイトルは「応答せよ！　戦後の長男たち」。彼より少し年うえの「長男世代」は、

「古いものに否定の視線を投げ、真新しいものに歓迎の拍手を送る」擬制の民主主義世代ではないのか。「何が彼らをそんな楽天的な世代に仕立てあげたのか」と問いかけていた。

昭和五十年五月掲載のこの原稿は、三年後に『わが世代——昭和二十二年生まれ』（河出書房新社）に再録され、彼はさらに「戦後の長男世代」は、「戦時中に生を受け、戦後の解放と混乱の中で育った世代」で、「ものごころつくのは戦争が終わってからで、生活は戦後の窮乏の中で最低線にあったものの、精神世界はアメリカ伝来のデモクラシーやら新生活運動で輝いていたのではないか」「窮乏生活を忘れるくらい新しくて自由な戦後の擬似的解放感を味わい、個性を主張することのできた、できなくてもそうすることが正義であると信ずることのできた世代に違いない」と「戦後の長男世代」に向けて鋭い矢を放っていた。

わたしはまさしく彼の言う「戦後の長男世代」である。思いもよらず団塊世代から飛んできた矢文の「擬制の民主主義世代」という批判はショックだった。そのショックは今にいたるまで尾をひいている。

“言葉狩り”にあらがう

石牟礼道子の原稿を東京に送ったときのことだ。なかに数カ所「部落」という言葉が出てくる。東京学芸部のデスクは「部落」をすべて「集落」に書き換えてもらえ、という。「部落」は「被差別部落」を指す差別用語扱いだと言うのである。

しかし、ここは譲れない。用語の行き過ぎた自主規制は、「言葉狩り」である。現に生きている「言葉」をメディアの都合で勝手に消していいはずがない。

わたしの田舎でも「部落」は、普段からだれでも口にしている。自分の住み暮らすムラを「村落」「集落」なんてだれも呼ばない。そんな言葉を使うのは、お役所か学者だけである。すったもんだのあげく「書き換えない限り使えない」と談判決裂、けっきょく西部本社の紙面だけで使うことになり、石牟礼には申し訳ない結果になった。

後年、新聞社の用字用語委員会のメンバーになって、「当事者が不快に感じる言葉は言い換える」のが原則になっていることを知って驚いた。ヘイトスピーチのような悪意からする露骨な差別語の放逐なら理解できるが、世に不快な事象はあまたある。それをオブラートにくるんで言い換えてみたところでその事象が解消されるわけではあるまい。

農民作家の山下惣一は「俺は百姓だ。百姓のどこが悪い！」と日ごろから揚言していたが、「百姓」を農民や農業従事者と言い換えることで、何かが変わるのだろうか。「百姓」を侮蔑語扱いにしてしまった者たちの、それこそ差別意識が透けてみえるだけではないのか。昭和という元号の出典は「百姓昭明」であることをご存じか、と毒づきたくもなるのである。

印象に残る人たち

テレビの興隆期だった。ＲＫＢ毎日放送のディレクター、木村栄文とは石牟礼道子の『苦海浄土』の映像化をきっかけに親しくなった。このドキュメンタリーで彼は芸術祭大賞を受賞し、以後受賞を重ねて〝賞男〟の異名をとる看板ディレクターになるが、ローカル局のドキュメンタリーづくりがいかに厳しい環境下にあるか、深夜の編集室にまでもぐりこんでつぶさに知ることができた。テレビのドキュメンタリーは視聴率がとれないので、予算の制約にくわえ放送時間枠もとりにくい。深夜にサスプロ（スポンサーなし）で放送するほかない。彼はまずローカルで十五分番組をつくり、時間をかけて三十分に仕上げ、やがて一時間の作品に育てて全国放送に持ち込む。ひとつのテーマを追いかけて根気のいる作業を繰り返していた。その執念には脱帽だった。

同じドキュメンタリーでも独立プロの映画製作者たちはさらに厳しい条件のもとで仕事をしていた。木村の大賞受賞の翌年、東プロの土本典昭は長編ドキュメンタリー映画「水俣・患者さんとその世界」を完成させる。音声と映像を同時にとれるシンクロ撮影機材を持たない土本は、水俣の撮影現場で出会った木村から機材を借りて撮影することもあったらしい。水俣に住みこんだ土本はこのあとも水俣を撮り続け、その数十七本にもなった。わたしは友人たちと土本作品の上映運動に奔走した。

ルーティンの仕事に物足りなさを感じ、インタビュー・コラムを四年ばかり続けた。とりあげた人は二百人近くになろうか。メジャーデビュー前の武田鉄也や井上陽水などのフォーク歌手、指揮者の石丸寛、ピアニストの岩崎淑、中村紘子、伊藤京子、俳優の高倉健、菅原文太、藤（富司）純子、芝居では杉村春子、小沢昭一、落語の柳家小さん、映画監督の深作欣二などが印象に残っている。

京都の東映撮影所で二度会った高倉健は、一見こわもてだが、健サンと愛称されるような人柄で、九州からやってきた記者にはことのほかやさしかった。酒をたしなまぬ（当時）彼は喫茶店をはしごしながら、深夜まであきず映画について情熱的に語り続けた。

「仁義なき戦い」シリーズが大ヒットしていたところ、取材を終えたところで監督の深作欣二から「おい、呑みに行こう」と誘われた。どこで呑んで、何を話したか思い出せないが、酔余のあげく深作は「次、ストリップに行こう！」と言いだした。

「キネマ旬報」編集長の白井佳夫と三人で博多・中洲の川沿いのストリップ小屋に繰り込んだ。深作はかぶりつきに陣取り、かけ声をかけ、手をうち鳴らし、踊り子たちをみるみるノセてしまう。場内の空気ががらりとかわり、盛りあがる。「さすが演出家」と感心したが、劇場を出ると監督はいずこへとなく消え、わたしと白井は深夜喫茶で酔いをさまして別れた。

ピアニストの中村紘子とは、リサイタルのあと彼女行きつけの博多のおでん屋で二、三度呑んだ。三度目だったか、彼女が「わたし結婚したの。彼はいまこれを書いている。挿絵はわたし」と、バッグから「中央公論」をとりだしてみせた。小説の作者名に庄司薫とある。

思わず「えッ」と声をあげてしまった。学生時代に福田章二の本名で発表した『喪失』（中央公論新人賞）に強い印象を受けた記憶があったから。のちに『赤頭巾ちゃん気をつけて』で芥川賞を受賞した庄司薫と目の前の中村紘子が結婚！　週刊誌が飛びつきそうなゴシップだが、行儀のよい学芸記者はそんなことは書かない。

東京芸大の学生時代から旧知の北九州出身のピアニスト、伊藤京子はヨーロッパ留学から帰ってくると演奏活動のかたわら、マルタ・アルゲリッチに師事した縁でいまでは別府市のアルゲリッチ国際音楽祭の総合プロデューサーをつとめ、音楽祭はすでに十七回を数える。

演奏会のあと、伊藤の紹介で楽屋にアルゲリッチをたずねた。鍵盤のうえを奔流のように走るあの指たちと握手し、意外にも細いのに驚いた。

ピアニストと言えば、室内楽、伴奏の名手、岩崎淑も忘れられない。後年のことだが、誘われて淑と弟のチェリスト、岩崎洸の主宰するの「沖縄ムーンビーチ・ミュージックキャンプ」を取材した。昭和六十二（一九八七）年だったと思う。キャンプの模様は新聞や雑誌「音楽の友」などにも書いた。以下は「毎日グラフ」掲載の拙文の一節――。


岩崎淑さんの音楽は焼跡の瓦礫の中から産声をあげたと言ってもさほど誇張にはならないだろう。終戦直前、岡山空襲から一夜明けた朝、わが家の焼跡に立った八歳の少女に事態が正確に理解できたかどうか。少女はピアノを置いてあったとおぼしき辺りを必死でかきまわした。やがてまだ余燼のくすぶる灰の中から折り重なったピアノ線が見つかった。

「いいさ、音楽さえあれば生きていけるよ」

かたわらで音楽教師の父親が自らをも励ますように少女を慰めた。少女が失った二台目のピアノであった。前年、台湾から一家が引き揚げる際に船積みしたピアノはとうとう着かなかった。むろん、まだ生まれて間もない弟、洸さんには二台のピアノの記憶も、焼跡の記憶もない。しかし、姉弟の父親はこの焼跡から二人の行く末を遠く見はるかしていたふしが濃厚である。

やがて一家は引きとめる郷里の人達をふりきって戦後の混乱が続く東京に出て行く。ただ、この姉弟に音楽的な環境を整えてやるだけの目的で。飢えを音楽が満たした。

その後の姉弟の国際舞台での活躍や、音楽教育への情熱は周知のことだが、わたしは同年生まれの彼女の一家が焼跡からたちあがっていく物語に感動していたのかもしれない。

美術記者、田中幸人のこと

学芸で五年のあいだ机を並べていた田中幸人は、同年の気心の知れた朋友であり、社内の盟友だった。彼は九州、東京でそれぞれ十年ほど美術記者をつとめたあと、請われて埼玉県立美術館長、ついで熊本市現代美術館の初代館長をつとめ、二〇〇四年に膵臓癌につかまって六十六歳で逝ってしまった。彼の美術記者生活は壮絶としか言いようがない。

「アートに恋して」というタイトルで本を書け、とそそのかしていたが、果てせぬまま翌年、彼の遺稿集(『感性の祖形――田中幸人美術評論集』)を編むことになってしまった。遺稿集折りこみの追悼録に、画家の野見山暁治が書いている。

幸人さんは飲み助で、ともに池袋近くで飲んで、少し離れた幸人さんの寮まで辿りつくと、共にばったり、ひっくりかえったものだ。美術記者というのは、受験に追われっぱなしの浪人みたいで、卓袱台の上は乱雑に本の山、その隙間に、さあ勉強といわんばかりに原稿用紙。畳の上も本だらけだが、卓袱台の脚もとにだらしなく万年床、疲れたら寝るしかない。(略)

子供のまま肉が削げてしまったような顔。好奇心むきだしの落ち着かない目玉、それをメガネの奥に隠して、真っすぐに斬り込んでくるこんな男が、どうしてややこしい組織の中に揉まれて、

生きているのだろう。（略）
何ごとにも一途すぎる。せっかく新聞記者を辞めたと思ったら、美術館長のバトンを渡された。それを痩せる思いでやりとげたとたん、更に厄介な美術館作りを頼まれた。これはまた更に痩せる思い。

田中とわたしは仕事を終えれば毎夜のように呑み歩き、ときに激論になることもあった。先の追悼録の「あとがき」に書いている。

共通の敵も多かったが、稀に互いが敵になることもあった。理解不能な「感性語」で攻めてくるコージンとは激論の果ては互いに罵倒となる。いつの間にか仲間うちでは呑めばそれを期待され、「止め役」まで決まっていたのだから困ったものだ。どうもコージンと最後に激しい喧嘩をしたのも私らしい。美術館行政をめぐり、癇癪を起こした私が彼にビールをぶっかけたそうだ。記憶は定かではない。コージンはよく戦った。戦いなかばで倒れた。彼が敵のひとつと狙い定めていたグローバリズムは今や世界のどこでも、どこの世界でも猖獗を極めている。

わたしがひと足先に学芸を去り、かわって学芸を切望していた東靖晋がやってくる。田中と東は長期連載「祖形の語り」を完結させて『漂民の文化誌』（葦書房）を刊行、その出版記念会が田中の東京転勤の送別会になった。「漂民」といえば、「幸人さん自身が一個の漂民ではなかったか」と東は追悼文に記している。

出戻り社会部の異端児

学芸記者の五年は、ひとことで言えば〝学習〟だった。しかし、美術、音楽、文学……どの分野でも、自分に専門記者をめざすほどの基礎教養も感性もないことに気づいていた。「社会事象の表層をなでるような仕事に懐疑的」などと大口たたいて学芸に移ったのだが、やがて生の社会、素の世間ともっと触れたい思いがつのり、希望してふたたび社会部に移った。依然として「抜いた」「抜かれた」に一喜一憂する事件報道には熱くなれなかったから、社会部記者としてはやはり異端児であったろう。

ロッキード事件が連日紙面をにぎわしていたころだったが、わたしには気がかりなことがあった。経済成長とともに紙面から見かけること少なくなった農業のことである。季節の風物詩のように扱われることはあっても、経済面からほとんど姿を消していた。構造改革で生産力があがり、余剰米が出て減反が進んでいた。農業人口の流出が続き、後継者不足も深刻になりつつあるという農の現場はいまどうなっているのだろう。

前の年には農薬禍や有機農業を丹念に取材した有吉佐和子の『複合汚染』（昭和五十年）が話題をさらっていた。ああ、またしてもと思った。ロッキード事件の端緒となったのも、立花隆の「田中角栄研究――その金脈と人脈」（昭和四十九年、「文藝春秋」）であった。いずれも新聞がまず取り組んでいなければならぬテーマ、素材ではなかったか。

遠くへだたってしまった農業の現場と消費者をつなぐ連載企画ができないか。いまひとつ、ひそかな狙いもあった。やれ社会部だ、経済部だ、学芸部だと、新聞社の組織も縦割りで、部間の壁は結構高くて厚い。その壁をとっぱらった部際チームができないか。

夜な夜な杯をかわしながらスタッフのリクルートから始め、やがて企画の趣旨に賛同する面々がそろった。報道三人、学芸、経済各一人、計五人のスタッフが手分けして予備取材をはじめた。わたしと田中幸人は、『海鳴り』で農民文学賞を受賞していた唐津市の山下惣一のもとへ。

山下が集めてくれた近所の農家や農協の指導員たちと焼酎をくみかわしながらのあぐら談義になった。「農政や農林省の言うことの逆をやればいいんだよ」と、山下は持論の農業基本法農政をヤリ玉にあげ、それを推進してきた農協指導員にも矢を放つ。

彼は稲作とミカン栽培の二本柱の営農だったが、基本法農政が産地形成を強引に進めたため、温州ミカンの産地が九州、四国に急速に広がり、値崩れでミカン農家は四苦八苦しているという。

酔余のあげく誰かが「農協が海外旅行に行ったら悪いのか！」と叫んだ。山下も「俺は百姓だ。百姓が海外旅行に行っちゃいかんのか」と吠え、酔漢たちが「そうだ、そうだ」と唱和する。取材そっちのけの無礼講になった。

農協の海外旅行が話題になったのには理由がある。米価の季節になると、米価値上げにからめて農協の海外団体旅行をからかう記事が週刊誌をにぎわしていた。揶揄の底に都市住民の農民への侮蔑的な視線が透けて見え、みんな腹立たしく思っていたようだ。

いま中国から押しよせる観光客のマナーや〝爆買い〟をメディアが揶揄するが、七〇年代には日本人が海外から「エコノミック・アニマル」と冷笑され、国内では農協の海外団体旅行が揶揄の対象になっていた。

「当世食物考」の反響

こうして部際チームの連載がはじまった。タイトルは「当世食物考」、連載小説の体裁におさめ、第二社会面に一年間連載と決めた。いまではこんなスタイルの連載記事も珍しくないが、当時は異例だった。

まだ社会面が二ページしかない時代だったから、「ニュースが圧迫される」「スタッフをとられてルーティン・ワークに支障が出る」「金ばかり使う、ありゃ〝食わせもの考〟だ」などと編集局のあちこちからブーイングが起こった。そんな視線をはねかえすには「投書のヤマを築けばよい」、読者の支持さえあれば、そんな声に「勝てる」と自他ともに鼓舞してスタートした。

実はこの時期の毎日新聞社は深刻な経営危機に直面していた。石油危機によるコストアップで新聞各社は値上げに踏み切るが、これをきっかけに販売部数減から広告収入の大幅減という悪循環におちいり、「毎日新聞社史」(『毎日の3世紀』)によれば、「綱渡りの日々」だったらしい。しかし「深刻な経営危機に見舞われていたが、編集局の士気は旺盛であった」と「社史」は書いている。

たしかに昭和五十年から翌年にかけての連載大河企画「宗教を現代に問う」は菊池寛賞を受賞し、五十一年七月からは評判の新企画「記者の目」が始まり、紙面は躍動していた。「当世食物考」の連載開始は五十一年六月、ちょうどこの時期に重なり、われらのスタッフも「士気は旺盛」だった。

スタッフは、関東、東北から四国、北海道にまで飛んで、現場からリポートした。農と食の現場を往復しながら進めた連載の内容は多岐にわたったが、読者の反響が大きかったのは、消費者が不安に思い、実は生産者も悩み苦しんでいる農薬禍であった。農と食の双方の誤解や行き違いを解こうとする産直の試みには共感の声が寄せられた。

連載は翌年五月末まで二百八十六回続いたが、予想を超える反響、投書の山が支えだった。長期連載のむすびは、四十年後の今日ささやかれる「限界集落」や「自治体消滅」を予感させるけっして明るいものではなかった。以下はその抜粋——。

「もうムラは亡びたと言ってもいい」と島根県伯太町で農村青年たちを指導する村田廸雄さんはいらだちを隠さない。

農業基本法による近代化と高度成長にあおられて、農民の六割が切り捨てられ、農村の第一次崩壊は終わり、やがて第二次崩壊は平坦部や中山間地、ムラの中核農家がやられるのではないかと言う。

その村田さんがかすかな希望を託すのは「産直や地方市場を通じての、ムラと地方都市を結ぶ流通圏」だという。ムラでできたものを、まわりのマチの人たちが食う。これを基本にすえることが新しい農業の方向ではないか、と。いわゆる地産地消である。

「そうすりゃ、農民は農産物の値段を、自分でつけることもできる。自分がつくったものを誰が食べているかもつかめる。安全性だって保証できる」

農の現場は、ほぼこの予測をなぞるように進んでいった。

連載記事は『当世食物考――わざわいは口から』として出版し、こちらもよく読まれた。

タイトな取材「鉄冷えの街」

報道部には遊軍キャップからデスクまでおよそ五年在籍した。なかなかハードな勤務だったが、それなりに充実した日々でもあった。

昭和五十二年秋からユニークな夕刊の企画「同時進行ドキュメント」が始まった。テーマにそって前日から当日午前にかけての動きをほぼリアルタイムで報道しようという試みである。

第一弾はボン特派員、伊藤光彦の「シュライヤー事件」。一九九七年秋、西ドイツの大物実業家シュライヤーをドイツ赤軍が誘拐し、とらわれの赤軍派幹部の釈放を要求したが、政府は釈放を拒否し、シュライヤーは射殺死体で発見される。ドイツ国内の左右対立の激化を象徴する事件だった。のちに『ドイツとの対話』でエッセイスト賞を受賞する伊藤は、時々刻々動く事件を臨場感あふれるたくみな文章でつづり、読ませた。

翌年、さっそくこちらにおハチがまわってきた。鉄鋼不況を題材に新日鉄八幡のお膝元から発信せよという。ドイツからの送稿は、時差をうまく利用してリアルな描写が可能だったが、こちらは文字通りのリアルタイムだから厳しい。

今度は経済部と報道部あわせて記者五人のチームに、東京経済部の鉄鋼担当記者、社会部の鉄鋼労連担当記者と連携しながらの二元取材体制。わたしはデスクという役回りであった。さいわい東京の二人はいずれも九州経験もある旧知の記者で連携はスムーズにいった。

タイトルは「鉄冷えの街」。「鉄冷え」という造語は、当時の報道部長、久保元のアイディア。言い得て妙、熱いはずの鉄が冷えているというネーミングが新鮮だった。

この連載以降、「鉄冷え」は鉄鋼不況の代名詞となり、その後周期的に訪れる不況で繰り返し使われ、いまでは辞書にも載る一般名詞となっている。このネーミングに新日鉄の幹部は苦りきったそうだが、鉄鋼不況をひとことで、うまく言い当てていた。

当時、鉄の街北九州市には新日鉄、住友金属の二大製鉄所が操業していた。後年、よもやこの二社が合併するなんて思いもよらぬことだった。昭和五十三年には新日鉄四製鉄所の九設備が休止に追い込まれ、八幡製鉄所からは合理化で大量の労働者が千葉・君津などに移っていった。他社でも工場閉鎖、人員削減が相次ぎ、造船不況とならんで失業率をおしあげ、社会問題化していた。

「同時進行」と銘打っているから、スタッフは深夜から翌朝の夕刊締切りギリギリまで走りまわる。二社の労使、合理化で他の製鉄所に転勤する労働者や家族、下請け労働者などの姿を手分けして追った。とはいえ、取材相手のドタキャンなどもあって、予定どおりには運ばぬこともある。

締切り時間は迫るが、明日の原稿の予定がたたぬ。胃がキリキリと痛む日々。「よし、とにかく行ってみよう」と、スタッフは未明の労働下宿街に飛び込んで、合理化の不安におびえる下請けや孫請け労働者の実態を体当たり取材、何とか翌日の紙面に間にあわせたこともあった。記事も同時進行なら、写真も当日、もしくは前夜のものを求められる。かならず「絵がいる」放送記者たちの苦労も少し味わった。このハードでタイトな取材に、スタッフもわたしも鍛えられた。

新聞社のデスクの仕事は多岐にわたるが、まずは記者の書いてきた原稿の最初の読者である。原稿の取捨選択、書き直しの指示、ときにはリライトまでを限られた時間のなかでこなさねばならぬ。

以前から愛読していた小和田次郎の『デスク日記』は、地方には伝わってこない在京各社の紙面に載らぬ裏事情や背景をあかしてくれる貴重な情報源だった。小和田はペンネームで、当時は共同通信のデスクだったことをのちに知ったが、覆面をぬいで原寿雄の実名で書いた『ジャーナリズムに生きて』は、デスクについて次のように書く。

「デスクは、日々のニュースの価値を判断し、事実を確認、表現を決める。出先記者からの食材を料理し、付加価値の高い料理として世に出す板前・シェフである」「ジャーナリズムの質を決めるのはデスクの質である」

原はわたしよりひとまわり年長だが、このデスク論の前半には共感するが、後半には違和を覚える。デスク現役のときには、わたしも「紙面はデスクがつくる」と考えていたが、しょせんデスクは文字どおり机のうえが仕事場、それはニュースの現場ではない。やはり「ジャーナリズムの質を決める」のはデスクではなく、現場の記者であろう。

そのデスクを三年ほど勤めたころ、現場に出たがる虫がふたたびうごきはじめた。

第十章　もの狂おしき長崎の夏

風化する原爆と戦争

昭和五十六年（一九八一）春、異動の内示を受けた。任地は長崎、四月から支局長をやれという。地方志向のわたしには願ってもない異動である。机にしばられることの多いデスク業務の日々から、やっと解放されて現場復帰がかなうことになった。心はずませて長崎本線の特急「かもめ」に乗り込んだ。

支局長にはさまざまな渉外業務もついてくる。赴任前に苦手な役員から「営業にも十分気を配るように」と説示された。うーむ、「営業」といえば、販売や広告のことだろうが、記者歴二十年にしてそちらのほうは自信がない。まずは現場を歩いて書くべしと思って赴任した。

書くと言っても支局員の持ち場に割りこむわけにはいかない。さいわい毎週一回、支局長に義務づけられる地方版のコラム「西海評論」がある。ここがわたしのフィールドになる。

じめる。やがて夏、原爆忌がやってくる。気のせいか長崎の街にはどことなく重苦しい空気がただよいは

今年《このとし》も　又ものぐるほしくなりぬらむ　八月の空夏雲の立つ

被爆者の救護にあたった医師・秋月辰一郎の一首。秋月はこの歌につづけて「これから何年たっても、私は命のあるかぎり、八月の空を見るたびに、もの狂おしくなる自分の心をどうすることもできないだろう」と書き、さらに「原子爆弾について、私は年ごとに遠慮がちに話さねばならなくなっている自分を感じる。私だけではない。広島の人も、長崎の人も、一片の歴史的事実として忘却され、消失されてゆく原爆の被害について、しだいに口が重くなり、ともすれば黙しがちになっている。いったいそれはどういうわけだろうか」と書いている（『死の同心円』）。

秋月がこう書いてからすでに十年がたっていた。「あの日」から三十六年、戦後生まれが人口の半数を越えて五年が過ぎていた。そうそう新事実を発掘できるわけではない。新聞の企画記事も年々マンネリ化していたが、戦後生まれの記者たちは原爆忌の企画記事の素材を求めて走りまわっている。

一宵、記者たちの打ち合わせは酒場に移り、酒がはいればつい声も大きくなり、「ヒバクシャ」「被爆体験の継承」などの言葉が飛びかう。片隅からじっとこちらの声に耳をかたむけ、鋭い視線を送ってくる男が気になっていた。やがて彼は大きな音をたてて戸をしめて出ていった。

「九日を中心に多くの人たちが長崎に集い、散じていく。年中行事化したセレモニーや党派の運動引きまわしに違和感を持つ被爆者も多いと聞く。今はその沈黙にじっと耳を傾け、その意味を考えねばならぬ時だという気がしてならない」。原爆忌直前のコラムをそう結んだ。

原爆祈念式典にはじめて参列した。この年、総理大臣はやってこなかった。式典はリハーサルどおりに進んだが、総理大臣挨拶を代読した厚生大臣は「長崎市民」と言うべきところをうっかり自分の選挙区の「長岡市民」と読んでしまった。一瞬、遺族席にざわめきがひろがり、しらじらしい空気が流れた。

別の会場では同じ時間帯に「原水爆禁止世界大会」が開かれていた。「被爆者そっちのけで」と幾人もの人たちが嘆くのを聞いた。キンとキョウは、被爆者たちの想いから無限に遠ざかっていくようにみえる。

原爆忌の直前、支局員たちが当直のつれづれに記す「当直日誌」を拾い読みしていて、胸つかれる文章に出会った。原爆企画を担当していた大賀和男がこの夏、七十八歳で他界した父親について書いていた。

「好きな酒を飲むだけ飲んだのだから、もう十分だったに違いない。悔いが残るとすれば、中国大陸で自分の手を中国人の血で汚したことだろう。だが、おやじよ、もういいよ。ひつぎのふたを開けると、おやじは悲しみの涙を流しているかのようにまつげをぬらしていた」

彼の父は満州事変、日中戦争とふたつの戦争に応召、延べ五年間兵卒として中国大陸を転戦した。出征前は青年団長を引き受けるほどの交際好きだったが、復員後は人嫌いになり、彼の結婚式にさえ出なかったという。浴びるほど酒を飲み、酔えば「俺だけはやっとらんぞ。部隊長が殺れと言ったばってん、俺はやらんかったぞ」「日本軍はむごかことばやっとる」と大声をあげたり、つぶやいていたという。

「おふくろは戦争後遺症だという。だが、おやじは戦争を嫌う六人の子供を育てた。『おやじ、いい反面教師だったぜ』と語りかけてやりたい」と大賀は結んでいた。

彼のこの文章をコラムに抄出転載した。大賀は後年、父親になりかわってか、『日本軍は中国で何をしたか』という一書を出版する。

長崎は、おりにふれ人に触れ、あの戦争を思い出させる街であった。

「大正生まれ」の歌

原爆忌が終わったころ、とつぜん後藤四郎の訪問を受けた。世が世なら直立不動、敬礼してむかえねばならぬ元中佐殿である。

後藤には『陸軍へんこつ隊長物語』『軍命違反「軍旗ハ焼カズ」――陸軍へんこつ隊長』の著書があり、両書を出版局長時代に刊行した陸士出身の牧内節夫（当時西部本社代表）にすすめられて読んでいたから、初対面とは思えない。

後藤はバッグからラジカセをひっぱりだし、「これを聴いてみてください」とテープをかけはじめた。

大正生れの俺たちは
明治の親父に育てられ
忠君愛国そのままに
お国のために働いて
みんなのために死んでゆきゃ
日本男児の本懐と
覚悟を決めていた　なあお前

大正生れの青春は
すべて戦争《いくさ》のただ中で
戦い毎の尖兵は
みな大正の俺達だ
終戦迎えたその時は
西に東に駆けまわり
苦しかったぞ　なあお前

「僕はねえ、大正生まれは本当にかわいそうだと思うんだよ。明治と昭和にはさまれて、戦争の犠牲者は最も多いはずです。生き残ったものも戦後はがむしゃらに働いてね。僕はこの歌を聴いて、大正世代の人たちにぜひ聴かせてあげたいと思って」

後藤はそう話すと、ふたたびテープをまわしはじめた。ペーソスあふれる覚えやすい曲調の歌である。

明治生まれの後藤は陸軍士官学校を卒業後、五・一五事件などに連座して五十三名の「要注意青年将校」のブラックリストに登載され（松本清張『昭和史発掘』のなかのブラックリストにその名がみえる）、内地においては危険だと昭和八年に満州独立守備隊の中隊長に左遷され、大陸に八年とどまったあと遅れて中佐に進級、広島連隊長で敗戦をむかえた軍歴の持主である。

おそらく部下には大正生まれの戦死者も多く、特別な想いがあるようだった。この歌をコラムで紹介すると、驚くほどの反響が寄せられた。

「この歌詞は主人の口癖といっしょなのでつい涙がこぼれました。入院中の主人にぜひ聴かせてやりたいので手に入れたい」

「ぜひ聴きたい」「テープかレコードはないか」という問い合わせが寄せられたが、さあ弱った。作曲者が自費でつくった三千枚のレコードは口コミで広まって品切れ、テープをダビングするしかないか、と思っていたところへ意外な電話がはいった。

「あの歌をつくった小林は学生時代からの親友なんですよ」と長崎県の総務部長の小田浩爾からだった。小田の手元にはそのテープがたくさんあるという。さっそく分けてもらって、あちこちに送ることができた。

この歌を作詞、作曲した小林朗（大正十四年生）は、新聞のインタビューに「考えてみてください。

終戦のとき大正生まれは、数えの二十から三十五歳です。戦中、戦後の斬りこみ世代だったんです。こんどの戦争では、二百数十万人の日本兵が戦死したと言われますが、九〇%までが大正生まれじゃありませんか」と語っている。

この歌は口コミで大正生まれの人たちのあいだにひろがり、さまざまなバージョンの替え歌まで作られ、歌われているらしい。

「ある時私は共に復員した戦友の一人から一巻の歌のテープを貰った。その戦友は、これはなかなか良い歌だぞ、と歌詞といっしょに手渡してくれた。早速プレイヤーに掛けてこの曲を聴いてみた。曲が終わった時、自分が何時の間にか泣いていたことに気が付いた。涙が頬を伝って静かに流れていたのだった。何という歌だ。何で俺の思っていることを全部歌っているのだ。そうだよ。その通りだよ」（大谷正彦『大正は遠くなりにけり』）

大谷はさっそくテープを複製し、飛行学校の戦友会に持って行き、仲間大勢で歌ったと書いている。

その日から小田とわたしは、毎夜のようにこの歌のカラオケ・バージョンのテープと歌詞のコピーを持ち歩いて普及に努めたが、残念ながら昭和世代の人たちはあまり関心がないようだった。戦争は遠いものになっていた。

自決したふたりの遺書

小林と同年の小田は、神戸商大予科の学生から海軍に志願して三重航空隊基地で「毎日死ぬ稽古」

をしているうちに敗戦を迎えた。津市の三重航空隊基地では特攻「桜花」の乗員の訓練が行われていた。

島原市出身の小田は、同郷の森崎湊と分隊はちがったがここで同じ時間を過ごした。小田によれば、森崎は建国大学の学生のころ「アジア人同士で争うことはない」と蒋介石に直談判しようと、新京（現長春）から重慶に徒歩で向かおうとした直情の人であったらしい。

森崎は敗戦翌日の八月十六日、ひとり津市香良洲町のからす海岸の松林で割腹自決を遂げている。同じ日、「統帥の外道」と自嘲しつつ特攻を主導、指揮した第一航空艦隊司令長官・海軍中将、大西瀧治郎も官舎で自決している。その遺書の冒頭――。

特攻隊の英霊に申す　善く戦いたり深謝す
最後の勝利を信じつつ　肉弾として散花せり
然れ共其の信念は　遂に達成し得ざるに至れり
吾死を以って旧部下の英霊と其の遺族に謝せんとす

森崎湊も両親あての遺書を残していた。

「私は生きて降伏することはできません。私が生き永らえていたら必ず何か策動などして恐れ乍ら和平の大詔に背き奉り、君には不忠、親には不孝と相成る事目に見えるやうであります」

特攻を主導した中将と、特攻を志願し毎日「死ぬ稽古」をしていた若い兵士、対照的なふたりの遺書だが、森崎の自決には謎が多い。森崎の弟、映画監督の森崎東は兄の自決の真相を求めて遺書や手紙をまとめた『遺書』を刊行し、なおその謎に挑み続ける。

「八月十五日、隊内は不穏な空気に包まれていた。兄は自分が死ぬことで他に犠牲を出さないようにしたと思う」と森崎東は語っている（二〇一〇年九月二十八日、朝日新聞「追憶の風景」）。

特攻への訓練がつづいていた各地の航空隊基地では、突然の終戦に「徹底抗戦」「本土決戦」を求める声があったことが知られている。「隊内の不穏な空気」とはそのことを指しているのではないかと思ったが、小田によれば徹底抗戦のための「策動」などではなく、兵たちに威張り散らし抑圧的だった上官たちへの日ごろのうっぷんが暴発しかねない「不穏な」雰囲気だったという。

しかし、森崎東は「日本の指導層への絶望こそが兄の自決の真の理由だったと思われてなりません」とし、三年後の対談では「一言だけ真面目に附言いたします」「兄、森崎湊の自決は〝特攻〟発案に対する憤激から出た行動だったと断じます」と追記している（「キネマ旬報」二〇一三年十一月下旬号、山根貞男との対談）。だとすれば、それは同日自決した大西への憤激の自決だったことになる。

若者たち七千人を巻き込んだ特攻の記録に向きあうと、わたしはたちまち思考停止におちいる。彼らを散華と美化することも、まして犬死になどとおとしめることも、いずれも避けねばならぬ想いで息苦しくなってしまう。

知事選の舞台裏が見えた

原爆忌が終わったころから長崎の知事選の候補者選びが熱を帯びてきた。新参のわたしにとっては、県政地図の裏表を知ることのできる絶好の機会である。取材をはじめて意外なことが次々に分かってきた。どうやらことはすべて東京で動いているらしく長崎にいては隔靴掻痒、さっぱり実情がつかめない。

三期十二年つとめた久保勘一知事が病に倒れ、次期知事のイスをめぐって保守陣営の迷走が始まっていた。過去四回の知事選をみると、保守系候補が集めた票は九〇％近い。つまり保守候補を一本化できれば決まり、選挙は信任投票のようなもので、保守内部（実際は自民党）の候補調整が事実上の知事選になる。

久保の意中の人は自治省出身の副知事・高田勇。「党人が広げた風呂敷を官僚がたたむ」といわれるほど、長崎では政治家と官僚のバトンタッチがつづいていた。ところがこの保守内部の一本化調整が容易ではない。自民党県議に国会議員が入り乱れての工作合戦に、調整役の自民党県連はとうとうサジを投げ、国会議員団に調整をまかせてしまう。

「長崎の国会議員は全員が知事になりたがっています。だから一本化調整を国会議員団に一任したって絶対まとまりません」

久保はそう語って、国会議員団への一任を了承した。最初に手をあげたのは参院議員の初村滝一郎だった。国会から転じた久保も初村も中央派閥は三木派、ならば三木派の内輪の争いかと思えば、そう単純ではない。

八月末、自民県議三十人中高田支持はわずか一人とささやかれていたが、秋風が吹くころには初村一〇、高田一〇、中立一〇とみられるほど水面下で情勢は激しく動いていた。十二年前の保守同士の激しい選挙にこりた経済界は、いちはやく在京経済人を通じて自民中央の大物たちにはたらきかけ、中央とのパイプ重視の高田支持で巻き返す。

長崎出身の〝財界幹事長〟の日本精工会長の今里広記らが田中角栄に強くはたらきかけているという。経済界に先んじられた政治家たちが反撃に出る。先陣をきったのは初村だったが、久保の読みどおり八人の国会議員は真っ二つに割れ、初村は「これ以上、県連を混乱させるわけにはいかぬ」とあっさり辞退する。

わたしは高田支持の地元経済界の重鎮、日本旅客船協会会長の村木信一郎の野母商船社長室を毎日のように訪ねていた。長崎にいてはさっぱり見えない状況がここからは見えるのである。

村木の話では、初村の出馬辞退の真相は「東京にいれば近いうちにいいことがある」と派閥領袖筋からささやかれたからだという。その筋とはずばり〝目白の闇将軍〟こと田中角栄、ロッキード事件で総理のイスから転がり落ちたが、隠然たる勢力を保持し続けていた。

「まさか！」と思ったが、この年十一月の鈴木善幸内閣の改造閣僚名簿に、初村は労働大臣として名を連ねていた。

初村の出馬辞退をうけて、今度は経済企画庁長官を二度も務めた倉成正の名が取りざたされ始めた。もともと久保とソリがあわず久保批判を繰り広げていたが、倉成は中曽根派の座長である。次期総理のイスをうかがう中曽根は最大派閥の田中派に接近中とは衆目の一致するところだった。ところが知事のイスに強い執着をみせていた倉成も突然、翻意する。

「次期総理をうかがおうというキミは彼の出馬も止められんのかね」と田中にたしなめられた中曽根が「倉成は出させません」と確約したという。いずれも村木の〝永田町情報〟だが、長崎でその裏付けをとるのは難しい。旧知の政治部デスクに頼んで、さぐってもらうと大筋で間違いないと確信できた。

「一本化の舞台裏」など数回のコラムで、どのメディアも書かない舞台裏の情報を書き続けた。村木の〝永田町情報〟はどうやら中央財界からの転送であったようだ。

高田は翌年三月の選挙で圧勝し、その後三期十二年、長崎知事をつとめる。知事選出馬を断念した倉成は、三年後には中曽根内閣の外務大臣におさまっていた。

新聞の政治面は全国で〝田中派知事〟が増えていると報じていた。地方政治の舞台裏をのぞいてみれば、永田町に直結していた。

戦艦大和発見の特報

知事選の終わった昭和五十七年初夏、酒の縁で親しくなった小さな海運会社の社長から、やはり酒席で耳打ちされた。

「いまね、うちの船は戦艦大和を探しに出かけてるよ」

戦艦大和！　一瞬、意味がわからなかった。よくよく聞いてみると、彼の持ち船のタグボートをふくむ船団が、鹿児島沖の海底に沈んでいるはずの、あの戦艦大和の探索に長崎港から出港したばかりだという。

世界最大といわれた戦艦大和は昭和二十年四月七日、沖縄に向かう途中で米機動部隊の待ち伏せにあい、長崎県男女群島女島南方およそ二〇〇キロ付近で撃沈され、三千余の乗組員のほとんどが戦死した。この悲劇の戦艦の最期には謎が多く、戦死者数すら諸説あり、正確な沈没位置もさだかではなかった。とはいえ、当時のわたしはまだ吉田満の『戦艦大和ノ最期』も読んでいなかったから、大和についての知識はとぼしく、少々あわてた。若い記者たちはさらにこの悲劇の特攻戦艦についての知識にとぼしい。

船団には、生還者や遺族でつくる「戦艦大和探索会」の調査班のほか、船会社の社員、魚群探知機やソナー、水中カメラなどを操作する技術者、米軍の資料から沈没位置を割り出したＮＨＫのスタッフなどが乗り組み、五月二十三日に長崎港を出港し、「早ければ数日後に結果が出るだろう」という。

驚いた。そんな大ニュースが酒席でポロリともれてくるなんて。あわてて取材体制をととのえ、ひそかに洋上からの写真撮影のために航空取材を手配する。出港四日目の二十七日、くだんの社長から「見つかった」と興奮した声で電話がはいった。船団から「大和発見せり」と無線連絡があったという。

魚探が磁力探知に成功し、海底に横たわる大和のおぼろげな姿をとらえた。その位置は北緯３０度４３分１７、東経１２８度０４分００、ＮＨＫのスタッフが割り出した地点とほぼ合致していた。

こうして「大和発見」を夕刊で特報することができたのだが、気の毒だったのは、乗り組んでいたＮＨＫのスタッフである。ニュース取材班ではなく、教養番組の取材チームだったらしく、「発見」の連絡がおくれ、陸上から出しぬかれる結果となってしまった。

しかし、このときの「大和発見」は魚群探知機がうつしとった画像によるもので、決定的とまではいえない。三年後、戦艦大和遺族会と角川春樹書店はヨーロッパから潜水艇を借りてさらにおおがかりな探索を実施、水深三四五メートルにテレビカメラをおろし、鮮明な画像を得て「大和沈没位置」が確定された。

最近になってやはり海底深く眠る戦艦武蔵が発見され、五島列島沖に沈められた海軍の潜水艦二十三隻を海上保安庁の調査船が磁力探知で発見したと報じられた。戦後、忘れられてしまった〝海の武装解除〟を七十年後に知り、あらためて衝撃を受けた。

第十一章　天災のあとの人災——長崎大水害

「災害は一報より大きくなる」

テレビが映し出す広島の土砂災害や鬼怒川の堤防決壊の惨状を目にし、三十二年前の長崎大水害を思いだす。二百九十九人が犠牲となったこの大水害は、長い記者生活のなかでも超弩級の事件だった。

昭和五十七年夏、この年の梅雨明けはおそかった。七月なかばから連日のように「大雨洪水警報」が発令され、警報慣れした市民は特別な備えもせず、普段どおりの生活をしていた。

七月二十三日夕方、この日も大雨洪水警報が発令され、雨はパラパラと落ちはじめていたが、例によって大したことはあるまい、みんなそう思っていた。わたしも出張してきた先輩と食事の約束をして待機していた。県や市にしてもご同様、警報発令で待機を義務づけられる防災担当者を残して、みんな早々と引きあげていった。

六時過ぎ、雨は強風、雷鳴をともなってますます激しさを増した。支局玄関のドアは閉めているのだが、隙間から吹き込む雨がみるみる内側にたまり、段ボールをかき集めて土のうがわりに積んでみたがとてもかきだせない。そのうち勤め帰りの人たちが支局に避難してきた。雨宿りのつもりだったのだろうが、雨脚はますます激しくなる。

あの激しい雨をどう形容すればいいだろう。「バケツや盥をひっくり返したような」という常套句があるが、それではとても足りない。プールの水をぶちまけたような、天が裂けたかと思えるほどの、これまで経験したこともない豪雨だった。一メートル先が見えない。直径一センチはあろうかという雨粒が、まるでヒョウや霰のようにたたきつける。それほど雨の勢いはすさまじかった。この日の降水量四四八ミリ、それがほぼ三時間のあいだに集中して降った「四百年に一度」の集中豪雨だった(「長崎大学報告書」)。

午後六時半「浦上方面で崖崩れ、四人生き埋め」。これが県警からの被災第一報だった。すかさず記者がドライバーとラジオカーで現場に向かうが、いくら待っても連絡がない。「応答せよ」と無線で呼びかけるが反応がない。

この時代、まだ携帯電話はない。やっとポケットベルが普及しはじめたころである。「道路が冠水して現場に行けない」と公衆電話から連絡が入ったのは一時間後。公衆電話ボックスも浸水がひどく、足元の水位がどんどん上がってくるという。「取材中止、引きあげてくれ」と伝えたが、彼らが高台の裏道を迂回して帰ってきたのはさらに一時間後だった。

通信手段は新聞や放送にとって命綱である。その無線がなぜ通じないのか。それまで支局屋上にあった無線アンテナを、送受信エリアを広げるために稲佐山山頂に建てかえたばかりだった。アンテナと支局のあいだをつなぐＮＴＴのケーブルが水没し、無線通話がダウンしていた。そのうち固定電話もかかりにくくなり、目と鼻の先の県警本部詰めの記者とも通話できなくなる。本社との専用電話だけが生きていた。

「奥山で土石流、二十人不明」「鳴滝町でがけ崩れ、不明者多数の模様」こんな未確認情報を県警詰めの記者はメモ帳片手にずぶ濡れになって届ける。「事件の第一報はしぼむことが多いが、災害は一報より大きくなる」。事態は記者仲間の格言どおりに進んでいった。

「見殺しですか！」

雨は降り続き、断続的に停電する暗闇のなかでの取材、あわてて現場に向かえば、被災するおそれもあるからうかつには動けない。「水が引くまでは車の取材中止」「徒歩取材はすべてペアで」と決める。「三人行方不明の模様」「鉄砲水で五人が流された」と、被災速報が次々にもたらされるが、いずれも未確認情報。警察も消防も危険で現場に近づけないのである。

締め切り時間がせまってくる。「正確な被災人数を送れ」「これでは見出しが立たない」と本社から矢の催促だが、未確認情報を足し算して流すわけにはいかない。「死者・行方不明二十一人」と県警が確認したのは午後九時ごろになってからである。三十分後、となりの諫早全市に避難命令が出された。昭和三十二年に八百人超の犠牲者が出た「諫早大水害」が頭をよぎる。

後日、緊迫する消防の一一九番通報の録音を聞いた。

「お母さん、やっとつながったよ」と子供の声。つながりにくい電話を子供にダイヤルさせ続けていたのであろう。かわった母親の悲痛な声。「動けない年寄りが二人いるんです。助けに来てください」「救急隊は全部出払ってすぐには行けません。何とか自力で安全なところに避難してくださ い」

電話が不通になり、街までかけ降りての絶叫のような通報。「すぐ来てください。家が何軒も流され、押しつぶされています」「道路が壊れて行けません。全市が非常事態です。なんとか自力で逃げてください」「それじゃ、見殺しということですか!」「見殺しと言われても、こちらも……」

一一〇番も一一九番もほぼパンク状態、パトカーも救急車も出動したが、目的地に着けずに難渋していた。「どこもかしこも人が流されているんですよ。お宅だけじゃないんです。こちらもパニック状態なんです」。消防もパニックになると、金切り声でこんな応答をしてしまう。

この間にも被害はどんどん広がり、深刻になっていく。出動した機動隊は道路流出、寸断で前進できず、目の前で車が国道といっしょに崖下に流され、消えてゆく。絶叫する警察無線のパトカーへの指令を傍受していらだつばかりだった。押し寄せる未確認情報を整理しながら「犠牲者は三百人前後になるのではないか」と思わずつぶやいていた。

ままならぬ取材、送稿のうちに午前二時、朝刊最終版の締め切り時間が過ぎる。つけっ放しのテレビもラジオも家族を気遣う安否情報ばかりで、被災地の模様はさっぱり伝えない。取材できないのだろう。午前二時に警察が確認した人的被害は、死者二十六人、行方不明七十九人、生埋め百八十三人。わたしの予測に近づいてしまった。

電気、ガス、水道、電話のライフラインは全市でほとんどダウン。支局の自家発電機は整備が悪かったのか不発、停電のなかロウソクの灯りをたよりに悲報を送稿する作業に暗澹とした。

午前五時、夜が白々と明けはじめ、「とにかく現場へ」と徹夜の記者たちは小降りになった雨のなか、手分けして徒歩で行ける被災地に向かう。ひとり支局に居残って考える。「朝刊は届くだろうか」。福岡や隣県・佐賀、熊本などから長崎に向かう応援の記者やカメラマンは、いずれも道路網の寸断で難渋している。おそらく朝刊は届くまい。

むかし読んだ昭和二十八年の熊本大水害の「記録」が頭に浮かんだ。二千人超が犠牲になった西日本大水害、なかでも熊本の犠牲者は五百人を超え、熊本市街は土砂に埋まり、通信途絶、道路陥没、文字どおり何日間も〝陸の孤島〟になった。孤島のなかで西日本新聞の記者たちは、ガリ版刷りの新聞を発行し続けたという。

すぐさまA3の西洋紙に題字を切り貼りし、原稿を書きはじめる。手書きの号外である。水没をまぬかれた近くの広告社でありったけのコピー用紙を使い果たしたころ、夜があけた。

そのころ北九州空港では本社のヘリコプターがエンジンを始動させていた。二十四日午前六時四十五分、ヘリは激しい雨、垂れこめる厚い雲に向かって離陸した。しかし、視界が最悪で高度がとれない。足元を波が洗う海岸線づたいに低空で這うように進んだ。パイロットの木村富寛によれば「車にどんどん追い越されて行くんだよ」。そんな速度でしか飛べなかった。

午前九時すぎ、号外と記者、カメラマンを乗せたヘリは、ふだんの二倍以上の時間をかけて長崎に緊急着陸、手書き号外は〝幻の号外〟となった。

被災者が求める情報は？

翌日午後になって応援の取材陣が続々と長崎にはいってきた。人手がそろい、取材は軌道に乗りはじめた。しかし、三十人近い応援の記者やカメラマンの宿舎は手配できたが、ライフラインの途絶で食事なし、風呂なし。さあ、困った。食事をどう調達するか。出前できる店なんてあるはずがない。

電気は復旧したが、水道は濁り水。ガスは復旧の見通しもたたない。支局三階は支局長住宅で、夏休み中の娘ふたりがいた。かみさんと娘に〝給食係〟を発令し、電気コンロ、簡易ガスコンロで煮炊きをはじめる。おそろしく手間がかかる。

事務補助の矢口あけみが自転車で走りまわって食材を買い集めてくる。おにぎりと味噌汁、沢庵程度の食事しかつくれないが、なんとか空腹はしのげる。二日後、福岡の友人から大量の簡易ガスボンベの差し入れが届き、佐世保支局からは野菜が送られてきた。

被災地では停電、断水、ガス停止が続いている。ライフライン途絶のなかで、みんなどう暮らしているのだろう。被災状況の報道も大事だが、被災者や市民はどんな情報を求めているのだろうか。わが身に、家族の身におきかえてみる。

「よし、地方版は暮らしに役立つ情報一本に絞ろう」。「きのうはこうだった」ではなく、「今日はこうなる」で紙面をつくろう。地方版担当にベテラン記者ふたりを割くのはつらいが、若い記者では暮らし向きのことはわかるまい。

こうして翌日から「災害生活情報」が地方版を埋め尽くした。水道、電気、ガス、電話、道路、食料、病院など緊急性の高いものから、復旧、開通の見通しはもとより、デパート、スーパーも休業、閉店が多いので、「A店に乾パン、缶詰あり」「B店にはソーセージと卵あり」「青果、鮮魚もきょうから一部店頭に」とキメ細かく追った。

やがて「災害時の税の減免措置、低利融資制度を教えて」など読者からの要望に応えて小特集も組んだ。テレビや他紙もおくれて生活情報の提供を始めたが、そのころこちらは営業中のサウナ風呂や銭湯にまで取材をひろげていた。「生活情報」はなにより、自分たちにも必要な情報だった。災害時のこうした情報提供はその後、他の災害地でも参考にされたと聞いて、少しは役にたったかと思う。

そのとき、県や市のトップはどう動いたのだろう。知事の高田勇はホノルルにいた。ブラジルでの県人会に出席しての帰途。「死者二十六人」という電話でたたき起こされ、折り返し電話を入れると、今度は「死者四十一人」。驚いてすぐ帰途につく。機内では「辞任」まで思いつめたという。後日、「なぜ」と訊ねると、「だって戦後の都市部でこんなに多数の死者が出たのは伊勢湾台風以来ですからね」と言う。副知事は東京出張中、出納長は雲仙出張、三役不在のまま県庁に居残っていた災害担当者たちが対応に追われた。

長崎市長の本島等も県の出納長といっしょに同じ雲仙の会議に出張しているはずだったが、なぜか長崎市内にいた。「雲仙を早めに引きあげて市内で晩飯を食っていたら水が出て動けなくなった。水が引いてから帰った」と弁明したが、実はなじみの小料理店で孤立し、ここで一夜を明かしたと週刊誌にスキャンダルふうにすっぱ抜かれる。

この週刊誌の発売日早朝、上京中の本島からの電話でたたき起こされた。「オレが週刊誌を買い占めたなんて言ってる人がいるそうだが、そんなことはしとらんよ」。わざわざそんなことを告げるために電話してきたのか。確かめてみると、この週刊誌はなぜか長崎市内の書店には一冊も並んでいなかった。

銅座の飲食街は水没したが、くだんの小料理店は少し高みにあるので、気づかなかったのだろう。解せないのは、水が引いたあと本島はなぜ市役所を素通りして、公舎に引きあげてしまったのだろう。「電話で連絡をとりながら指揮をとった」と言うが、電話はおそろしくかかりにくくなっていた。

一カ月後、長崎市の合同葬があった。「市としては、避難命令を出し、テレビ、ラジオ等に連絡し、避難勧告の車を出し……」。本島は長い弔辞のなかに、さりげなくこんな一節をはさんでいた。

後日の長崎行政監察局の「調査報告書」は、「市災害対策本部は、本部長（市長）の指示による避難勧告または指示を行っていない」と書き、長崎大学の「調査報告書」も同様「市対策本部からは市民に対して一度も避難の呼びかけはなされなかった」と記していた。

いくら繁忙のさなかでも、メディアがそんな重要な「連絡」を受けて、忘れるはずがない。テレビ、ラジオはすかさず速報したはずである。雷鳴とどろき、たたきつけるような豪雨のなかに市の広報車が「避難勧告」をふれまわっても市民の耳に届いたとは思えぬが、これは責任逃れの言い草ではないか。

伊豆大島の土石流災害でも、広島の土砂災害でも、茨城の洪水でも、行政の「避難」指示の遅れが問題視された。本島が「弔辞」にさりげなく挿入したこの「ウソ」は、先のふたつの「調査報告書」が出るまで見過ごされ、問題視されることはなかった。

天災のあとから人災が

水害直後から「裏付けなしに軽々に人災などと書くなよ」と記者たちに言っていた。実態調査も進まぬうちから、まるでこの坂の街に住むのが悪いと言わんばかりの一部の報道を苦々しく思っていた。乱開発─行政の怠慢─人災という、よく見かけるパターンの報道や論評である。

あの信じられない豪雨を経験しては、とても軽々に人災などとは言えないと思っていた。これを天災といわずして、何を天災と言うのだろう。こんな大災害なのに行政に被害補償を求める訴訟は一件も起きなかった。しかし、別の意味の「人災」が遅れてやってくる。

水害から一カ月たったころ、「気の毒な友達がいる」と娘に教えられた。父親を失った大学生が、中途退学して弟妹のために働きに出ようかと迷っているという。両親を失った大学生と高校生兄弟の退学を避けたいと、級友たちが彼らの学資をかせぐためにアルバイトをはじめたともいう。

調べてみると、水害で母子家庭になった世帯十五、父子家庭になった世帯十四、子供だけになった世帯八、それらの家庭の二十歳未満の子供たちは六十四人にのぼることがわかった。彼らのなかには、この夏休み中にも進学をあきらめるかどうかの決断を迫られる子供たちもいるにちがいない。「水害遺児を助けよう」とコラムで呼びかけ、PTAの幹部や県会議員などから賛同の声が寄せられた。知事、市長、教育長にも「一刻も早く遺児のための育英・奨学金制度を」と訴えた。「ぜひやりましょう。すぐに検討させます」。どこでも同じ返事だったが、なぜかなかなか動きださない。このままでは手遅れになってしまう。

実は予感があった。水害直後から県と市の足並みがなかなかそろわない。ことごとに角突き合わせるように見えて仕方がなかった。「被災地の伝染病予防を早く」と県が促すが、市は「とても手がまわらぬ」「費用負担は誰が？」などと渋る。しびれをきらした県は「市は相手にするな。県でやろう」と、被災地の消毒作業をはじめていた。

長崎大水害の模様は海外にまで広く伝わり、全国から続々と義援金や救援物資が届いた。義援金の総額およそ二十八億円、その一部を割いて早く遺児のための奨学金制度をと訴えるが、いっこうに実現しない。

多額の義援金を、素早く、的確に被災者に届けるには知恵も工夫もいる。ところが、規則や前例にこだわって、その配分方法が決められないのである。モタモタの原因は、県と市の配分方法に相違があり、調整がつかない。県は「すべての義援金をプールして、災害救助法適用市町に被災程度に応じて配分、その先の使途は各自治体に任せよう」という。

ところが長崎市は「義援金のなかには使途を指定したものが三億円余りある。これを全体でプールするわけにはいかない。公共施設の復旧や救援物資の輸送にかかった費用にもあてたい、奨学金制度は市独自でつくりたい」と主張してまとまらない。

激怒した。「何をやっとるのか」といささか品に欠ける見出しのコラムで、「これはウチがもらったものという長崎市の言い分には承服しかねる。自分の取り分を増やそうとする魂胆ではないか、と勘繰られかねない子供っぽい主張ではないか」と再考をうながした。

水害から二カ月、県や日赤はとうとうシビレをきらし、「長崎市は勝手におやりなさい」と、自分たちのつくった基準で配分をはじめた。毎日新聞社に寄せられた義援金は約三千二百万円、県に一千万円、同額を長崎市に、さらに千二百万円を県に届けた。この配分比に特段の意味があったわけではない。一人ひとりの寄付者にはそれぞれの思いがあったかもしれないが、県や市に寄託すればその趣旨をもっともいかした使い方をしてくれるだろうと考えただけである。

とり残された長崎市は、独自の配分委員会をつくって検討をはじめ、水害遺児のための奨学金制度ができたのは、暮れも押しつまってからだった。進学を迷い、中途退学まで思いつめた子供たちに間にあったのだろうか。

それだけではなかった。長崎市は義援金の一部を、用途もはっきりさせぬまま末端の自治会組織に配分した。バラまいたと言われても仕方のないやりかたである。「それはおかしい」と市民から返還請求訴訟まで起こされた。下司の勘繰りかもしれないが、翌年四月には市長選挙がひかえていた。そうとでも考えなければ理解に苦しむ、何とも拙劣な長崎市の対応だった。

大水害は天災であったが、長崎市の迷走は「人災」と言うほかなかろう。

第十二章　地平に沈む「赤い夕陽」

地平線から昇る太陽

「一望さえぎるものなき地平線、そこに沈む夕陽を一度目にしたい」

そんな軽い気持ちで昭和六十年（一九八五）初夏、旧満州をめぐる一週間の旅に出た。旅行社と航空会社があたらしい観光ルートをさぐりたいと企画したツアーにさそわれ、一行百六十人と長崎空港から飛びたった。軽い気持ちで出かけた旅だったが、復路はそうはいかなかった。

上海─北京ルートを経由して、まずハルビンに着いた。黒竜江省の省都ハルビンは人口二百五十万余（当時）の大都市だったが、急激な人口増で街はやや無秩序、アナーキーなエネルギーにあふれる街という印象だった。

旅装を解いた天鵞（スワン）ホテルは十四階建ての堂々たる構えだった。旧知の山野道雄（元気象台勤務）はハルビンに七年余住んでいたことがあり、「このホテルのあたりが日本陸軍の飛行場跡。

ノモンハン事件の折りにはここから重爆撃機が毎日飛びたち、近くの中学校の屋上には高射機関銃がすえられていた」という。

一行はここから十班にわかれ、それぞれの目的地に向かう。わたしをふくむ十一人のノモンハン組は翌日の夜行列車でソ満国境の街、満州里に向かう。午前四時、寝台車の窓が朝日で朱にそまり、目がさめる。地平線から昇る太陽をはじめてみた。やがて機関車が重連になってあえぎはじめる。標高千メートル超の大興安嶺、どこまでも続く大草原を太陽に追われるようにひたすら西北に向かって走る。

前夜十時前にハルビン駅を出発しておよそ二十二時間で内モンゴル自治区の終点、満州里に着いた。このレールはシベリア鉄道に連結されており、この先、鉄路はひたすら東北に向かう。満州里は人口三万余、北緯五〇度の厳寒の国境の街である。

「ここは雪国　満州里……」とディック・ミネが昭和十六年に歌った「雪の満州里」の街、記憶に残る森繁の歌は「満州里小唄」と改題され、のちには加藤登紀子などもカバーしている。

街をぶらぶらする。夜八時を過ぎても薄暮のなか、ホテルの周辺では住宅の建設工事が続いている。整地もレンガ積みもすべて人力、レンガを一枚一枚積み重ねていく工法で、重機や大型機械の姿はなかった。日本のヨイトマケのようなかけ声をかけながら夜遅くまで続く。防寒のためだろう、民家はいずれも中地下式二重窓の構造になっている。

ライラックの可憐な花がほんのり浮かぶ薄暮の街を、若い人たちが自転車で三々五々宿舎のホテルに隣接するホールに向かう。日本からの観光客ははじめてらしく、ここで歓迎のダンスパーティが開かれるという。

会場に入って驚いた。百人を超す人たちがつめかけ、もう小学生たちがディスコミュージックにのって踊っている。中国のディスコ・ブームは外電で承知はしていたが、辺境の地という思い込みがあって、思わずわが目を疑った。

やがて少々おなかの出っ張った張華春・満州里市長が悠然とワルツのステップを踏みだすと、つれてみんなも踊りだす。「これからの中国じゃ、ダンスができないヤツは出世できんな」と誰かが皮肉を飛ばす。

昼間のぞいた街の書店では、「上海服装百種」というスタイルブックがよく売れると聞いたが、なるほど若い女性たちは、清楚ながら精いっぱいおしゃれな服装で着飾っている。われらの一行も次々にお嬢さんたちにさそわれて踊りの輪の中へ。怪しげなチークダンスしかできぬ小生、いくらなんでもそれはと丁重にお断りした。かわりにむかし中国から帰国した友人におそわった「草原の恋歌」を、あやしげな中国語で歌ったが、さっぱり通じなかった。

フィナーレは中国で大流行中の「北国の春」の大合唱。この曲は、列車の長旅のあいだもずっと流れていた。「こんな歓迎なんて、思いもよらなかった」と、七十に手の届こうかという面々は夜ふけまで興奮さめやらぬ様子であった。

満州里は何だか懐かしい街だった。わたしの田舎も、戦後間もないころはこんな雰囲気だった。忘れかけていたあのころを思い出させてくれた一夜だった。

たったひとりの慰霊祭

国境の街、満州里からいったん引き返し、列車でハイラルへ。ここからノモンハン事件のノモンハンに向かうのである。一行十一人のうち七人がハイラルに駐留し、ノモンハンの凄惨な戦闘で生き残った元兵士である。

ノモンハン事件とは、昭和十四年（一九三九）、日ソ両軍が外モンゴルと旧満州の国境で軍事衝突を繰り返し、日本側死傷者二万人、ソ連側死傷者二万六千人といわれる戦闘をさす。

「わたしゃ、もう涙がとまらんよ。昭和十二年からここにいたんだよ」

福岡市の古賀精蔵（当時六十九歳）は、ハイラル駅頭で何度も眼鏡をはずし、慟哭した。古賀は野砲隊だったが、除隊後もここに残って電力会社で働いていた。長崎市の松田京一郎（同六十八歳）は、ノモンハンの戦闘で貫通銃創を受けたが、奇跡的に生還したひとりである。

マイクロバスでハイラル市内を巡回する。「もう戦争の話はやめようぜ」「そうだな、謝罪の旅なんだからな」などと言いつつも、どうしても一行の話はそこへいく。四十六年ぶりの〝戦場〟との再会が名状しがたい興奮にかりたてていくようだ。

「兵舎のあった赤松公園へ」「いや師団の跡が先だ」「伊敏橋はここじゃないぞ」

沈黙を守る中国人ガイドをよそに、マイクロバスのなかは興奮がつづき、バスは街を右往左往する。しかし、二万数千の兵が駐屯していた第二十三師団跡も、赤松公園も、領事館跡も往時をしのばせるものは何も残っていなかった。「ああ、何も残っていない。駅も街も何もかも新しくなってしまった」と、古賀は肩を落とし、みな気落ちした様子だった。

翌朝早く、マイクロバスで四人がノモンハンに向かう。戦闘体験者は松田京一郎だけである。ホロンバイルの道なき草原を走ることおよそ三時間。時折り遊牧民に道をたずね、当時の行軍の目標だったという三本松にたどりつく。

「あの先はソ連だ。これ以上国境に近づくことは危険で許されていない」とガイドに説得され、それ以上進むことを断念する。三本松はいまでは二本になっていた。眼前にひろがる大草原は地平線まで見渡せ、国境がどこなのかよくわからない。

松田は松の根方の砂地に用意してきたロウソクと線香を手向け、亡き戦友たちの霊に合掌した。わたしたちも手をあわせる。強風が砂を巻きあげ、松田が持参した経本を吹き飛ばした。

簡素な供養をおえて「ああ、やっと肩の荷がおりたよ」と長嘆息した松田にガイドが「あなたは四十六年前、ここに何しにやってきたのですか」と訊ね、松田は絶句した。若いガイドはノモンハン事件のことなど全く知らぬようだった。その数さえ定かでないノモンハンの戦死者たちの遺骨収集が、中国政府に認められるのはさらに二十年後、平成十六年（二〇〇四）になってからである。

翌年、現地調査した「日中友好平和問題調査団」の報告によれば、現地には「ノモンハン戦争陳列館」があり、ハイラル周辺には元の兵舎や砲台陣地跡も残り、野ざらしの人骨や穴のあいた鉄兜や砲弾も見つかったという。

陳ゆう（中国在住の邦人）のサイトをのぞいたら、「ノモンハン・満州里への個人旅行」（二〇一一）というブログがあった。わたしたちとほぼ同じルートを単身タクシーでたどった陳によれば、「草原の一本道を一二〇キロくらいで飛ばした」とあり、写真を見ると、その後にできたと思われる簡易舗装の一本道がまっすぐ延びている。

プレハブの「展示館」（おそらく先の「調査団報告」の「戦争陳列館」）には砲弾や鉄兜などの遺留品が展示されていたという。彼が撮影した満州里の写真をみると、広い道路に面した商店街にはビルがたちならび、ロシア語と中国語の看板が軒を連ねている。わたしたちが訪れたとき、中ソ両国は東側の国境地帯で不穏な空気だったので、街でソ連人の姿を見かけることはなかったが、いまではロシア人の姿が多いという。

陳のブログによれば、「二年前にメインストリートのビルを建て替え、長崎のハウステンボスのような街並み」になったそうだ。ハイラルも満州里も三十年前とはすっかり様変わりし、制限はあるものの戦跡や戦闘の遺留品も公開されているようだ。

平成二十六年の「ノモンハン戦跡日蒙共同調査団」は、激戦地に残る関東軍の塹壕跡を発見し、壕の底にはソ連軍の戦車に手製の火炎びんで立ち向かったときのサイダー瓶などが残っていたという（「朝日新聞」二〇一四年七月八日）。

ハイラルの戦闘ではおよそ八千人が戦死したと言われるが、十四次にわたる政府の遺骨収集では二百六十三柱が収容されただけである。

和歌山県御坊市長の玉置修吾郎と長崎県生月町の藤永正雄は、この旅に身の丈ほどの白木の柱を持参していた。柱には、「一九四五年八月十七日　江口副県長以下日本人官吏家族四十八名自決の地」と書かれるはずだった。ハルビン郊外、東興県公署に勤める邦人官吏と家族たちは、敗戦と同時に北満になだれ込んできたソ連軍の侵攻におびえ、敵襲によってはずかしめを受けるまえに服毒自決をとげることを誓いあっていた。一発の銃声を敵襲と勘違いして「直ちに服毒せよ」と命令され、全員集団自決した。極限状況のなかでのいたましい悲劇であった。

玉置と藤永は出征していたため命ながらえ帰国できたが、家族をうしなった。ふたりはかつての同僚や家族の慰霊、鎮魂のためにツアーに参加し、いまは学校になっていた東興県公署をさがしあて、木柱の建立を願い出たが、中国公安当局に許可されず、無念、傷心の旅となってしまった。

ハイラルの残留孤児

旅の終わり近く、ハイラルのホテルに突然、須田初枝（当時五十五歳）の訪問を受けた。ツアー一行のなかに新聞記者、つまりわたしがまじっていると聞きつけて来たという。

「ハイラルに残留孤児の男性がいます。何とかして日本の親族を探したいので、協力してほしい」と相談された。須田は昭和十九年（一九四四）四月、東京開拓団の一員として家族と満州に入植したが、十四歳で敗戦をむかえた。

「街の日本人はみんな逃げてしまい、逃げおくれたわたしは玉砕を覚悟しました。もし、父が生きていれば、わたしを殺していたでしょうね」

とり残された須田は蒙古人と結婚したが、病気がちな夫と家族を支えるため、いまは青果会社で働いている。

「ええ、強くなりましたよ、だって強くならなきゃ生きていけないもの」

さいわい東京の家族と連絡がとれるようになり、何度か里帰りした。いまは自分同様ハイラルにとり残された孤児たちの帰国のために奔走しているという。

「ハイラルの残留孤児ふたりを日本にかえすことができました。あとはこの子ひとりだけです。何とかしてやりたい」と言う。

夕方、仕事を終えた須田は、崔銘（当時四十一歳）をともなってふたたび訪ねてきた。彼はいまハイラル二中の数学の先生だそうで、養父母はすでにない。彼女の通訳で話を聞く。七年前、養母が亡くなる前に打ち明けてくれたという話はこうだ。

二十年八月、養母は昂々渓の西、嫩江川岸で柳行李をひろった。なかに一歳くらいの男の子が白い絹のベビー服にくるまっていた。右後頭部に赤い火傷の跡があった。養父母は日本人への強い風あたりを避け、ハイラルに移り住んだが、文化大革命時代にふたたび風当たりが強くなり、養父は大事にしていたベビー服をひそかに焼き捨て「息子は中国人だ」とまわりに言いつづけた。

須田も日本の親族をさがそうと手を尽くしたが、あまりにも手がかりが少なくたどり着けないでいるという。娘ふたりにも恵まれ、中学教師のいまの暮らしに不満はないが、「祖国日本をひと目見たい、血のつながる人たちに会って（自分が）日本人であることを確かめたいのです」と崔は言う。

しかし、出身地も、親族の苗字も、家族が満州のどこで生活していたのか、すべてわからない。手がかりは崔が髪をかきあげてみせてくれた赤ん坊のときから後頭部に残る火傷の跡だけである。須田は二年前にもたらされた福島市出身のSさん（故人）が父親ではないかという情報を追い続けているという。

あまりにも情報が少なく、はたして親族までたどりつけるかどうか、自信はまったくない。「できるかどうかわかりませんが、調べてみます」と答えて別れた。

昭和四十七年（一九七二）の日中国交正常化後、中国にとり残された残留孤児や残留婦人の問題がクローズアップされるようになった。厚生省は九年後から本格的な調査をはじめ、残留孤児の訪日や肉親との面接調査などが大きく報道されていた。しかし、よもやこの旅で残留孤児と出会うことになろうとは思いもよらぬことだった。

切れた細い糸

帰国して崔の身寄りさがしにとりかかった。と言っても手がかりがほとんどない。わずかに須田から聞いた、「父親ではないかと思われるSという人が福島市にいたらしい」というか細い糸しかない。赤ん坊のときの崔の後頭部の火傷の跡も、父親ならわかるかもしれないが……。この糸をたぐることから始めた。

あちこちにあたってSの情報が載っているという、大阪で発行されていた「興安隊会報」一二三号を取り寄せた。「興安隊会報」は戦時中、旧満州内モンゴルで編成された興安軍の関係者が編集、刊行している情報誌だった。それによると、Sは戦時中ハイラルの特務機関で働いていたが、ソ連軍の侵攻で夫人、長男とともに行方不明となり、戦後、死亡宣告を受けたという。Sの父親は、仕事柄殺されることはあっても母子まで殺すことはあるまいと、九十六歳で他界するまで死亡宣告を受けいれず、消息を待ちつづけた。

しかし、この「会報」に寄せられた当時のSを知る部下や同僚の証言によれば、母子の生存の可能性は薄いようなのだ。さらに現地を知る人たちは、崔が見つかった嫩江川岸と、S一家が消息を絶った大興安嶺の山中ではあまりにも離れすぎており、考えにくいという。福島県の援護担当者によれば、Sの遺族も崔がSの長男である可能性はきわめて薄いとみているという。

Sと親交のあったという「会報」の編集責任者Kから「あまりしつこい照会は迷惑かもしれない」とたしなめられ、か細い糸はプツンと切れ、これ以上の探索はあきらめざるを得なかった。

しかし、藁にもすがる思いでわたしを訪ねてくれた崔と須田になんと返事をすればよいのか。しばらくペンをとれなかった。Sの実弟は先の「興安隊会報」に「自分の生まれと祖先を知りたい残留孤児の心中を察するとき、あまりにも可哀そうです。来日する孤児の半数も肉親に会えない現状を思うと胸が痛みます」と手紙を寄せ、「もし、崔君が来日すればいつでも会う」と書いていた。

そのこともあわせて重い気持ちで須田あてに報告したが、返信はなかった。

国交回復後、東北三省を訪ねた厚生省の調査団も内蒙古自治区までは足を延ばしていない。厚生労働省によれば、その後の調査で平成二十六年七月現在、中国残留孤児の総数は二千八百十八人、このうち身元がわかった孤児は千二百八十四人だという。崔はこの数字のなかに含まれているのだろうか。

先の陳ゆうのブログのなかに、こんな一節があった。陳はノモンハンに向かう途中、ハイラル駅前の客待ちタクシーの運転手と雑談をかわした。

「この街には戦後、日本人が住んでいたか」と尋ねてみた。残留孤児について聞いてみたのだ。

「昔は知り合いがいたけれど、国交が回復した後、日本に帰った」とのことだった。

彼の近所に日本人女性が住んでいて、中国人と結婚して子供もいたが、国交回復後に夫と子供を連れて日本に帰ったらしい。

どういう経緯で、こんな僻地に日本人女性が単身で残されていたのか。大戦末期にソ連が侵攻してきた地域なので、壮絶な体験をされたのではないだろうか。とり残されて、生きるために中国人と結婚して子供を生み、現地の一庶民として静かに暮らしていたのかもしれない。

この日本人女性は、おそらく三十年前にハイラルで会った須田初枝だと思われる。国境をこえる電脳空間で彼女のその後の消息を知り、いっとき呆然とした。

第十三章　昭和の終焉と普賢岳噴火

トマトを追う編集委員

昭和六十一年（一九八六）三月、五年過ごした長崎から西部本社（北九州市）によびもどされた。今度の肩書は編集委員。「少しのんびりしろよ」と上司はすすめてくれたが、なにもしないでは居心地が悪い。これまでの記者生活でのエピソードをつづる小さなコラム「地方記者」を連載するかたわら、わが好奇心のおもむく先をさがしていた。

そんなある日、ぶらりと長崎に小田浩爾を訪ねた。小田は第十章の「大正生まれの歌」ゆかりの元長崎県総務部長、いまは県住宅供給公社理事長、ふと小田の机のうえの本に目がとまった。

「あれッ、この人知ってますよ」

書名は『原産地を再現する緑健農法』だったか、著者の名に永田照喜治とある。珍しい名前だから忘れようがない。

「永田は大学の同期でね、いま面白い農法をやっている」と小田。

二十年前に熊本で知りあったころの永田は天草・牛深の農協長だった。大学卒業後、帰郷して家業の農家を継いだが、「米価をもっと下げよ」「農協の肥料は高すぎる」と一人で熊本県農協中央会に座り込んだので驚いて取材したことがあった。

当時の米価は米価審議会をはさんで政府との交渉で決まる政治米価、毎年その時期になると値上げを求めるムシロ旗が国会を取り巻き、農協はこの交渉に全力をあげていた。そこへ「値下げせよ」との逆提案である。

永田によれば、山が海になだれ落ちるような地形の牛深は平地が少なく、田畑はほとんど傾斜地に散在していて米を自給できない。半農半漁の組合員の多くは米を買っているからこんな要求になったのである。永田の「たったひとりの反乱」は異端のレッテルを張られて終わった。

再会した永田は、浜松市に本拠をうつして自身考案した「緑健農法」や「原産地農法」とも呼ばれるユニークな農法の普及に全国をかけまわっていた。原産地に似た環境をつくって作物を育てる農法のヒントはやはり牛深での体験にあった。平地の肥えた土地でつくったミカンやポンカンよりも、なぜか痩せた岩山のような土地で育ったものが甘くてうまい。そこで田んぼを売って山の石ころ畑で実験をはじめ、さらに大学や企業とも提携して鹿児島県で大規模な砂地農法の実験を繰り返し、この農法にたどりついた。

だが素人が理屈ばかり聞いても仕方がない。百聞は一見、いや一食にしかずだと数人で永田トマトを試食することになった。

「おー、甘い！　こんなトマトははじめてだ」

試食したみんなが驚いた。噂にたがわず甘い。野菜というより果物に近い味と果肉のボリュームである。これならトマト嫌いのわたしでも、何個でも食べられそうだ。

「これは水に沈みます」と永田。さっそく水に浮かべてみると、すっとトマトが沈んでいく。普通のトマトは水に浮く。果肉が詰まっているので比重が水より重いのだと言う。なんだか手品を見せられているような気分である。

もともとトマトは南米ペルーの山岳地帯に自生していた。永田が現地に出かけて確かめると、土は乾燥し、石ころだらけだった。改良を加えて実践している農法は、ハウスで湿気を遮断して土を乾燥させ、根もとに石ころを砕いて入れ、原生地の環境を再現してやる。水をほとんどやらずに育てると、植物は身もだえして必死に根を張り、毛細根をのばして水と養分を求めるのだという。

そんな農法だから別名「いじめ農法」「スパルタ農法」とも呼ばれる。こうして糖度一二～一三度のイチゴより甘くて実の詰まったトマトができる。その特徴は先のとがったやや小粒のファースト・トマトにもっともよくあらわれる。ファーストはもともとたくさん栽培されていたが、大玉の「桃太郎」の出現でほとんど栽培されなくなった品種である。

東京のデパートで「完熟トマト」のブランド名で売り出しているが、高価なのに飛ぶように売れ、すぐ品切れになる。この緑健農法が各地にひろがり、問い合わせや見学者が殺到し、永田は全国を飛びまわっていた。

試食で味のよさはわかったが、そんな農法で実際うまくいくものだろうか。疑い深い記者根性はまだ半信半疑である。十年前に連載した「当世食物考」のその後も気になっていたので、好奇心道連れに取材意欲がわき、永田にくっついて実践農家を訪ねる旅に出た。まずは手じかな九州から。

大分県国東半島のミカン農家や杵築市のトマト農家には北海道や長崎から見学者が訪れていた。佐賀県嬉野市ではお茶農家、大分県安心院町や院内町のブドウ農家、長崎県大島町では造船会社が緑健トマトの栽培をはじめようとしていた。いずれも農業の将来に不安をいだき、なんとかそれを打開しようとする意欲的な人たちだった。

長崎県大村市での適地探しに同行したとき、山の傾斜地に案内された永田は、歩きながらときどき手にとった土をなめて「う〜ん、ここの土はちょっと」と首をひねる。どうやら適地ではなさそうで、案内する市の幹部はがっかりしていた。永田の指導はいつもこんな具合である。

ルポ「赤いトマトの旅」は昭和六十三年五月から三十回連載したが、連載中から大きな反響があった。

「その甘いトマトはどこに行けば買えるか」という消費者からの問い合わせが多かった。ほとんどが東京など大都市のデパートに高値で引きとられていくから地元の人の口にはなかなか入りにくいのである。農家や農業団体、町役場からは「生産農家を訪ねたい」「もっとくわしく栽培技術を知りたい」という問い合わせも多く、あらためて農業の将来に不安を抱く人たちの多いことを知った。

連載終了後もわたしは永田について北海道（旭川市、小樽市、知内町）、東北（仙台、福島）へも足をのばし、各地にひろがる農場を訪ね歩いた。北海道・千歳近郊の大規模なトマトハウスはまるで工場のようだった。トマトの木？　は四メートルほどの高さまで伸び、収穫も液肥の施肥もすべて自動、コンピューターで温度や湿度を管理している。ハウスのなかを鳥が飛んでいた。このトマトの味を覚えて逃げないのだという。

北の大地で育ったスイート・コーンは信じられぬ甘さだった。ホウレン草を生で食べてみると、あの独特のえぐみがなく、生食できる。この農法でえぐみの正体のシュウ酸がのぞけるらしい。「抜けますかな?」と永田が言うので、実験田の稲をひっこ抜こうとするが根が強く張って抜けない。

札幌や小樽で緑健野菜を産直で買っている生協のご婦人たちに会ったら、連載記事のコピーがまわし読みされているのを知って驚いた。永田が送ったのだろうが、九州の記事が北海道で読まれている!

ちょうどそのころ、先の連載コラムをまとめて出版した『地方記者』の巻末にこの連載記事を再録したところ、反響の大きさに驚いた出版社は、これだけを「赤いトマト」と題して別冊にして刊行、版を重ねていた。

「やっと時代と出会えた」

「簡単なことです、よい土さえ選べばだれでもできます」と永田は言うが、わたしにはマニュアル本を手にすればだれでも簡単にできる農法にはみえなかった。厳重な水管理には手間がかかり、収量をあげようと手順を無視したり、手を抜けばすぐに質が落ちる。その手間をきらって離脱する農家もあると聞いた。

この農法には、永田が蓄積してきた経験と農の哲学が詰まっている。せっかちなわたしの質問に永田は「さあ、わかりません」と答えることが多い。言葉では説明しにくい農の感性が必要なのだろう。折々にぼそり、ぽつりともらす「永田語録」からその真髄がうかがえそうなので、一部を左にかかげてみる。

「風通しのいいところ、できれば潮風がいい。潮風にあたると糖度が増す。西日が当たるようなところもいい。なぜ？　それはわかりません」

「九〇%は環境、一〇%が技術でしょうね」

「(原生地と似た環境でなぜうまいトマトができるのか) よくわかりませんが、眠っていた遺伝子が目を覚ますんじゃないでしょうか」

「これまでの流通ルートでは生産者と消費者のあいだで情報が遮断されてしまう。これではいいものが評価されない。やっと他産業並みに風通しをよくしただけです」

「今までの農業の先入観をもたない素人のほうがかえってうまくいく場合があります。素人という意味では他産業からの参入も面白い」

「米に依存して農民が土地にしばりつけられてきた時代は終わった。若い人はもっと国際化時代に見合った農業を目指してほしい」

「いいものを作れる適地がなかなかない。自然条件がよくても農家は大抵借金をかかえていますから新たな投資がむずかしい。適地に必ずしも意欲的な農家があるとは限らない。社会的な条件もそろわないと新しい産地づくりは進まない」

「工業の手法は使うが、あくまで農業は本質的には手作りです。眠っている感性を起こすのに少しトレーニングが必要なだけです。わたしはその手伝いをやってるだけです」

「時代ですね、やっと時代と接点ができた。時代と出会うことができました」

これらの「語録」はいずれも四半世紀も前のものだが、いまでも決して古びていない。いや古びるどころか、TPP交渉に一喜一憂する最近の農業をとりまく環境のなかにおいてみると、その先見に驚く。

「いやもっとあがっていますよ、ミカンは一八度まであがったし、トマトで一七度くらいかな」

今年になって聞いた収穫作物の糖度のことである。どうやら緑健農法、いまは「永田農法」と呼ぶ永田の編みだした農法はさらに進化をとげているらしい。

その後、永田農法は人気漫画「美味しんぼ」や、糸井重里の「ほぼ日刊イトイ新聞」などにもとりあげられ、知名度とともに産地もひろがっている。一方で産地からの離脱や批判もあるようで、類似のトマトが店頭でよくみられるようになった。

「技術は公開していますからね。だれでもできますが、手抜きをすればやはり質は落ちますよ」と永田はあまり意に介する様子はない。

これまでにタイ、インドネシア、サウジアラビアなどにも出かけて指導してきたが、「海外ですか、来月は台湾に出かけます」と、卒寿をむかえてなお意気さかんだった。

昭和の終焉とXデーの過剰報道

「昭和」が終焉をむかえようとするころ、編集委員はお役ご免となり、「ラインで働いてくれ」と写真部長になった。カメラマンではないから写真を撮る（撮れる）わけではない。記事も書かない。ふたたび〝机のうえが現場〟の管理職ポストだが、誰かがやらねばならぬのだからと自分を納得させた。

昭和六十三年（一九八八）夏、未公開株の譲与をめぐるリクルート事件が発覚し、政官界が大揺れする大スキャンダルになった。ソウル・オリンピックの日本勢の不振に人々が眉を曇らせていた九月、昭和天皇の大量吐血、下血があきらかになり、この日からNHKテレビは連日ニュースのたびに天皇の病状をこまかく伝え始める。

〈年表〉は「マスコミはXデーにそなえて徹夜態勢にはいり、宮内庁は体温・脈拍・血圧・呼吸・下血・輸血数値を発表し、マスコミの過剰報道」になったと記している。

西部本社の写真部にも応援要請がきた。宮内庁はもとより首相の私邸、侍従長の自宅などあらゆる関係者の出入りをチェックするために二十四時間体制で張り込む。東京だけでは足りないので、各本社から記者やカメラマンを交代で出張させた。徹夜の張り込み取材は秋から冬にかけて百日以上続いた。

その模様を長崎から派遣されたNHKの元記者、フリーライターの中村尚樹が自身のHPで公開している。

皇居の出入り口には、マスコミ各社の記者とカメラマンが張り付き、二十四時間体制で出入りする車と人物をチェックした。皇族やその関係者、あるいは侍医などの出入りをチェックするのである。特に夜間に緊急な動きがあった場合はあわただしくなる。宮内庁や病院に取材し、大きな異状がないかどうか確認するのである。各社とも、本社の記者やカメラマンでは体制が不足し、全国の支局から応援を集めて厚い取材体制を組んだ。私も長崎から駆り出されて、皇居前で夜を明かした口である。

私が行った時はもう冬で、毛布にくるまりながら、その頃はまだ数が少なく、しかもかなり大きくて重かった携帯電話を手に、警戒にあたったことを覚えている。天皇の容態が少しでも変わったという一報をとるため、全国の多くの記者がそれぞれの持ち場を離れ、眠れぬ夜を過ごしたのである。

NHKの総合テレビも放送の時間帯が二十四時間放送とされた。それまで夜間は放送が行われていなかったが、いったん事が起きた場合、放送設備を立ち上げて放送ができるようにするまで、数分の時間がかかる。その数分の遅れも許されないと、終夜放送に切り替えたのである。

報道にあおられるように歌舞音曲を避ける自粛ムードがまたたくまに全国に広がった。〈年表〉には「自粛ムード：長崎おくんち・京都時代祭り・東京まつり・日本歌謡大賞・五木ひろし結婚披露宴など中止、秋祭り・運動会・企業のイベント・団体旅行・お笑い番組・忘年会・門松・年賀状など自粛」とある。

「過剰な自粛」をたしなめる論調もあったが、自粛はとどまるどころか広がるいっぽうだった。報道の過熱も異常なら、自粛のひろがりも異常で、薄気味悪さをおぼえた。

後年のことだが、カラオケ好きの先輩が「昭和最後の秋のこと」という歌謡曲を歌ってみせた。はじめて聴く歌だった。阿久悠自信の詞だったそうだが、あまりヒットしなかったらしい。「昭和最後の秋、つまり、昭和六十三年の秋は、これは実に暗く、今思うとぼくの記憶の中ではずっと雨が降っていた。（略）暗いのは雨の多さだけではなく、刻々と伝えられる天皇陛下の病状悪化のニュースがそうさせたのだと思う。（略）そして秋過ぎて冬になる。年明けて間もなしに昭和が終わった」（阿久悠『歌謡曲の時代』）。

歌詞の二番に「飢えた日を忘れない　痩せて目だけをひからせた　そんな時代の子であれば」とある。たしかに「昭和」である。阿久悠がこの詞を書いたのは昭和終焉の十年後である。「果たしてぼくたちは、何を忘れ、何を失い、何を封じ込めたのであろうか」と結んでいる。

小渕恵三官房長官が「平成」と新元号を大書したボードをテレビカメラに向かってしめしていた。かたわらのデスクがポラロイド・カメラでテレビ画面を撮影している。東京からの電送を待っていては夕刊の締め切りに間に合わないのである。そのころの紙面には、「ＮＨＫテレビから」と断りのある写真がよく載っていた。

ＩＴ革命によって新聞製作もすごいスピードで進化していた。それまでは鉛の活字を組んで紙型をとり、そこへ鉛を流し込んで作った鉛版を輪転機の胴にまきつけて印刷していたが、オフセット印刷機が導入され、カラー印刷機能が搭載される。原稿は手書きのファックス送稿からワープロになり、またたく間にパソコンに切りかわる。カメラはフィルムからデジタルへ、暗室無用となり、伝送方式もがらりと変わる。

暗室でフィルムを現像し、印画紙に焼き付け、電送機で送信という一連の作業は消えていった。こんなめまぐるしい変化におくれをとらぬようについていかねばならない。新聞社の経営陣はふくらむ設備投資に頭を悩ましていたにちがいない。

それまでのカメラの世界はオリンピックにあわせ、ほぼ四年ごとにモデルチェンジが進んできたが、このころからメーカーの競争が激しくなり、毎年のように変わっていった。どでかい高価な電子カメラ（デジカメは当初はそう呼ばれていた）を入れたと思ったら、たちまち新機種がとってかわり、モノクロの自動現像機を導入すれば、すぐにカラー現像機、さらにカラーネガ電送機とめまぐるしい。ポケット・ベルから自動車電話へ、やがて携帯電話が普及する。カメラも通信手段もあっというまにデジタル化され、写真を撮らない写真部長は、「おいおい、また予算オーバーだよ」と叱られながら、機材更新の稟議書ばかり書いていたような気がする。

翌年四月に報道部長に異動する。いつのまにか五十の坂を超えていた。

同僚のみこむ雲仙岳の火砕流

平成三年（一九九一）六月三日、雲仙普賢岳（長崎県）の噴火災害を取材中の同僚三人をふくむ四十三人が火砕流にのまれて犠牲となる戦後最悪の火山災害が発生した。二十三年後には御嶽山噴火が五十七人の犠牲者をだして悪夢の記録をぬりかえてしまう。

雲仙の噴火ではテレビも新聞も被災当事者になってしまい、対応に追われる日々だったので、記憶は断片的でたよりない。いままた口永良部島の噴煙や火砕流の映像をみて二十三年前の悪夢がよみがえる。

二百年ぶりに前年秋に噴煙をあげた雲仙普賢岳は次第に活動が活発になり、堆積していた火山灰や噴石が降雨で土石流となって流れだし、水無川流域の住民四百七十人が一時避難する深刻な事態になった。

火口からは奇怪なかたちの溶岩ドームがせりだして成長をつづけ、やがて崩落して斜面をすべり落ちはじめた。当初、長崎海洋気象台は「雲仙の溶岩は粘性が強く流れだしても速度はおそいだろう。雨期にはいり土石流への警戒が必要だ」と警告していた。

溶岩の崩落がはじまってはじめて気象庁や火山地震予知連から「火砕流」という聞き慣れぬ言葉が出てきた。同時に「大事には至らぬだろう」という情報もあわせ出されたため、報道陣も関係者も火砕流への認識が甘くなってしまった。数日前には火口縁まで登頂して写真撮影をした火山学者がいたし、火口にもっとも近い位置に外国人火山学者三人が陣取っていたことも警戒を甘くした。

ふもとの島原市にはふだんは一人の記者が常駐しているが、梅雨入り前には十三人にふくれあがっていた。彼らの念頭にはまず土石流があり、火砕流は重視されていなかった。当日の朝刊に「火砕流、新幹線並みの速度」と書きながらである。

そして六月三日午後四時過ぎ、大火砕流が一気に斜面をかけくだった。所在を確認できない同僚三人に「応答せよ、応答せよ」と懸命に呼びかける無線に三人が答えることはついになかった。

この日、わたしは本社にいた。「どこかに避難しているのでは」といちるの望みをつなぎながら重苦しい空気のなかで紙面づくりをすすめていたが、夜になって警察から本人確認のための歯型の提出を求められ、三人の遭難は確実になった。

明らかになった犠牲者は、のちに病院で亡くなった人をふくめ四十三人、内訳は報道関係者一六、消防団一二、火山学者三、タクシー運転手四、住民四、警察官二、市職員二だった。

危険回避と報道の使命

チャーターしたタクシー運転手をふくむ二十人が報道関係者だったため、災害取材の安全確保が論議される一方で、警察や消防、住民の一部からは「報道陣が危険区域に入ったため巻きこまれた」とメディアを非難する声が口コミで広がり、論議は錯綜していく。

わたしが提出した事故報告書などをもとに、さらに独自調査をくわえた東京本社の事故調査委員会も「事故報告書」をまとめて公表した。

その骨子は、①火砕流への認識が甘かった②専門家や警察・行政の取材陣への「警告」があいまいだった③災害取材の危険回避は現場の判断にゆだねざるを得ず、今回のケースでは被災を避けることは不可能に近かった——というものだった。

危険を回避しながら取材の使命を全うするという命題は、報道につきものの悩ましい課題である。あらゆる危険を回避するには取材を放棄して撤退すればよい。しかし、それでは報道の使命は全うできない。戦場取材に似て、危険をともなう災害取材でも現場の記者やカメラマンはとどまるべきか、撤退すべきか厳しい判断を迫られる。

大火砕流のあと、流域一帯には災害対策基本法にもとづく「警戒区域」が設定され、区域内の住民たちは仮設住宅に移った。警戒区域にはいれば、法的処罰も覚悟しなければならない。

事件後に改訂した取材マニュアルは警戒区域内の取材を厳禁したが、住民は家畜の世話などのため出入りすることも多い。行政の許可と自衛隊の警戒のもとで一時帰宅する住民に同行取材すべきかどうか。「同行すべきだ」とするデスク陣と、「警戒区域入りはマニュアルに反する」「火山学者はいまも大火砕流を警告しているから入るべきではない」とする記者たち。事件後、三十人にふくれあがった取材陣は議論のすえ、記者ひとりが二重三重の安全策を講じて警戒区域に同行取材した。

警戒区域内の取材はマスコミ内部だけで議論されていたわけではない。事件後、フリーカメラマンの福田文昭とジャーナリストの江川紹子の訪問を受け、「なぜ警戒区域にはいって取材しないのか」と詰問された。住民が入れなくなった警戒区域内の田畑や住宅、家畜たちがどうなっているのか、それを取材するのは報道の責務ではないのか、と。

もっともな問いである。「ではあるが、何しろ殉職者を三名もだし、警察や消防、自衛隊に多大の迷惑をかけたばかりなので……」というのが、わたしのホンネだが、そうも言えないので口ごもるしかない。警戒区域内を取材したフリーライターが警察の取り調べを受け、許可なく警戒区域にはいった住民が、火砕流に被災して亡くなってもいた。

東日本大震災でも同じ課題は繰り返された。福島第一原発を遠望するＮＨＫの固定カメラの映像には、かならず「一〇キロ（だったか）離れたところからの映像です」という趣旨のテロップがついていた。一種のエクスキューズである。警戒区域に取材陣はだれも入らなくなった。警戒区域内の取材を敢行したフリーの鳥越俊太郎は「どこの局も撮影した映像を使ってくれなかった」と嘆いていた。

被災住民と報道の関係も取材スタッフのなかでたえず議論されていた。大火砕流から十日ほどたったころ、「普賢岳の山体が膨張して山崩れの恐れがある。島原半島全域が危険だ」という情報が流れた。「X新聞社の市役所詰めの記者がいなくなった」「Y放送局は諫早市に撤退をはじめた」などの情報が出先の記者たちからもたらされる。

「山体崩壊」の情報に報道陣があわてふためいたのには理由がある。普賢岳の前面には眉山というまがまがしい山容の山が街を威圧するようにそびえ立っている。寛政四年（一七九二）には、普賢岳の火山性地震によってこの眉山のほぼ半分が崩壊して有明海になだれ落ち、大津波が対岸の熊本を襲い、あわせて一万五千人の犠牲者をだした「島原大変肥後迷惑」と呼ばれ有史以来という災害が記録されている。普賢岳の噴火も二百年ぶりなら、眉山崩壊もちょうど二百年前ではないか。そのことが報道陣には強く意識され、実際そう警告する専門家もいた。

ただならぬ緊張が走ったに違いない。そのせいかその前後の議論にわたしはほとんど記憶がない。現地デスクが毎日つけていた「デスク日誌」をもとに、『毎日新聞の3世紀』は次のように書いている。

「崩壊が事実であれば、生命の保証はない。島原にとどまるべきか、撤退すべきか。異様な緊張のなかで、報道部長の三原浩良を囲んで意見を述べ合った。島原支局長の浜野真吾は『僕らは住民に伝えるために情報を得ているはずだ。住民に伝えることなく自分たちだけ逃げるのはおかしい。撤退するなら住民に知らせてからにすべきだ』と持論を展開した」

「全員が意見を述べ『残る』と決まった後で三原が『もし島原半島で何万人かの犠牲者が出たとして、その中にマスコミ関係者が一人も含まれていなかったとしたら、やはりそれは不自然だ』とまとめた」

わたしはそんなことを口にしたのか、記憶は定かでない。結局この情報は数時間後には誤報とわかり、胸をなでおろすことになる。ここでも「とどまるべきか撤退すべきか」の判断を迫られていたのである。

最低だったメディアへの評価

先の浜野の「持論」には実は伏線がある。毎日新聞の島原支局は民家を借りあげた自宅兼事務所で、当初ここを前線本部にして応援取材陣はホテルに宿泊していた。あるとき、ラジオ無線の感度をあげるためにアンテナの取り換え工事をはじめると、近隣住民から「逃げるのか」と尋ねられた。「いち早く情報を入手できる新聞社が撤退するほど危険が迫っているのか」と住民は疑心暗鬼になっていた。某社が取材本部を一時市外に移したときには「報道は逃げるのか」と、住民や行政から非難の声があがった。

地域に生きる〝地方記者〟は自身住民のひとりである。住民との信頼関係のうえに日ごろの仕事は成りたっている。後日、浜野は「記者の目」で次のように書く。

前線本部を支局から車で十分足らずの所に移転した時のこと。近所の人が「情報を持っている新聞社が逃げる」と大騒ぎした。応援の記者が増えて事務所が手狭になった、というのが移転の理由だった。移るのは事務所だけで、私たち家族五人は支局で今まで通り生活すると説明しても、「疑惑」はなかなか解けない。その後も山の活動が活発になるたびに、質問攻めにあった。そんな時は私よりも妻の説得が役に立った。「うちだけが逃げることは絶対にしないから。本当に危なくなったらみんなに言うから、みんなで逃げましょう」。私の家族も山と闘ってきた。妻も中学三年の長男から「新聞記者の家族が逃げ出したらダメだ」と励まされていた。

中三の長男は学校で新聞社の取材本部移転が話題になり、級友たちから非難されたらしい。どうやら子どもたちのあいだにまで「メディア不信」が広がっていることを知り、衝撃を受けると同時に「逃げたらいかん」と両親をかき口説いたという長男の話を浜野から聞いて、こみあげるものがあった。小さな町にあふれた取材者たちの意識から、いつか「住民」が抜け落ちていたのではないかと思う。

普賢岳災害報道の教訓は、実はそうした内向きのものだけにとどまらない。火山活動がややおさまったころ、ある大学のチームが広範な住民にアンケート調査を実施したが、その結果をみて愕然とした。

いまデータが手元にないので正確な引用はできないが、圧倒的多数の住民が自衛隊の活動を高く評価していた。それは当然であろう。災害派遣された自衛隊は、まだ火砕流の恐れがあるなかでの遺体搬出から、警戒区域内の調査や住民保護、復旧・復興作業まで事件後四年余千六百五十三日にわたって献身的な活動をつづけた。

対照的に住民からもっとも低い評価を与えられたのはメディアだった。他の災害地ではかつてみられなかった低評価、酷評であった。

無理もないと思うこともあった。大火砕流のまえだったが、某テレビクルーが住民が避難したあとの留守宅にあがりこんだり、無人カメラ用の電源を勝手に引いたり、警察から警告を受けるようなお粗末もあった。避難所に泥靴のままあがりこんで取材しようとしたテレビクルーが住民からたしなめられることもあったという。

こうした〝行儀の悪さ〟にくわえ、町のタクシーがほとんどメディア関係者にチャーターされてしまい、病院通いの高齢者が困ったり、ホテルもメディアに独占されたことなど、住民に生活上の不便が生じてしまったことなどなど。

さらに警察や消防団からは「危険個所にはいる報道関係者を見守るため」に多くが犠牲になった、とメディア非難の声があがったことも住民感情に影響した。メディア側にも言い分はあっただろうが、そんな苦情や不満が口コミで広く伝わっていた結果であろう。

のどかな田園風景ひろがる地方の小都市に、大取材陣が押し寄せ、住民との接触がふえるにつれて軋轢や衝突が目立った。地域に寄り添おうとする地元メディアと、いきなりやってきてやがて潮が引くように引きあげてしまう中央メディアとの取材作法の落差も目立った。残念ながらメディアは「最低の評価」を、甘受しなければならなかった。

第十四章　出版不況下の地方出版

久本三多、作兵衛の炭鉱画に出会う

記者生活はそろそろ終わりに近づいていた。定年五十五歳が一般の時代である。「もう少し働いたら」と上司にすすめられ、定年後も特別編集委員という何だかエラそうな肩書でしばらく残ることになった。ところが一年もたたぬうちに、思いもよらぬ事情から三十三年余の記者生活に終止符をうつことになる。

平成六年（一九九四）があけてすぐ、福岡市の出版社、葦書房の久本三多社長から「しばらく入院します。この件は内密に」と電話がはいった。病院にかけつけると、「いやあ、参りました」と肝臓癌の告知をうけたことを告げられた。

敗戦翌年生まれの久本は大学まで過ごした長崎から、福岡市の東京書籍九州支社に入社したが、営業職が肌にあわずまもなく退社、やはり東京書籍を退職した仲間三人と昭和四十五年（一九七〇）

に葦書房を起ちあげ、翌年社長になる。

そのころ久本と知りあった。以来、四半世紀ちかいつきあいである。記者生活のかたわら、葦書房の応援団として仕事を持ち込んだり、持ち込まれたり、いつか会社の借金の保証人まで引きうけていた。

創業三年目に久本は、のち世界記憶遺産に登録（二〇一一）されて注目を浴びる山本作兵衛の筑豊炭鉱の記録画と出会う。画家の菊畑茂久馬は、講師を務める東京の美学校で膨大な作兵衛の炭鉱画の模写を計画中だったが、そこへ久本が訪ねてきた。

「彼は床一面に花を散らしたようにひろがる作兵衛さんの絵の写真を見て、一瞬『うおー！』と大声をあげた。彼は私のアトリエを訪ねて来て、一気に作兵衛さんの真只中に飛び込んでしまったわけだ」と、菊畑は書いている（『久本三多――ひとと仕事』）。

その瞬間を、十年後に久本が興奮気味に書いている。


そのときの身震いするような衝撃は今も忘れることができない。わたしは即座に出版を決意した。資金はなかったが、できるだけぜいたくに作りたいと思った。それほどそれらの絵が与える印象は強いものであった。

その絵には一切がある。炭坑労働者の血もあれば汗も涙もある。夢もあれば歓びもある。わが手足であったさまざまな機械たちがいる。ユモジから女たちの陰部がのぞく。それを見る男たちの目がある。これはまさに表現が達成した一個の小宇宙以外の何物でもない（『「地方」出版論』）。

編集者という仕事が、まれに出会える至福の瞬間である。こうして翌年、B５判、三百十八ページの『筑豊炭坑繪巻』が世に出た。定価五千円、当時としては相当な高値である。これが飛ぶように売れて版を重ね、歩みだしたばかりの葦書房は経営基盤もかたまり、存在感のある地方出版社としての地歩を築いていく。

「×もあった」が承継を決意

その久本が斃れると知って、わたしは驚き、あわてた。

病状は日を追って悪化し、医師は余命の告知を迷っていた。このままでは彼の最期とともに葦書房も閉じざるを得まい。創業一代、それもありかと考えたが、それでは出版を約束している著者や関係者、十人近いスタッフにも迷惑がかかる。

余命旬日に迫ったころ、「おい、あとはどうする」と病室で尋ねた。聞く方も、聞かれる方もつらい。ご母堂と彼につれ添う女性、葦書房の社員ひとりが同席していた。

「予定より少し早かったので」と言った彼は、「ひとつは」と、仰臥した胸のうえで両手の人差し指を交差させて×印をつくってみせた。わたしがうなずくと「しかし、若い人たちも頑張っているから、できれば」続けて欲しい、と声を絞りだすようにして言った。

ここにいたっては否も応もない。わたしも覚悟を決めた。「わかった」と答えると、彼は大きく息を吐いて、うつらうつらと肝昏睡にはいっていった。

予定より早い？　久本は四十五歳で癌死した父親の年齢をひどく気にしていた。その父は彼に「三多」という名をあたえている。中国の古典「高山詩話」による、「多く読み、多く書き、多く推敲する」の意だという。まるで文を業とすべく運命づけられたような命名である。

数日後、彼は逝った。告知から半年、四十八歳の若さだった。

秋田から葬儀に駆けつけた無明舎出版の社長、安倍甲は、一周忌につくった久本の追悼集に書いている。

出版の世界に深く足を踏み入れるようになると、久本さんの仕事にたいしてますます畏敬の念を抱くようになったが、久本さんの醸し出す目に見えない空気（キャラクター）のせいか、彼の存在は多くの伝説や神秘に包まれていて、こわくてなかなか近づけない雰囲気があった。

それでも九州や東北と地域はちがっても同じような規模の出版経営者として生きているから話題や悩みは共有していた。とくに資金ぐりに関しては久本さんもぼくも、その日その日をのたうち回るやりくりで、それは東京にいる共通の友人から聞こえてくる久本さんの近況でよくわかっていた（『久本三多――ひとと仕事』）。

「東の津軽書房、西の葦書房」などと、その仕事ぶりは高い評価をうけていたが、台所事情は火の車に近かったようだ。毎期末に彼から経営報告を受けていたから、容易ならざることは承知していたが、資金繰りの苦労は東京まで聞こえていたのか。同書年譜の平成四年の項に「この頃経営の苦しさを頻りに漏らす」とある。

久本に伴走した二十四年のあいだに何度か経営の苦衷をうち明けられたことがある。手形の決済に追われていたころ、ある大手印刷会社から傘下のソフト部門として出直さないか、と持ちかけられたことがあった。珍しく弱気になった彼は迷っていた。そこまで厳しいとは知らぬわたしは「それじゃ、今までの苦労はなんだったんだ」と、即座に断るよう直言した。あるいは彼の苦労をさらにふやすことになったのかもしれない。

久本はこれあるを予想していたかどうか、経営者保険に加入していた。その保険金から退職金や弔慰金を遺族に支払い、個人・団体からの借入金、未払い印税などの清算がわたしの最初の仕事になった。

『水俣病事件資料集』で毎日出版文化賞

決算期をひかえ、倉庫に行って驚いた。五十坪ほどの倉庫の天井までうずたかく本が積まれ、その数九百十三点、十一万五千冊。久本が二十四年間につくってきた本の山、別名、返品の山でもある。放置すればやがて倉庫はパンクする。それだけでなく在庫は資産にカウントされて課税対象になるから、期末の棚卸しで今後も売れそうにない本を断裁（焼却）処分せざるを得ない。つらい不毛な作業である。

アルバイトとはいえ、編集の仕事はこれまで大小の出版社で経験ずみだったから、なんとなく見当はつけられる。だが経営となると話は別である。複式簿記もろくに読めぬ新米社長は、何とか決算をすませ、「経営建直し」を目標に始動した。

ここ数年の経理数字をみると、売上げは二億円前後を確保できているが、印刷費（製本費を含む）が高い。売上げに占める比率は五〇％を超え、印税や諸経費をあわせたコストは九〇％近くになっている。これでは苦しくなるはずである。まずは印刷費を抑えるために各社相見積もりとするかたわら、いまでは当たり前になった組版を内製化するＤＴＰ（デスク・トップ・パブリッシング）を導入し、粗利率を五〇％にあげることを当面の目標にかかげた。

翌年期末の数字をみると、それまで五〇％超だった印刷費は四〇％台に落ち、粗利率も目標の五〇％に近づいていた。この調子で進めば何とかなりそうだと思ったが、そう甘くはないことがやがてわかる。

ついで積み残されていた懸案にとりかかった。そのうち最大のものが水俣病事件の資料集である。水俣病闘争がヤマ場を越えたところで、関連資料の散逸を懸念して「資料集」の刊行を久本にもちかけて了解を得ていた。しかし、作業にとりかかってみると、資料は膨大な量になることがわかり、とうてい記者の仕事のかたわらにできるとは思えない。富樫貞夫（熊大名誉教授）らを中心にした熊本の「水俣病研究会」に編集を依頼し、あらためて熊本で作業がはじまっていた。

しかし、作業は遅れ、一部が活字になったままで停滞していた。「これだけは何とかしなければ」と研究会に作業を加速してもらい、担当の小野静男は、連日深夜まで入稿、校正と格闘しながら週末には熊本に足を運んでいた。

二年後（一九九六）、着手以来二十数年かかった『水俣病事件資料集　１９２６～１９６８』が完成した。当初の予想をはるかに上回るボリュームとなり、B5判、上下一八五〇ページ、重量五キロもの大冊になった。

印刷費、製本費、印税あわせて仕入れ原価は何と三千万円。原価計算のうえ決めたギリギリの定価は六万三千円！　果たして採算はとれるのか、自信はなかったが蛮勇をもって決定した。高価な本なのにさいわい半数以上が一気にさばけ、心配した製作費はひとまず回収できて、胸をなでおろした。

『資料集』はこの年の毎日出版文化賞を受賞した。葦書房としては十二年前（一九八四）の『宮崎兄弟伝・日本編』（上村希美雄著）に次ぐ二度目の同賞受賞であった。

懸案の企画はほかにもあった。蘇崇民著『満鉄史』と『夢野久作著作集』（全六巻）のふたつ。前者は中国側資料により中国人によってはじめて書かれた翻訳書。着手から十年近くたっていたが、三年後に何とか刊行にこぎつけた。後者は全六巻のうち三巻を刊行ずみだったが、編者のつごうでとまったままだった。翌年、第四回配本『近世快人伝』を刊行できたが、全巻そろうまでにはさらに時間がかかった（二〇〇一年完結）。

出版不況、負のスパイラル

いまにして思えば、わたしの葦書房の八年間は、出版不況との戦いだったと言えなくもない。

出版不況をはじめて実感したのは、引き継いで三年目にいきなり売上げが前年比二四％、金額にして四千万円近くも落ちたときだった。コストの抑制で何とか赤字はまぬがれたが、ショックだった。主因は自費出版の大幅受注減、それまで売上げのほぼ四〇%を占めていた自費出版が一挙に二六%に落ちていた。

葦書房にかぎらず、地方の出版社や小出版社はどこも売上げのかなりの部分を、自費出版に頼っている。その足元を掘り崩されていくような恐怖をおぼえた。翌年、中央公論社が経営不振から読売新聞社の傘下にはいるが、このころから中小出版社の倒産、自己破産がはじまり、つれて老舗書店や取次店（問屋）までも相次いで倒産、閉店に追い込まれていく。出版不況が深刻さを増しつつあった。

出版のピークは一九九六年前後、つまりわたしが葦書房にきたころだが、そのころの書籍、雑誌をあわせた総売上げは二兆円超、全国には二万五千店の書店が健在だった。それが今では売上げは一兆五千万円、書店は一万五千店に減っている。坂道を転がり落ちていくような急激な縮みようである。

インターネットの普及につれて、若者の活字離れが進み、書籍や新聞の販売が落ち込みはじめていた。日本だけでなく、先進国はどこでも同じような傾向をたどっていた。

「本が売れない！」と嘆く声の一方で、不思議なことに本の書き手は増え、〝自費出版ブーム〟が起きていた。中小出版社の倒産を尻目に自費出版専門の大手数社は派手な新聞広告で書き手を誘い、「またたく間にビルが建った」などと喧伝されていたが、つれてトラブルも続発し、契約違反を問う訴訟が起きたり、詐欺まがいの電話の勧誘をした出版社が消費者庁から業務停止命令を受ける事態まで起きていた。葦書房の自費出版の受注減も、こうした粗っぽい〝自費出版商法〟の影響が大きかった。

もともと出版は多品種少量生産が特徴だが、出版不況がそれに拍車をかけた。本が売れなくなる↓刊行部数を絞る↓定価が高めになる↓出版点数が増える――この負のスパイラルは強力だった。葦書房でもかつて初刷り部数三千だったものを二千にしぼり、二千だったものは千五百部に減らす、やむなく定価もやや高めに設定せざるをえなくなった。

減る一方の書店に洪水のように増える新刊本が流れ込むから、書店の棚は定価の安い新書や文庫が占めるようになっていく。書店での本の回転が早まれば、いきおい既刊本は片隅に追いやられ、返品されてくる。それまでの葦書房の売上げは新刊書六〇%、既刊書四〇%の比率だったが、次第に既刊書の比率が落ちてきた。

出版流通の仕組みは複雑で、一般にはなかなかわかりにくい。全国約三千社の出版社がつくった本は、「取次」とよばれる問屋を通して書店に送られる。その数を決めるのは取次である。出版社と書店の「生殺与奪」の鍵を握っているのはこの取次だと言ってもけっして大げさではない。

五年目の二〇〇〇年だった。業界大手取次の日販が系列書店の経営不振などから経営危機におちいり、とつぜん配本委託数の大幅減を通告された。前年まではほぼ希望通りか、減数されても一〇～二〇%だったものが、とつぜん希望数の半数以下に減らされたのである。これではせっかくつくった本が書店に届かない。

こうして出版不況が経営を圧迫してきた。一度落ちた売上げはなかなか回復できない。九七年以降四年の売上げは年間一億五千万円前後と横ばいで推移していたが、そんななか『宮崎兄弟伝』全五巻を十五年がかりで完結させ、第一回配本から二十年以上もたっていた『夢野久作著作集』全六巻もなんとか完結させることができた。

『逝きし世の面影』の反響

手元に資料がないので正確なことは言えないが、葦書房での八年余のあいだにおそらく百五十点前後の本を送りだしたのではなかろうか。このほかに手がけた自費出版の本も相当ある。少なくとも半数はわたしが編集を担当したと思う。

編集の楽しみは、何といっても生の原稿の最初の読者になれること、そこで出会うさまざまな発見や感動が、ひそかなよろこびをもたらし、それが世間に広く受け入れられれば、喜びは倍加する。印象に残るふたつの本について書いておきたい。

ひとつはいまや新古典と呼んでもおかしくないほど圧倒的な評価を受けた渡辺京二の『逝きし世の面影』である。

渡辺は久本が私淑せんばかりに傾倒してきた著者だが、『小さきものの死』『神風連とその時代』『日本コミューン主義の系譜』『なぜいま人類史か』などほぼ毎年のように葦書房から出しつづけている。この間、他社からも『評伝宮崎滔天』『北一輝』(毎日出版文化賞)などを刊行し、旺盛な執筆活動をつづけていた。

ところが、「『日本コミューン主義の系譜』以降に書いた文章を一本にまとめるのは三多君との約束だったが種々の事情からぐずついているうちに彼はにわかに世を去った。この約束は当然新社長の三原浩良氏によって引き継がれたけれども、当方の事情でさらに延引」した。渡辺は八〇年代後半からほぼ十年のあいだ、「ほとんど文章の業を断って」しまった。

久本から引き継いだわたしは待ちつづけた。十年近い沈黙を破って渡辺がふたたびペンをとったのは、一九九五年だった。

『逝きし世の面影』の分厚い手書きの原稿が届いたのは一九九八年の初夏だった。読み進めながらわたしは、その新しい知見に興奮をおさえられなかった。内容については言うまい。それはすでに広く知られている。

A5判五〇〇ページの大冊は刊行直後から絶賛する書評が相次ぎ、和辻哲郎文化賞を受賞して版を重ねた。十刷一万部を超えたのではなかろうか。「私が本筋と思っている著書はだいたい初刷三千、重版なしというのが常態だった。ところがこの本は売れた」（平凡社ライブラリー版「あとがき」）と著者も驚く反響だった。事情あっていまは平凡社から再刊され、さらに版を重ねている。

久本と渡辺には「『日本コミューン主義の系譜』以降に書いた文章を一本にまとめる」というもうひとつ約束が残っていた。単行本未収録の旧稿もふくめ「一本にまとめる」約束は全四巻にふくらみ、こうして『日本近代の逆説』『新編小さきものの死』『荒野に立つ虹』『隠れた小径』の四巻を一九九九年から二〇〇〇年にかけて刊行し、ふたりへの責めをやっと果たすことができた。

『名文を書かない文章講座』のブレーク

いまひとつは芥川賞作家の村田喜代子の作品である。大手の文芸出版二社から出した三冊の短編小説集が絶版になっているので、編集しなおして再刊できないかという相談を受けたのがはじまりだった。

いわゆる〝文芸三誌〟に掲載された作品は、まず例外なく掲載誌の出版社から刊行される。しかし、A誌掲載作品とB誌掲載の作品が、テーマや素材などが同傾向であっても、単行本になるときには泣き別れになることが多い。作者が同傾向の作品をまとめたくても、掲載誌がちがえばそうもいかないのがライバル関係にある出版社の通弊である。

絶版とはいえ版権はまだもとの二社にある。紆余曲折はあったものの、なんとか了解をとりつけて絶版の三冊を著者の希望どおり『X電車にのって』『ワニを抱く夜』の二冊に再編集して刊行できた。

翌年、村田の担当編集者だった藤井里美が「こんな企画があります」と提案してきた。彼女が朝日カルチャーセンターの村田の「文章教室」にひそかに通っていることは知っていたが、自身の文章力を磨くためだろうと思っていた。ところが彼女はこの講座をもとに村田が朝日新聞（西部版）に連載中の「村田喜代子の文章口座」に手をいれてもらい、一冊にまとめられないかと言う。村田も乗り気になって、たちまち決まった。

タイトルは口座が講座にかわって『名文を書かない文章講座』。朝日新聞出版局の編集者は「朝日新聞連載だから、ぜひウチから」と村田に申し込んだらしいが、「先に葦書房の編集者が熱心にすすめてくれたから」と説得してくれた。藤井の熱意が著者を動かした。

『文章講座』は、「名文を書きたい人」たちによく求められ、売れに売れる大ヒットになった。正確には憶えていないが、版を重ねて二万部は売れたのではなかろうか。大手出版社なら二万部で大ヒットとは言わぬだろうが、地方の小出版社にとっては大ヒットである。この本も事情あって、いまは「朝日文庫」におさまっている。

「社長解任、全従業員退社」

先の二冊について「事情あって」いまは他社から再刊されている、と書いた。「その事情」とは、以下のような顛末である。

「葦書房　オーナーが社長解任　全従業員も退社の異常事態」（讀賣新聞）――こんな見出しの記事が各紙で大きく報じられたのは、二〇〇二年九月末だった。

記事の社長とはわたしのこと、オーナーとは久本の元妻である。株式会社の株主にあたる有限会社の社員の出資金（三百万円）は、久本の死後三人の遺児に相続されたのち、久本と離婚していた彼女が譲渡を受けてオーナーになっていた。

集まった記者たちに彼女は「売上げが落ちた」ことと、「反近代的な出版傾向」の二点を社長解任の理由にあげていた。むろんわたしにも言い分はあったが、あえて反論しなかった。

経緯の詳細は省くが、決算期ごとの一〇%の配当では彼女は不満だったようで、「五千万円で株を買い取れ」「長男を社長にすえよ」「東京営業所を開設し、自分を担当にせよ」などと要求、いずれも断ったためにわたしの「解任」となったのである。法的にはオーナーには絶大な権限があり、わたしに対抗手段はなかった。

従業員には「去るもよし残るもよし、各自の判断で」と伝えたが、それまでの経緯を知る全員が「新社長のもとでは働けない」と退社した。

かつて葦書房に在籍したこともある福岡の出版社、石風社代表の福元満治が、当事者のわたしが書きにくいことを新聞への寄稿「葦書房悪夢の解任劇」で簡潔に指摘してくれていた。以下にその一部を引いておく。

新聞報道では、解任の理由を二つ上げている。ひとつは経営悪化の責任であり、ひとつは出版傾向が「反近代」に偏りすぎている、というものである。いくらか事情を知る者からすれば、二つの理由とも笑止である。

経営の悪化の問題で言えば、三原氏の業績はむしろ葦書房中興の祖と称賛されはしても責任をとらされるようなものではない。厳しい出版業界の中で八年間黒字経営を維持したという業績だけではない。三原氏がいなければ、あの『水俣病事件資料集』の刊行や渡辺京二氏の『逝きし世の面影』をはじめとする一連の評論集の刊行はなかったであろう。これは新社長の言う「反近代」などという言辞で一括り出来るような作品ではなく、近代そのものを深く問い直す作品群であり、これらは明らかに故久本三多氏の遺志を継ぐものである。(中略)

八年前死の床にある久本氏から、三原氏が火だるま状態の葦書房の後事を託された経緯については詳しく述べない。ただ私が断言できることは、三原氏が引き受けなければ、葦書房は早晩消滅していたということである。

私がこの稿で述べたいのは、三原氏の功を讃えることではない。三原氏が久本氏の遺志を継ぎ内外の敵と戦いながら維持してきた葦書房の火をこの悪夢の中で絶やしてはならないということである。

今回の事態は、喩えて言えば走行中の車の中にいきなり車のオーナーと称する人物が運転を代われと乗り出してきたようなものである。しかもその人物たるや無免許に近いのである。（以下略）

（「熊本日日新聞」二〇〇二年十月四日）

こうしてわたしの葦書房の八年は、意外なかたちで終焉をむかえ、その日からあわただしく事後処理に追われた。

まず制作進行中の書籍や自費出版について著者に事情を伝え、継続の意思をたしかめたが、葦書房での出版継続を希望する人はいなかった。大半を他社に紹介して引き継いでもらったが、すでに予約もとっていた進行中のシリーズ「近世紀行文集成」は、刊行中止という著者には申訳ない結果になってしまった。

その後の葦書房についてはつまびらかにしない。所在地が転々とかわり、有限会社は清算されて個人事業にかかわっていることを知るだけである。

「葦書房の灯を消すな」

残務処理が一段落したところで、「このまま終わらせていいのか」という思いがつのってきた。

「葦書房の灯を消すな」と、多くの人たちから寄せられた支援の署名やメッセージにどう応えればよいのか。これまでに培ってきた多くの著者とのつながりや、宙に浮いてしまった企画のことを考えると、無念の思いを残したままでは終われない。

企画が進行中だった著者のひとり、多田茂治は「拙著を出してもらった社会思想社が倒産、三一書房が全身不随、加えて葦書房も大波と、お世話になった出版社が次々と危殆に瀕し、痛恨の思いです」とたよりを寄せていた。そんな声に応えずしていいのか。

しかし、深刻化する一方の出版不況のもとであらたに出版社を起ちあげるのは容易なことではあるまい。いや起ちあげても果たして持続できるのか。親交のあった長野県の出版社の友人は、似たような経緯から新たに出版社を起ちあげたが、間もなく挫折した。くわえて葦書房の新社長は借入金の返済がままならず、わたしの個人保証がそのまま継続していたため、金融機関はわたしに代位弁済を求めていた。

あれこれ思い悩んでいたとき、背中を押してくれたのは先の石風社の福元満治の「創業も結構楽しいものですよ」というひとことだった。そうか、あまり深刻には考えまい、何とかなるだろう、と元の従業員たちと相談しながら再起を決断し、小野静男ら四人で再出発することになった。

もともと出版の醍醐味は手づくりにあるが、創業はまさに手づくりであった。手はじめに中心部のワンルーム・マンションを二室借りて、事務所と倉庫に充て、最小限の事務機器さがしにみんなで古道具屋をまわり、中古の複合コピー機さがしに遠くまで出かけた。ＩＴにあかるい知人は中古パソコンを提供してくれたうえホームページまでつくってくれた。窮すれば通ずるものである。

英文学者の甲斐弦《ゆずる》は、葦書房から数冊の小説や歴史書を刊行していたが、敗戦後の体験をつづった『GHQ検閲官』を担当した小野の提案で社名は「弦書房」と決まった。二年前に亡くなった甲斐を偲んでの命名であった。

二〇〇三年五月から新生弦書房のあたらしい本が次々に書店に並んだ。むろん企画進行中だった先の多田茂治の『母への遺書——沖縄特攻・林市造』『夢野久作読本』をはじめ、高木尚雄『地底の声——三池炭鉱写真誌』、島尾ミホ・石牟礼道子対談集『ヤポネシアの海辺から』、菊畑茂久馬『絵かきが語る近代美術』、渡辺京二対談集『近代をどう超えるか』、中山喜一朗『仙厓の○△□』など、いずれも旧知の著者たちの力作がそろった。

新刊だけではない。野見山暁治『パリ・キュリイ病院』、佐木隆三『改訂新版　復讐するは我にあり』はいずれも大手出版社が重版をしぶってながく絶版になっていたものの復刊で、小出版社ならではの仕事であろう。

前者は最初に講談社、のちに筑摩書房が刊行した野見山の最初の著書だが、野見山ファンの復刊の要望が強いことを知り、二十五年ぶりに復刊した。十年かかって初版を売りつくし、最近重版にこぎつけたと聞いた。既刊書が売れなくなっている出版不況のなかで、息ながく売っていくことは至難のことと言ってよい。

後者は佐木の直木賞受賞作だが、これも絶版になって久しく、著者の希望であらたに手を入れて「改訂新版」として刊行、版を重ねたあと、いまでは文春文庫にもはいっている。

数えてみるとこの年は五月からの半年の間に十三点も刊行している。その後も二〇〇四年十点、二〇〇五年九点、二〇〇六年十七点、二〇〇七年十六点、二〇〇八年十一点と新刊を送りだしてきた。

渡辺京二『江戸という幻景』は、『逝きし世の面影』の姉妹編とも言える著作で、後者が来日外国人の目をとおして描かれた江戸・明治の姿だとすれば、前者は日本人の目が江戸の人々の姿を活写した書きおろしで、いまも版を重ねている。

こうして著者や関係者に支えられて、出版不況の荒波のなかへ漕ぎだした弦書房は創業十三年を過ぎた。「葦書房の灯を消すな」という声に応えることができたのだろうか。

終章　帰郷、それから

〝親不孝の負い目〟から

二〇〇八年、弦書房を若い人たちにゆだね、郷里の山陰・松江に帰ってきた。五十三年ぶりの帰郷だった。

　ふるさとは遠きにありて思ふもの
　帰るところにあるまじや

北国育ちの詩人は、若い日のふるさとへの屈折する想いをこう謳ったが、七十路を過ぎての帰郷にはそんな感傷も、出郷者の哀しみなどといったどこか甘えた感懐もわかなかった。とはいえ、父母すでになく、幼き日の友がきの多くは出郷したまま、あるいは早々と鬼籍にうつったものも少なからず、「如何にいます父母　恙なきや友がき」という文部省唱歌の一節が思いだされた。

そんな喪失感と、ながい不在のあいだに降りつもった郷里への〝親不孝の負い目〟のような思いが、わたしを不安にした。いまさらわがアイデンティティを探そうとしていたのだろうか、それともあの〝負い目〟に駆りたてられたのだろうか。気がつけば、荒れた菜園の手入れもそっちのけで、郷里の歴史探索にのめりこんでいた。

実家は三十年前に高速道路のしたに埋められ、代替地に提供された旧陸軍の練兵場跡に引っ越していた。十八歳の出郷時には人口二千にも満たぬ都市近郊農村だった、ここ松江市古志原はいま人口一万三千余にもふくらみ、移転先の新興住宅地には旧知の人の姿なく、半世紀の歳月は人も村もすっかり変えていた。

中学生のころから気になっていたムラの鎮守、山代神社境内の「古志原開地元祖之碑」再訪から探索の旅をはじめた。苔むした石碑には江戸時代に中海に浮かぶ大根島から最初に移住してきた人々の名が列記され、▽明治二十三年＝古志原津田村合併▽明治四十一年＝六三聯隊設置▽昭和九年十二月＝本村松江合併、と村のエポックが簡潔に記されていた。

この日から、わたしは憑かれたように図書館にかよって古史料を漁り、神社で古い記録をみせてもらい、ムラの古老たちを訪ねた。こうしてほぼ一年後に何とかムラの小史（『古志原から松江へ』）をまとめることができた。

いささか興奮気味に書きだす序章の一節――。

松江藩になかば強制されて移住した人々が、苦労して水のない荒地を開墾してきたが、ようやく開拓なったころ、畑地のかなりを藩の銃砲射撃場にとられ、さらに日露戦争後には畑地の大半を歩兵連隊用地に献納させられた。そして敗戦、兵営には進駐軍がやってきた。古志原の三百年を素描すれば、ざっとこんなところだろうか。

そのトリビアに興味が尽きない。ここには時代の地層が幾重にも折り重なり、あちこちに歴史のカサブタのごときものが貼りついている。カサブタの下には傷があったはずだが、古傷はいま癒えたのだろうか。

古志原は一村独立していた時期がごく短期間だったため、役場など史料を保存すべき行政機関もなく、文献・史料の切れ端が藩史や県市史などにわずかに散見されるだけで、むろんまとまった郷土史もなかった。地域史にこんな空白があることを知り、いちだんと力がはいったが、今では忘られた藩政との深い関わりなど意外な発見もあり、楽しい歴史探索であった。

わが好奇心からはじめたことだったが、一書にまとめられたことで、〝親不孝の負い目〟のように感じていた肩の荷は、少しは軽くなったかもしれない。

「ものぐるほしく」なる八月

さて、あの戦争のさなかに育ったわが身にひきよせ、とりわけ同世代の体験にこだわって、「昭和」の小さな物語をつづってきたが、ふりかえってみれば、おりふしあの戦争の傷跡にふれてきたことに思いあたる。

今年《このとし》も　又ものぐるほしくなりぬらむ　八月の空夏雲の立つ

前にも引いたが、夏になるとこの歌が思いだされる。長崎の被爆医師、秋月辰一郎が四十五年前に詠んだ一首。秋月がこう詠んだ昭和四十五年（一九七〇）、街にはフォークソング「戦争を知らない子供たち」が流れていた。

戦争が終って　僕等は生れた
戦争を知らずに　僕等は育った
おとなになって　歩き始める
平和の歌を　くちずさみながら

その五年後に「戦後生まれ」が人口のなかばを超え、いまでは八〇%を超えている。「戦争を知らない」どころか、「戦争があった」ことすら知らない人たちが増えている。

しかし、「戦争を知らない」人たちがふえたことを嘆く自分たちだって、戦後七十年もたつと、「あの戦争」と「戦後」についての記憶は風化にさらされ、うっかりすれば忘却の淵に沈めてしまいそうになる。そうさせてはなるまいと、「あの戦争」と「戦後」について書かれた作品や論考にあらためて向きあうことにした。

戦争記録文学の双璧ともいうべき、吉田満の『戦艦大和ノ最期』と大岡昇平『野火』をてはじめに、瀬島龍三から丸山眞男までの戦中派や、加藤典洋、小熊英二など戦後生まれの人たちの論考にも目をとおした。そのいちいちについてふれる余裕はないが、参考のため巻末の参照図書にかかげておいた。

五百冊の戦記を読破した同年の野呂邦暢は、戦争を知らない世代の増加にいらだちながら、次のように書いている。

「一つの時代を後世の価値観で裁くことは、私たちがおちいり易い錯誤である。国家に殉じることが、最高の名誉とされた時代もあったのである。反戦を叫ぶ現代の日本人が一時代前に戦って死んだ人々よりもすぐれていることにはならない」(『失われた兵士たち』)。

野呂の指摘は、とりわけ戦後世代がこころしなければならぬ点だと思う。たとえば、特攻について――。ある時期、特攻に散った若者を「犬死」とおとしめる言説や、他方では「散華」と美化する見方もあった。わたしはそのどちらにもくみできない。

かつて特攻基地のあった鹿児島県知覧町の「知覧特攻平和会館」を二十年ばかり前に両三度訪ねたことがある。特攻に散った青年たちの遺稿や遺品にふれると、こみあげてくる憤りや悲哀でしばらくは口もきけなくなり、いたたまれず外にでたこともある。

たまたま出会った修学旅行の途中らしい中学生の一群が、うるさいほど私語をかわしながら入館していった。ところが見学を終えて出てきた彼らは静まりかえり、なかには涙ぐむ女学生もいた。

彼らは貴重な追体験に衝撃を受けているようだった。

戦中派の歴史学者、色川大吉は「日本人が太平洋戦争を語るとき、しばしば戦争否定の言葉のかげに、今なお秘められた感情として、民族的なものへの献身や勇敢だった戦死者たちへの熱い共感を湛えていることを見逃すことはできない。私はこの心情を内側から理解し、汲みえなかったこれまでの進歩的な史学の叙述は落第であったと思う」と、指摘している（『ある昭和史』）。

「紅旗征戎わがことに非ず」

それにしても戦後七十年、昭和九十年にあたる二〇一五年の夏は、ひとしお「ものぐるほしくなる」夏だった。

二年前の特定秘密保護法成立からなにやら社会にキナ臭さが漂いはじめ、政権は集団的自衛権は憲法違反だとする解釈を踏襲してきた内閣法制局長を更迭、閣議決定によって〝解釈改憲〟を先行させ、やがて「安保関連法案」が登場した。

「おッ、これは！」と思わず声がでた。この安保法制に反対する真夏のデモの渦が国会をとりまいていた。その映像を目にし、五十五年前、一九六〇年の安保改定反対のデモの渦のデジャブ（既視感）であった。多数の憲法学者が「違憲」と指摘する、集団的自衛権の発動を可能にする「安保関連法案」は、強引な国会運営によって可決されてしまった。圧倒的多数を背景にした強引な手法は五十五年前を想起させ、民主主義を足もとから崩していくような、むきだしの政治権力にそらおそろしさをおぼえた。

六〇年安保の〝挫折〟以来、わたしは強い政治不信におちいり、かの平安の歌人・藤原定家が十九歳で『明月記』に書きつけた一節、「紅旗征戎わがことに非ず」――「戦争なんて俺の知ったこっちゃないよ」という強烈な反政治感情、どこか寺山修司の「マッチ擦るつかのま海に霧ふかし身捨つるほどの祖国はありや」にも通じる心情に共感をいだいてきた。

いや、これではあまりに唐突だ。実は定家というより、「いつあの召集令状なるものが来て戦場へ引っ張り出されるかわからぬ不安の日々」に、『明月記』を手にし、「自分がはじめたわけでもない戦争によって、戦場でとり殺されるかもしれぬ時に、戦争などおれの知ったことか、とは、もとより言いたくても言えぬことであり、それは胸の張裂けるような思いを経験させた」と書いた堀田善衛の感懐（『定家明月記　私抄』）に身をそわせていたのだろうと思う。

帰郷三年目だったか、地域の高校の社会科の教師のあつまりに呼ばれ、短い話をした。自分の高校時代の活気にあふれた社会科の授業を思いだし、われわれ世代に自然に身についた、いわゆる「戦後民主主義」について話した。

ところが終わって質疑の時間となったら、いきなり「そんなことばかり言ってて、尖閣（問題）はどうするんだ！」と、ひとりの教師からなじられた。その唐突と口調の激しさに驚いた。尖閣列島をめぐる国境紛争について話したわけでもないのに、突然の難詰だった。おそらくわたしが話した憲法の平和主義という考えが気に入らなかったのだろう。

「自衛隊をだして戦争をするわけにはいかんでしょう。あくまで外交手段を尽くして」と応じたら、「ふん、外交なんて！」と笑いとばされてしまった。

ショックだった。むろん「戦後民主主義」に懐疑的な人や、反発を感じる人たちのあることは承知していたが、戦後生まれの社会科教師からこのような短絡した難詰が飛んでこようとは思いもよらぬことだった。

「戦後民主主義」は虚妄だったのか

「民主」と「愛国」をキーワードに、戦後思潮を俯瞰した小熊英二は、「戦後民主主義」を次のように素描する。

ほんらいは多様で混沌としていた戦後思想に、「戦後民主主義」という一枚岩の総称が付され（略）、「戦後民主主義」といえば「近代主義」であり、「市民主義」であり「護憲」であるといったイメージが、一九六〇年代の「戦後民主主義」批判のなかで「発明」されてゆく。丸山眞男、吉本隆明、江藤淳、竹内好、鶴見俊輔などが創った戦後思想の論調が、混濁したかたちで合成され、佐伯啓思や加藤典洋の言葉を形成している（『〈民主〉と〈愛国〉』）

われら「国民学校世代」を、憲法の「平和と民主主義」に育てられた「戦後民主主義の申し子」のように思ってきたが、寺島実郎（昭和二十二年生）は「団塊の世代こそ戦後民主主義の申し子」だとし、「戦後民主主義は確かに与えられた民主主義かもしれないが、今その真価が根付くか否かの試練の時を迎え」ていると指摘する（『私の戦後民主主義』）。

わたしにとっての「戦後民主主義」とは、帰するところ憲法九条につきる。戦争の惨禍への反省にはじまる「わだつみ会」の〝不戦の誓い〟にいきつく。憲法の成立過程にはたしかに押しつけられたという側面もないわけではないが、この憲法によって日本は七十年間、ふたたび戦火をまじえることなく、曲がりなりにも平和を維持してきた。

しかし、いまその九条はあやうい曲がり角にさしかかっている。度重なる〝解釈改憲〟で傷だらけの憲法だが、今回の「安保法制」はさらに一歩踏み込んで、大方の憲法学者が「違憲」とする集団的自衛権を容認したのである。

「戦後民主主義」を代表する知識人とされる丸山眞男は、五十年前に書いている。

最近の論議で私に気になるのは、意識的歪曲からと無智からとを問わず、戦後歴史過程の複雑な屈折や、個々の人々の多岐な歩み方を、粗雑な段階区分や「動向」の名でぬりつぶすたぐいの「戦後思想」論からして、いつの間にか、戦後についての、十分な吟味を欠いたイメージが沈澱し、新たな「戦後神話」が生れていることである。(略)

こうした神話(たとえば戦後民主主義を「占領民主主義」の名において一括して「虚妄」とする言説は、戦争と戦争直後の精神的空気を直接に経験しない世代の増加とともに、存外無批判的に受容される可能性がある。(『現代政治の思想と行動』増補版「あとがき」)

丸山はこの指摘につづけて「大日本帝国の『実在』よりも戦後民主主義の『虚妄』に賭ける」と書いている。理想はつねに現実に敗北するかもしれぬが、それでも理想の旗はかんたんにおろしてはなるまいと思う。傷ついた憲法とともに「戦後民主主義」を「虚妄」にしてしまうのか、すべては今後にかかっている。

あとがき

「自分史だけは書くな」という誰かの声が、いつも聞こえていた。しょせん自分史は、老人の自慢話や繰りごとにおちいりがちで、読まされるほうはかなわん、という謂いであろう。内なる声も「こんなものを書いてどうする」とささやきつづけていた。

わたしの狭義の「自分史」に、人に読んでもらえるようなことはほとんどない。だがいっぽうでは、自分の生きてきた「時代」の断面のあれこれ、あの人、この人のことは書いておきたい思いもあった。

七十を過ぎて帰郷し、土いじりのかたわら、以前に在籍していた弦書房のホームページの片隅にブログ風のコラム「昭和の子」を書きはじめ、いつのまにか三年余、一回四、五枚の原稿が八十回を超えていた。

六十回を越えたころだったか、弦書房の小野静男代表から「本にしませんか」と声をかけてもらったが、まだ迷っていた。年来の友人の「なんであれ記録することは大事なことです」という、慰めとも励ましともとれるひとことに背中を押され、あらためて資料を読み直し、原稿の手直しにとりかかった。

ところが、老いはわたしに追いつき、追い越そうとする。読みかえすたびに傷ばかりが目につき、容赦なく時間だけがすぎてゆく。夏の脱稿予定はとうとう年を越してしまい、参ったなあ。

そのうち、とうとう癌につかまったことがわかり、治療に専念せざるをえなくなった。焦っても仕方ない。何とか病床で校正をすませることができて吻っとした。

断りもなく実名であれこれを書いた友人や知己、かつての同僚たちには、ご免なさいとお詫びするほかない。

気長に待ってくれた小野さん、コラムのアップで迷惑をかけた野村亮さんに感謝し、弦書房に迷惑をかけることにならねばよいが、と願うばかりである。

昭和九十一年（二〇一六）春　　山陰松江で　　三原浩良

【参照したおもな図書】＊新聞・雑誌の記事は本文中に明示した

◎序章〜第二章

『浜田聯隊史』（歩二一會編・刊）
原寿雄『ジャーナリズムに生きて』（岩波現代文庫）
堀雅昭『戦争歌が映す近代』（葦書房）
『歩兵第六十三聯隊史』（歩兵第六十三聯隊史編纂委員会編・刊）
『新聞に見る山陰の世相百年』（山陰中央新報社）
『松江市誌』（松江市誌編さん委員会編、松江市刊）
『子どもたちの8月15日』（岩波新書）
阿久悠『ラヂオ』（日本放送出版協会）
野呂邦暢『失われた兵士たち』（文春学藝ライブラリー）
坪内祐三『昭和の子供だ君たちも』（新潮社）
妹尾河童『少年H』上下（講談社）
山中恒・山中典子『間違いだらけの少年H』（辺境社）
大江健三郎『遅れてきた青年』（新潮社）
『激動二十年――島根県の戦後史』（毎日新聞西部本社）
猪瀬直樹『天皇の影法師』（朝日新聞社）
有馬学『帝国の昭和』（講談社）
加藤陽子『満州事変から日中戦争へ』（岩波新書）
なかにし礼『歌謡曲から「昭和」を読む』（ＮＨＫ出版新書）

◎第三〜四章

内藤正中『島根県の歴史』（山川出版社）
『新修松江市誌』（松江市誌編さん委員会編、松江市刊）
『島根県近代教育史』第七巻資料（島根県教育委員会編）
『新修島根県史』通史編二、同三（島根県）
藤原治『ある高校教師の戦後史』（岩波新書）
野呂邦暢『失われた兵士たち』（文春学藝ライブラリー）
猪瀬直樹『天皇の影法師』（朝日新聞社）
『新聞に見る山陰の世相百年』（山陰中央新報社）
『激動二十年――島根県の戦後史』（毎日新聞西部本社）
ジョン・ダワー『敗北を抱きしめて』上下（岩波書店）
大江健三郎『鯨の死滅する日』（講談社文芸文庫）
阿久悠『瀬戸内少年野球団』（文春文庫）
吉見義明『焼跡からのデモクラシー――草の根の占領期体験』上下（岩波書店）

◎第五章

桑原莞爾『武夫原の春秋』（弦書房）
『松江北高等学校百年史』（松江北高等学校百年史編集委員会編）
『しごならず――歴史の教師・藤原治』（私家版）
江藤淳『閉された言語空間――占領軍の検閲と戦後日本』（文春文庫）
伊藤隆『歴史と私』（中公新書）
『新版きけわだつみのこえ』（日本戦没学生記念会編、岩波文庫）
阪本博志『『平凡』の時代』（昭和堂）
阿久悠『愛すべき名歌たち』（岩波新書）
鴨下信一『誰も「戦後」を覚えていない』（文春新書）
『北沢恒彦とは何者だったか?』（編集グループSURE編）

◎第六章

『新聞と昭和』（朝日新聞検証昭和報道取材班編、朝日新聞出版）
寺山修司『書を捨てよ、町に出よう』（角川書店）
津野海太郎『百歳までの読書術』（本の雑誌社）
上野英信『追われゆく坑夫たち』（岩波新書）
谷川雁『原点が存在する』（弘文堂）
谷川雁『大地の商人』（母音社）
開沼博『「フクシマ」論――原子力ムラはなぜ生まれたのか』（青土社）
スベトラーナ・アレクシエービッチ『チェルノブイリの祈り』（岩波現代文庫）
赤坂憲雄『北のはやり歌』（筑摩選書）
保坂正康『風来記――わが昭和史（1）』（平凡社）

◎第七〜八章

渡辺京二『熊本県人』（新人物往来社）
佐木隆三『改訂新版　復讐するは我にあり』（弦書房）
三原浩良『地方記者』（葦書房）
石牟礼道子『苦海浄土』（講談社）
宇井純『公害の政治学――水俣病を追って』（三省堂新書）
ジョン・ダワー『敗北を抱きしめて』上下（岩波書店）
石牟礼道子編『天の病む――実録水俣病闘争』（葦書房）

◎第九章〜十四章

『わが世代――昭和二十二年生まれ』（河出書房新社）
『感性の祖形――田中幸人美術評論集』（「田中幸人遺稿集」刊行委員会）
『毎日の3世紀』下巻（毎日新聞社）

『当世食物考――わざわいは口から』（毎日新聞社）
原寿雄『ジャーナリズムに生きて』（岩波現代文庫）
秋月辰一郎『死の同心円――長崎被爆医師の記録』（講談社）
後藤四郎『陸軍へんこつ隊長物語』（毎日新聞社）
松本清張『昭和史発掘』（文春文庫）
永田照喜治『原産地を再現する緑健農法』（農文協）
三原浩良『地方記者』（葦書房）
阿久悠『歌謡曲の時代』（新潮文庫）
山本作兵衛『筑豊炭坑繪巻』（葦書房）
『久本三多――ひとと仕事』（久本三多追悼集刊行会）
『「地方」出版論』（地方小出版センター編）
佐木隆三『もう一つの青春――日曜作家のころ』（岩波書店）

◎**終章**

三原浩良『古志原から松江へ』（今井書店）
大岡昇平『野火』（現代文学大系「大岡昇平集」、筑摩書房）
大岡昇平『証言その時々』（講談社学術文庫）
大岡昇平『靴の話』（集英社文庫）
吉田満『戦艦大和ノ最期』（講談社文芸文庫）
島尾敏雄・吉田満『新編　特攻体験と戦後』（中公文庫）
『特攻―最後の証言』（特攻―最後の証言制作委員会、文春文庫）
色川大吉『ある昭和史―自分史の試み』（中公文庫）
堀切和雅『なぜ友は死に　俺は生きたのか――戦中派たちが歩んだ戦後』（新潮社）
丸山眞男『戦中と戦後の間』（みすず書房）
丸山眞男『現代政治の思想と行動』増補版（未来社）
吉本隆明『柳田国男論・丸山真男論』（ちくま学芸文庫）
佐高信・早野透『丸山眞男と田中角栄』（集英社新書）
瀬島龍三『大東亜戦争の実相』（PHP研究所）
半藤一利ほか『体験から歴史へ』（講談社）
半藤一利『昭和史１９２６―１９４５』（平凡社ライブラリー）
半藤一利ほか『「昭和天皇実録」の謎を解く』（文春文庫）
加藤周一『羊の歌』（岩波新書）
小熊英二『〈民主〉と〈愛国〉』（新曜社）
猪瀬直樹『昭和16年の敗戦』（中公文庫）
佐伯啓思『日本の宿命』（新潮新書）
加藤典洋『敗戦後論』（講談社）
加藤典洋『戦後入門』（ちくま新書）
白井聡『永続敗戦論』（太田出版）
加藤陽子『戦争の日本近現代史』（講談社現代新書）
『新聞と「昭和」』（朝日新聞「検証・昭和報道」取材班、朝日文庫）

川田稔『昭和陸軍の軌跡』（中公新書）
松元雅和『平和主義とは何か』（中公新書）
熊谷奈緒子『慰安婦問題』（ちくま新書）
赤坂憲雄『北のはやり歌』（筑摩選書）
坂野潤治『昭和史の決定的瞬間』（ちくま新書）
平野邦雄『わたしの「昭和」』（平凡社）
孫崎享『戦後史の正体』（創元社）
森田吉彦『評伝　若泉敬―愛国の密使』（文春新書）
『日本の近現代史をどう見るか』（岩波新書編集部編、岩波新書）
『私の「戦後民主主義」』（岩波書店編集部編、岩波書店）
ジョン・ダワー『敗北を抱きしめて』上下（岩波書店）
ジョン・ダワー『昭和―戦争と平和の日本』上下（みすず書房）
ドナルド・キーン『日本人の戦争』（文春文庫）
堀田善衞『定家明月記　私抄』（ちくま学芸文庫）
鶴見俊輔『言い残しておくこと』（作品社）
司馬遼太郎『「昭和」という国家』（NHK出版）

【著者紹介】

三原浩良（みはら・ひろよし）

一九三七年松江市生まれ。松江高校・早大文学部卒。一九六一年毎日新聞社入社、長崎支局長、報道部長、特別編集委員などを歴任。一九九四年葦書房社長、二〇〇二年弦書房代表。二〇〇八年から松江市在住。
著書に『熊本の教育』『地方記者』『噴火と闘った島原鉄道』『古志原から松江へ』。編著に『古志原郷土史談』『当世食物考』など。

昭和の子

二〇一六年六月三十日 発行

著　者 三原浩良
発行者 小野静男
発行所 株式会社 弦書房
（〒810・0041）
福岡市中央区大名二-二-四三
ELK大名ビル三〇一
電　話 〇九二・七二六・九八八五
ＦＡＸ 〇九二・七二六・九八八六

印刷・製本 シナノ書籍印刷株式会社

ISBN978-4-86329-134-8 C0095
JASRAC 出 1604727-601

◆弦書房の本

昭和の仕事

澤宮優 担ぎ屋、唄い屋、三助、隠坊、木地師、ねこぼくや、香具師、門付け、カンジンどん、まっぽしさん……忘れられた仕事一四〇種の言い分。そこから見えてくるほんとうの豊かさと貧しさ、労働の意味と価値。〈A5判・192頁〉**1900円**

【第35回熊日出版文化賞】

昭和の貌 《あの頃》を撮る

麦島勝【写真】／前山光則【文】 「あの頃」の記憶を記録した335点の写真は語る。戦後復興期から高度経済成長期の中で、確かにあったあの顔、あの風景、あの心。昭和二〇～三〇年代を活写した写真群の中に平成が失った〈何か〉がある。〈A5判・280頁〉**2200円**

占領下の新聞 別府からみた戦後ニッポン

白土康代 温泉観光都市として知られる別府（大分県）で、占領期の昭和21年3月から24年10月までにGHQの検閲を受け発行された52種類の新聞がプランゲ文庫から甦る。様々な世相を報じる紙面から当時のニッポンを読み解く。〈A5判・230頁〉**2100円**

昭和三方《さんかた》人生

広野八郎 馬方、船方、土方の「三方」あわせて46年間、激動の昭和を底辺労働の現場で過ごした体験を赤裸々に綴った記録・日記を集成した貴重なドキュメント。著者はプロレタリア文学運動にも関わり、『葉山嘉樹・私史』等の著書がある。〈四六判・368頁〉**2400円**

満洲・重い鎖 牛島春子の昭和史

多田茂治 満洲国と満洲文学を考える時、忘れてはならない作家・牛島春子。昭和初期の共産党活動をへて満洲在住の10年間、中国民衆との真摯な交流と文学活動の中から生まれた作品を通して、満洲の意義を問い直す初の評伝。〈四六判・248頁〉**2100円**